STEFAN DOLEZAL

Das Zeichen des Drachen

novum pro

www.novumverlag.com

Bibliografische Information
der Deutschen Nationalbibliothek:

Die Deutsche Nationalbibliothek
verzeichnet diese Publikation in
der Deutschen Nationalbibliografie.
Detaillierte bibliografische Daten
sind im Internet über
http://www.d-nb.de abrufbar.

Alle Rechte der Verbreitung,
auch durch Film, Funk und Fernsehen,
fotomechanische Wiedergabe,
Tonträger, elektronische Datenträger
und auszugsweisen Nachdruck,
sind vorbehalten.

© 2020 novum Verlag

ISBN 978-3-99107-064-1
Lektorat: Susanne Schilp
Umschlagfotos: Paul Fleet,
Microstockmilan | Dreamstime.com
Umschlaggestaltung, Layout & Satz:
novum Verlag

Gedruckt in der Europäischen Union
auf umweltfreundlichem, chlor- und
säurefrei gebleichtem Papier.

www.novumverlag.com

Gewidmet meiner Tochter Viktoria

Im Leben getrennt, im Herzen vereint,
in der Unendlichkeit verbunden

NEW ORLEANS,

am 15. Mai 1944

Die große Wanduhr schlägt gerade zum achten Mal. Ich setze mich an meinen Schreibtisch und blicke einen Moment lang hinaus in die Ferne. Die Sonne ist im Begriff unterzugehen und ihre letzten Strahlen streicheln sanft die Landschaft, als wolle sie gute Nacht sagen. Kein Passant, der noch dringend die letzten Einkäufe vor dem Wochenende zu erledigen hat, ist dort draußen zu sehen. Schon lange nicht mehr war die Stimmung so friedlich wie am heutigen Tag. Einzig die Vögel durchbrechen die Stille und stimmen ihren abendlichen Gesang an. Ein leichtes Lüftchen streift durch meinen Garten und wiegt die Gräser sanft hin und her. Die Sitzschaukel auf meiner Veranda wurde schon lange nicht mehr benutzt und quietscht alt und verrostet vor sich hin. Oft bin ich hier mit ihr gesessen und habe das Meer betrachtet.

Die friedliche Stimmung ist trügerisch, denn sie verschweigt, welche Zerstörung, angetrieben von blankem Hass, gerade die Welt erschüttert. Die Menschheit schafft sich ab, ein heiterer Gesang ist unangebracht, doch die Vögel tun dies mit fröhlicher Leichtigkeit.

Die Feuchtigkeit spiegelt sich in den Fenstern, denn der starke Regen, der sich den ganzen Nachmittag über dieser Stadt ergoss, hat vor wenigen Minuten aufgehört. Die Abkühlung kam zur rechten Zeit, denn eine unsägliche Hitze hielt die Stadt seit Tagen in ihrem Würgegriff. Nicht einmal die Nächte sorgten für die ersehnte Abkühlung. Jedenfalls ist es ein zu extremes Wetter für einen Mann meines Alters. Besonders an solchen Tagen spüre ich, die Zeit ist auch an mir nicht spurlos vorübergegangen. Seit Wochen kann ich nicht mehr gehen und bin an diesen Rollstuhl gefesselt. Meine Glieder schmerzen, die Nahrungszufuhr wird zur

Qual, einzig mein Verstand funktioniert noch einwandfrei. Ich möchte keinesfalls einen falschen Eindruck erwecken, denn ich schreibe diese Zeilen nicht, um mich zu beschweren. Einst sagte ein guter Freud zu mir: „Es ist nicht wichtig, wann du gehst. Ausschlaggebend ist, ob es bis dahin das Leben war, welches du dir erträumt hast. Erfüllt sollte es sein, mit den Erfahrungen unterschiedlichster Art. Nur in der Gesamtheit der glücklichen und tragischen wirst du Vollendung erfahren."

Nun bin ich in der glücklichen Lage, auf ein langes und erfülltes Leben zurückzublicken. Dafür bin ich sehr dankbar. Gerade die dramatischen Momente waren es, die mein Wesen prägten wie keine anderen. Rückblickend betrachtet möchte ich selbst die dunkelsten Stunden nicht missen, haben diese mir doch den Blick für das Wesentliche eröffnet. Selbst die tragischsten Momente habe ich, mit Hilfe treuer Weggefährten, überstanden. Diese Gewissheit erfüllt mich mit Glück und Stolz. So kann ich heute zurückblickend sagen: „Das Mosaik meines Lebens ist vollendet und es wurde ein kleines Kunstwerk." Denn was wäre schon mein Leben ohne abenteuerliche sowie bedrohliche Ereignisse gewesen? Vermutlich nie so erfüllt, wie es nun am Ende meiner Zeit der Fall ist. Ein mir unbekannter und doch sehr vertrauter Mann sagte einst: „Eine gute Geschichte beinhaltet immer eine angemessene Portion Dramatik." Rückblickend betrachtet muss ich ihm Recht geben.

Eine ganz bestimmte Periode meines Lebens hat den gewichtigsten Fußabdruck hinterlassen. Ich fühle, meine Zeit ist angezählt, somit möchte ich die letzten Momente dafür nutzen, diese Geschichte voller Höhen und Tiefen, Dramatik und Wiederauferstehung auf Papier zu bringen. Vor vielen Jahren haben mich dunkle Mächte herausgefordert, ans Ende der Existenz zu reisen, um dem Tod tief in die Augen zu blicken. Eine Erfahrung, die nichts mehr so sein lässt, wie es zuvor war. Anscheinend war am Ende der Tod selbst der beste aller Lehrmeister. Die Geschichte begann vor 42 Jahren in einer kalten Februarnacht.

APITEL 1

Brighton, am 5. Februar 1902

Endgültig verstummte der Lärm, den die metallbeschlagenen Holzräder auf dem alten und desolaten Kopfsteinpflaster verursachten. Unsanft beendete der Kutscher die Fahrt, klappte die Innenscheibe des Wagens herunter und meinte: „Sir, wir sind am Ziel." Ich nickte und reichte ihm das Geld für die Fahrt. Er schnappte sogleich danach und schloss in Sekundenschnelle das kleine Fenster hinter sich. Rasch knöpfte ich mir meinen Mantel zu und nahm den Hut in die Hand. Kaum hatte ich die Wagentüre einen Spaltbreit geöffnet, riss ein starker Windstoß sie aus meiner Hand. Sogleich peitschte mir frostig feuchte Luft in mein Gesicht. Nachdem ich ausgestiegen war, setzte sich die Kutsche tosend in Bewegung und war bald darauf in der Dunkelheit verschwunden. In der Ferne konnte ich das dumpfe Schlagen einer Kirchenglocke vernehmen. Demzufolge musste es zwei Uhr morgens sein. Dichte, feuchte Nebelschwaden, typisch für diese Jahreszeit in dieser Gegend, zogen über die Straße und hüllten mein Haus in einen grauen Schleier. Die kleinen Türmchen hoben sich aus dem Nachtschwarz hervor und der sichelförmige Mond warf seine schwachen Schatten auf die mit Efeu bewachsene Hausfassade. Dieser Anblick bereitete mir Sorgen, denn das Haus lag völlig im Dunklen, durch kein Fenster drang Licht nach außen. Das war normalerweise nicht Minas Art. Sie hatte alleine meist Angst und ließ stets die Kerzen brennen. Einen Moment lang grübelte ich darüber nach, setzte jedoch kurz darauf meinen Weg zur Eingangstüre unbeirrt fort. Ich war schon beinahe am Gartentor angekommen, da fiel mir noch etwas Sonderbares auf. Es sah so aus, als liege in der Hausecke etwas, dass einem pelzigen Tier ähnelte. Bei genauerer Betrachtung stellte es sich als eine Fellmütze heraus. Ich konnte mir keinen Reim darauf machen, wie zum Teufel dieses Kleidungsstück dorthin gelangt war, wobei es bei diesen Temperaturen mehr als nur angenehm zu tragen gewesen wäre. Irgendwie kam mir diese Art Mütze bekannt vor, konnte sie aber nicht zuordnen, zumindest noch nicht.

Ich nahm sie in meine Hand, doch nach kurzer Betrachtung legte ich die Fellmütze wieder zur Seite, öffnete die Haustüre und trat ein. Gleichzeitig überkam mich ein unangenehmes Gefühl, das ich schon lange nicht mehr verspürte hatte. In der Regel fühlte ich die Nähe meiner geliebten Frau, doch genau diese Empfindung von Geborgenheit und Wärme fehlte mir in diesem Augenblick. Ich hoffte, mir alles nur einzubilden, zündete die Kerzen auf einem Leuchter an und machte mich vorsichtig auf den Weg ins Schlafzimmer. Die alte Treppe knarrte unter der Last meines Körpers, während ich zum ersten Stockwerk emporstieg. Dort angekommen, stieß ich behutsam die Türe des Zimmers auf und beleuchtete mit dem schwachen Lichtschimmer des Kerzenleuchters den finsteren Raum. Die Vorhänge waren zugezogen, das Bett aufgeschlagen, jedoch leer. Meine Aufmerksamkeit richtete sich sogleich auf das kleine Tischlein. Darauf lag ein beschriebenes Blatt Papier. Aufgeregt nahm ich es zur Hand und las folgende Zeilen:

Lieber Jonathan

Vor einigen Wochen begann alles von Neuen. Es tut mir leid, dass du es auf diesem Weg erfährst und ich nicht mit dir darüber sprechen konnte. Es ist nicht so, dass ich dir misstraue, nein, ganz im Gegenteil, ich wollte dich damit nicht belasten. Nicht nach allem, was wir damals durchmachen mussten. Außerdem dachte ich zuerst, der dunkle Schatten würde wieder verschwinden, so wie er gekommen war. Es kam jedoch anders. Etwas regt sich im Osten. Der tödliche Drache ist zurück. Weit hat er bereits seine Schwingen ausgebreitet und ruft mich immer lauter. Nun kann ich diesem Begehr nichts mehr entgegensetzen. Ich fühle seine Gegen-

wart, auch wenn er weit von mir entfernt ist. Ich höre ihm immer zu und er befiehlt mich zu sich. Du darfst nicht vergessen, sein vergiftetes Blut fließt immer noch durch meine Adern. Langsam, aber sicher verliere ich die Kontrolle über meinen Körper und es fühlt sich an, als ob jemand Fremdes ihn zu übernehmen versucht. Mein Geist wird schwächer. Der Schleier senkt sich behutsam, lähmt und zerfrisst alles, was mir wichtig ist. Je stärker ich dagegen ankämpfe, desto schneller gewinnt dieses Gefühl die Oberhand. Es ist zwecklos, ich kann ihm nicht mehr widerstehen. Wenn ich nicht gehe, wird er kommen und mich holen und dich dabei töten. Er wird nicht eher ruhen, bis ich den Platz an seiner Seite eingenommen habe. Der Schritt dazu fällt mir schwer, wird mir jedoch durch die Tatsache leichter gemacht, dich damit zu retten. Folg mir nicht, du kannst mich ohnehin nicht mehr einholen, denn wenn du diese Zeilen liest, bin ich ihm schon sehr nahe. Ich werde sogleich nach London aufbrechen, das erste Schiff nehmen, um nach Rumänien zu reisen. Ein jeder hat seine Bestimmung und ihr muss auch ich Folge leisten. Glaube mir, ich habe Angst, jedoch stirbt sie von Tag zu Tag. Immer schneller, mit jenem Teil, den du einst geliebt. Lebe wohl, Jonathan und vergiss mich nicht!

In Liebe und Treue, Mina

Die ganze Zeit über zitterte meine Hand, während ich diese Zeilen las. Wachs floss über meine Finger, sodass ich den Kerzenleuchter abstellen musste. Ich ließ mich auf das aufgeschlagene Bett fallen und starrte stumm auf das Papier. Mein Kopf voller Gedanken, unfähig, sie zu sortieren. War es ein schlechter Traum oder doch Realität? Konnte es denn wirklich der Wahrheit entsprechen? Fünf Jahre zuvor hatte ich dem Drachen eigenhändig einen Dolch in sein Herz gestoßen. Sein hasserfüllter Blick war in meinem Gedächtnis immer noch präsent, als wäre es gestern gewesen. Ich erinnere mich an seine funkelnden Augen, die langsam erloschen, während er sein Leben aushauchte. Diese Zeilen konnten unmöglich der Wahrheit entsprechen.

Doch haben wir es mit Mächten zu tun, die wir weder verstehen noch kontrollieren können. Wenn ich Minas Worten wirklich Glauben schenkte, dann war er zurück, um uns erneut heimzusuchen. Tief in meinem Innersten spürte ich, diesmal würde es eine schier unlösbare Aufgabe.

Ich versuchte, mich nun wieder auf die Gegenwart zu konzentrieren. Nachdem ich den ersten Schock verarbeitet hatte, machte ich mich daran, den Brief eingehend zu studieren. Ich las die Zeilen aufmerksam, immer und immer wieder. Je öfter ich sie mir durch den Kopf gehen ließ, desto sicherer war ich mir. Mina hatte diese Zeilen geschrieben, jedoch nicht aus freien Stücken. Ich kannte sie besser als sonst wer auf dieser Welt. Es war zwar ihre Handschrift, diese Tatsache hatte jedoch nichts zu bedeuten. Vor allem ein Satz machte mich sehr stutzig. Sie schrieb davon, ein Schiff zu besteigen, um nach Rumänien zu reisen. Mina litt unter panischer Angst vor Schiffsreisen. Selbst der Ruf dieses Dämons hätte sie nicht dazu bewegen können, freiwillig ein solches Gefährt zu besteigen. Der Anblick allein löste Angstgefühle aus. Völlig ausgeschlossen, dass sie freiwillig auf ein Schiff gegangen wäre. Selbst der Bann des Drachen hätte nicht ihre Ängste verfliegen lassen. Niemals hätte sie alles liegen und stehen gelassen, um ins Ungewisse zu reisen. Das war einfach nicht ihre Art, das alles passte ganz und gar nicht zusammen. Ich stand auf, ging zum Fenster hinüber und schob die schweren Vorhänge zur Seite. Gedankenvoll starrte ich in die Dunkelheit hinaus. Über den schemenhaft erkennbaren kleinen Hafen hinweg, über die vielen farbigen Dächer, deren Rauchfänge anständig dampften, wieder zurück bis vor meine Hauseinfahrt. Da fiel mir erneut die Fellmütze auf, die dort achtlos in der Ecke lag. So eine Haube hatte ich zuvor schon gesehen, aber der Zusammenhang fiel mir nicht ein. Da schoss mir die Antwort durch den Kopf und ich konnte das Puzzle schlagartig zusammensetzen. Doch das Ergebnis gefiel mir ganz und gar nicht. Wütend über meine eigene Ratlosigkeit, schlug ich mit der geballten Hand auf das Nachtkästchen. Nun wusste ich, woher ich dieses Kleidungsstück kannte, jedoch waren meine Erinnerungen daran nicht gerade die besten.

Da störte das Knarren der alten Holztreppe meine Gedanken. Einen Moment hielt ich inne. Die Sekunden tickten, da war das Geräusch erneut. Deutlich konnte ich nun Schritte vernehmen, die sich langsam, aber stetig in meine Richtung bewegten. Ich hielt den Atem an, blieb still und starr, gelähmt vor Anspannung. Der Gedanke, es könnte Mina sein, kam mir unweigerlich in den Sinn. Das kurzzeitige Gefühl der Euphorie wich und starkes Unbehagen breitete sich aus. Ich überwand meine Schockstarre, bewegte mich so leise es möglich war zum Kästchen, um die Kerze auszupusten. Ich wollte meinen Vorteil nutzen und gegen jeglichen Angreifer gerüstet sein. Ich bewaffnete mich mit einem Stuhl und verschanzte mich hinter der halb geöffneten Türe. Es schien eine Ewigkeit zu vergehen, bis sich die Schritte näherten. Fest davon überzeugt, erbarmungslos zuzuschlagen, verharrte ich stumm, den Stuhl in meiner rechten Hand. Mein Herz hämmerte gegen meinen Brustkorb, immer schneller und intensiver. Nach quälenden Sekunden war es so weit, der Eindringling war an der Türe angekommen. Unsanft wurde sie aufgestoßen und eine Gestalt betrat den Raum. Ich sah einen kleinwüchsigen Mann, bekleidet mit einem Pelzmantel, in seiner Hand blitzte ein spitzer Dolch. Suchend ließ er seinen Blick durchs Zimmer schweifen. Ich nahm meinen ganzen Mut zusammen, versetzte der Türe einen starken Tritt und sie fiel donnernd ins Schloss. Bevor sich der völlig überraschte Eindringling umdrehen konnte, ließ ich den Stuhl mit voller Wucht auf seinen Rücken krachen. Durch die Wucht des Aufpralles zerbrach das Holz in sämtliche Einzelteile, die lautstark durchs ganze Zimmer flogen.

Wimmernd vor Schmerz, verlor der Angreifer das Gleichgewicht und knallte mit dem Kopf gegen die Bettkante. Regungslos blieb er am Boden liegen. Ihm zuvorkommend, sprang ich mit einem Satz hinüber, packte den Kerl am Kragen und schleuderte ihn erneut zu Boden. Nach Luft ringend, wälzte er sich vor Schmerz. Bevor ich ihn jedoch erneut greifen konnte, rollte er zur Seite und packte mich mit einem starken Handgriff am Bein. Kräftig zog er daran, sodass ich schlagartig das Gleichgewicht verlor und mit voller Wucht zu Boden krachte. Benommen und überrascht wollte ich mich aufrichten, da tauchte der Fremde schon vor meinen Augen auf, um mich mit voller Kraft gegen die Steinwand zu schleudern. Schmerzen durchzuckten meinen Körper und ich spürte mein warmes Blut über die Wangen tropfen. Nun war mir klar, wollte ich hier lebend heraus, musste ich entweder rasch die Flucht ergreifen oder mich erfolgreich gegen die Angriffe zur Wehr setzen. Ich konnte Schmerzen ertragen, jedoch ein oder zwei Schläge mehr, und ich wäre diesem Monster wehrlos ausgeliefert. Der Angreifer stand erneut vor mir, holte aus, um kräftig auf mich einzuschlagen. Diesmal war ich jedoch schneller, duckte mich und seine Faust donnerte mit voller Wucht gegen die Wand. Schmerzerfüllt schrie er lautstark und taumelte durchs Zimmer. Ich nutzte den kleinen Moment seiner Unaufmerksamkeit, um ihm einen Tritt in den Magen zu verpassen. Da brach der Eindringling endgültig zusammen und blieb regungslos auf dem Boden liegen. Das Zimmer war von dem unfreiwilligen Kampf völlig verwüstet.

Die Gefahr war noch nicht vorüber, da dieser Kerl sicherlich nicht alleine war. Er gehörte den Zigeunern an. In Siebenbürgen wurden diese Leute Szekler genannt. Söldner, vom Fürsten angeheuert, bereit für Geld alles zu tun. Schon bei meinem ersten Besuch in Rumänien konnte ich keine guten Erfahrungen mit diesen Leuten sammeln. Meine schlechte Meinung über diese Lumpen würde sich durch dieses erneute Zusammentreffen kaum zum Besseren wenden. Sie waren es, die im Auftrag des dunklen Grafen Mina entführt hatten, um sie nach Transsilvanien zu schaffen. Die Pelzhaube am Tor gehörte einem von ihnen, da war ich mir nun sicher.

Ich packte diesen Zigeuner am Kragen und zog ihn unsanft empor. Wütend brüllte ich ihn an, um zu erfahren, was sie mit Mina gemacht hatten. Doch der Eindringling stammelte nur wirre und undeutliche Wortfetzen. Ich wiederholte meine Frage und schüttelte ihn dabei stark. Da vernahm ich Stimmen und Schritte, die vom Treppenhaus zu mir herüberdrangen. Ich schleuderte den Kerl zu Boden, riss die Türe auf und sprang mit einem Satz hinaus auf den Flur. Vor mir standen zwei weitere

Männer. Einer der beiden war groß und muskulös, der andere eher schmächtig. Der Kleinere hielt mir drohend die Klinge seines Messers entgegen, während der andere eine dicke, schwere Kette in seiner Hand hin und her baumeln ließ. Ich vergeudete nun keine Sekunde mehr, denn wäre einer der beiden auf mich losgegangen, hätte ich keine Chance gehabt. Ich nahm meinen ganzen Mut zusammen und sprintete ihnen entgegen. Überrascht von meinem Angriff, rissen beide die Augen auf. Ich rammte den Größeren, taumelte und stürzte zu Boden. Etwas benommen blickte ich auf und sah den Kleineren sich bereits über mich beugen. Dabei fuchtelte er drohend mit seinem Messer vor meinen Augen herum. Hasserfüllt blickte er mich an, holte aus und ließ seinen spitzen Dolch auf mich herabschnellen. Instinktiv rollte ich mich zur Seite und verspürte dabei einen höllisch brennenden Schmerz. Er verfehlte zwar sein Ziel, denn sein Wunsch war sicherlich, mich zu töten. Doch bohrte sich sein Dolch erbarmungslos in meine rechte Schulter. Der Schmerz durchströmte meinen gesamten Körper und ließ mich für einen Moment benommen am Boden liegen. Ich blickte zu meiner Schulter und sah das Messer tief im Fleisch stecken. Aus der klaffenden Wunde trat sofort Blut. Warm floss es meinem Arm hinab und färbte mein Hemd tiefrot. Rasch holte ich zum Gegenschlag aus, ballte meine Faust und schlug dem überraschten Eindringling ins Gesicht. Wimmernd ging er zu Boden und rang röchelnd nach Luft. Der Größere der beiden erhob sich, ergriff die schwere Kette und kam mit raschen Schritten näher. Ich versuchte den Schmerz auszublenden und rollte mich zur Seite. Dabei griff ich nach dem Messer, das immer noch in meiner Schulter steckte, zog es mit einem Ruck heraus und schleuderte es ihm entgegen. Es verfehlte zwar den Zigeuner, doch musste er, um auszuweichen, zu Boden gehen. Nun war der Moment gekommen, um die Flucht zu ergreifen. Sogleich richtete ich mich auf und erreichte mit einem Satz die Treppe. Ich hastete so schnell es ging hinunter, riss dabei den Vorhang aus der Befestigung und war nach wenigen Schritten an der Eingangstüre angelangt. Die beiden Eindringlinge konnten sich gerade einmal aufrichten, da war ich schon durch die Türe in den Garten geflohen. Während ich mir den Weg zur hinteren Gartenmauer bahnte, zerriss ich den Vorhang und band einen Streifen um meine stark blutende Schulter. Mit einem mächtigen Satz schwang ich mich über die hüfthohe Mauer, landete jedoch unsanft auf einem Stein, verlor das Gleichgewicht und stürzte. Zum wiederholten Male von starken Schmerzen gebeutelt, stemmte ich mich auf, rannte zur Nachbarsscheune und trat mit einer ungeheuren Wucht die Stalltüre ein. Zu meiner Erleichterung erblickte ich meine Rettung, denn der Bauer hatte seine Pferde dort immer noch eingestellt. Rasch band ich eines los und schwang mich auf seinen Rücken. Zu meinem Glück war das Tier willig und ich ritt im Galopp aus der Scheune hinaus auf die Straße. Die Zigeuner, gerade aus dem Haus kommend, hatten keine Möglichkeit, mich einzuholen. Wir bewegten uns, so schnell es ging, die holprige Straße entlang, weg von diesem Ort. Am alten Wegweiser angekommen, schlug ich die Richtung nach London ein. Ängstlich blickte ich alle paar Sekunden über meine Schulter, jedoch war von den Verfolgern nichts zu erkennen. Erleichtert setzte ich meinen Weg etwas gemächlicher fort. Mein Ziel war es, meinen treuen Freund Steward zu erreichen, der mir schon beim letzten Kampf hilfreich zur Seite gestanden hatte. Es war nun tiefste Nacht, Hindernisse waren nur schwer zu erkennen und der Weg in keinem guten Zustand. Zum Glück schien dieses treue Tier über einen ausgezeichneten Orientierungssinn zu verfügen, denn es navigierte spielend durch die Finsternis. Indessen wurde ich immer schwächer und die eisige Kälte setzte mir stark zu. Die Strapazen hinterließen ihre Spuren. Meine Schulter brannte und ich verlor immer noch Blut. Vorbei an nebelbedeckten Feldern führte uns der Weg, während ich mich, immer kraftloser, gerade noch so auf dem Pferd halten konnte. Am Ende meiner Kräfte erreichten wir London und dieses wundervolle Tier bahnte sich völlig unbekümmert den Weg durch die engen Gassen. Es war nun vier Uhr morgens, die Straßen waren menschenleer, nur hin und wieder huschten schemenhafte Gestalten an uns vorbei.

Ich erblickte eine Brücke, unter der sich einige in Lumpen gehüllte Gestalten an einem Feuer wärmten. Diese Leute blickten kurz auf, musterten mich von oben bis unten und wandten ihre leeren Blicke erneut Richtung Feuer. „Von denen brauche ich mir keine Hilfe erwarten", dachte ich und steuerte mein braves Pferd durch die verdreckten Straßen. Beißender Gestank drang in meine Nase und zur schmerzenden Schulter kam nun auch noch Übelkeit hinzu. „Nicht mehr weit", motivierte ich mich und steuerte auf Stewards Haus zu. Völlig erschöpft erreichte ich mein Ziel, rutschte vom Rücken meines Pferdes herunter, taumelte und fiel zu Boden.

Mit letzter Kraft richtete ich mich auf, kämpfte mich die Treppen empor und hämmerte gegen Stewards Eingangstüre. Eine Ewigkeit schien zu vergehen, bis ich Schritte im Inneren des Hauses vernahm. Quietschend drehte sich der Schlüssel im Schloss und eine müde Gestalt öffnete mir. Steward stand vor mir und starrte mich entgeistert an. Ich musste einen recht erbärmlichen Anblick abgegeben haben. Endlich war ich in Sicherheit und meine Anspannung löste sich. Nun konnte mich nichts mehr auf den Beinen halten, ich wankte, stürzte und blieb bewegungslos auf der Schwelle liegen.

APITEL 2

London, Old Compton Street

Ich verspürte ein warmes, sanftes Kribbeln. Vielleicht Mina, die sich an mich schmiegte? Das kurzzeitige Glücksgefühl wich sogleich, denn Bilder einer fatalen Nacht schlichen sich in mein Bewusstsein. Traum oder doch Realität? Ich beschloss, es herauszufinden und öffnete meine Augen. Das Licht war äußerst hell, nur allmählich wurden die Bilder klarer. Es war hellster Tag, die Sonne stand hoch und strahlte durch die großen Fensterläden. „Wie fühlst du dich, Jonathan?", flüsterte mir eine sanfte Stimme ins Ohr. Es war nicht Mina, das war mir bereits klar. Meine Augen gewöhnten sich langsam an das Licht, da erkannte ich Stewards Ehefrau Mary, die mir mit einem warmen, feuchten Lappen über mein Gesicht tupfte. „Wir haben uns ernsthafte Sorgen gemacht. Du warst einige Stunden weggetreten, hattest hohes Fieber. Die Wunde an deiner Schulter hat sich entzündet. Was auch immer diese Verletzung verursacht hat, sie war nicht sonderlich sauber." Allmählich drangen Marys Worte in mein Bewusstsein. „Stunden sollen es gewesen sein, wie viele denn bloß?", dachte ich und versuchte mich aufzurichten. Der Erfolg blieb aus. Kraftlos und schmerzerfüllt ließ ich mich zurück in das Kissen fallen. Die Bilder jener Nacht entsprachen doch der Realität.

„Es wird wohl besser sein, dich noch ein wenig auszuruhen", meinte Mary und tauchte dabei den Lappen in die dampfende Wasserschüssel. „Nein ist es nicht", schoss es mir durch den Kopf. Ich musste Mina folgen, sie war in großen Schwierigkeiten. Es ging um ihr Leben, da konnte ich nicht länger tatenlos herumliegen.

„Ich möchte es nochmals versuchen, bitte hilf mir", stammelte ich. Mary nickte und reichte mir ihre Hand. Sie half mir auf und ich konnte eine Weile aufrecht im Bett sitzen bleiben. Der Schwindel legte sich und ich war bereit aufzustehen. Schwach und zittrig, doch meine Füße trugen mich. Schmerzen, die ich ohne Zweifel verspürte, versuchte ich zu ignorieren. Ähnlich einem Kind, das sich erstmalig auf den Beinen hält, taumelte ich durch den Raum und kämpfte mich hinüber ans Fenster. Meine Muskeln brannten, mein Schädel pochte, doch ich schaffte es und freute mich über diesen kleinen Erfolg. Ich stieß die Fensterläden auf und blickte auf das geschäftige London hinab. Mir offenbarte sich ein rastloses Gewirr aus Menschen, Insekten gleich, die, vom Alltag getrieben, gedankenverloren herumhasteten. Keine Wolke trübte den Anblick des tiefblauen Himmels. Einzig die zahllosen kleinen Schornsteine rauchten unermüdlich dem Firmament entgegen. Mary verließ für einen Moment das Zimmer, kehrte kurz darauf mit einem Morgenmantel zurück. Behutsam half sie mir diesen überzuziehen und fragte dabei, ob ich in der Lage sei, mit nach unten zu kommen.

Ich bejahte zurückhaltend, wandte mich Richtung Türe und bewegte mich hinaus auf den Gang. Vorsichtig tappte ich das Treppenhaus hinunter, bis ich das Wohnzimmer erreicht hatte. Von den Stufen aus konnte ich bereits Steward erkennen, dem die Freude über meine Genesung ins Gesicht geschrieben war. „Jon, mein alter Freund, du hast ein Händchen für theatralische Auftritte, das muss ich dir lassen", rief er mir sogleich entgegen. „Ist mir bewusst, doch geplant hatte ich das nicht", konterte ich prompt. Er kam mir entgegen, drückte mich freundschaftlich, lächelte und meinte: „Gut, dass es dir zumindest nicht die Sprache verschlagen hat." Er begleitete mich hinüber zum Esstisch. Ich nahm Platz und bekam umgehend eine warme, dampfende Suppe serviert. „Gemüsebrühe, lass es dir schmecken", meinte Mary und ging zurück zur Küche. Steward setzte sich ebenfalls. Ich genoss das schmackhafte Essen, während mich Steward zu den Geschehnissen der verhängnisvollen Nacht befragte. Jede noch so kleine Einzelheit konnte uns weiterhelfen. Mit stetig wachsendem Interesse lauschte er konzentriert meinen Ausführungen. Ich war über die Genauigkeit meiner Erinnerungen selbst überrascht. So konnte ich Stew ein ziemlich genaues Bild der Vorkommnisse vermitteln.

Am Ende meiner Ausführungen blickte ich Steward erwartungsvoll an. Diese erdrückenden Nachrichten verarbeitend, schnaufte er kräftig, nahm seine schon gestopfte Mahagonipfeife zur Hand und entflammte ein Streichholz. Er zog einige Male kräftig und stieß den Rauch aus seiner Nase. Einen Moment sah er mich ratlos an, dann meinte er: „Ist er wirklich zurückgekehrt, entspricht es der Wahrheit oder will uns jemand hinters Licht führen?" „Ich denke, Mina wurde gegen ihren Willen dazu gebracht, nach Rumänien zurückzukehren. Es ist ernst und es geht um Leben oder Tod. Wir haben es mit übernatürlichen Kräften zu tun, ab nun gilt: Nichts, was wir sehen, muss der Realität entsprechen. Ein Dämon, entsprungen aus den Tiefen der Vergangenheit, um uns, unsere Gegenwart und Zukunft zu vernichten. Es war vielleicht von Anbeginn der Plan, uns in dem Glauben zu lassen, triumphiert zu haben. Das Spiel Gut gegen Böse ist erneut entflammt und im ewigen Tanz vereint. Wie es dem dunklen Fürsten gelang zu überleben, ist uns beiden rätselhaft und doch spielt es keine sonderlich große Rolle. Wir wissen ja nichts darüber, wer oder was dieses Wesen erschaffen hat und umso weniger, wohin es nach seinem vermeintlichen Tod gegangen ist. Mina ist weg und die einzige Spur führt nach Siebenbürgen. Die damaligen Geschehnisse waren für den Drachen eine Schande. Dieser Teufel sehnt sich nach Rache und Vergeltung. Er wird nicht eher ruhen, bis er seine Ziele erreicht hat. Ich fühle es endet nicht, bevor einer von uns beiden den Tod findet. Jedoch selbst Dämonen verspüren Angst, denn er kam nicht selbst, sondern schickte Söldner. Die Mission dieser Leute ist sicherlich zum Teil gescheitert. Ich gehe davon aus, der Auftrag hieß: Bringt mir Mina und tötet ihren Ehemann!" „Nun, Jon, das ist ihnen zum Glück misslungen", unterbrach mich Stew. „Vorerst", konterte ich. „Wir müssen auf der Hut sein. Dieses Pack wird es erneut versuchen. Ihnen wird bewusst sein, ihr Auftraggeber duldet kein Scheitern. Deshalb haben sie nur wenig zu verlieren." „Glaubst du, sie wissen bereits, wo du dich aufhältst?", fragte Stew nachdenklich. „Eventuell und wenn nicht, ist es nur eine Frage der Zeit. Ich bringe euch beide in große Gefahr. Wir sollten wachsam bleiben. Sobald ich wieder bei Kräften bin, werde ich ins Ungewisse aufbrechen. Die Söldner des Grafen müssen zu Ende bringen, was sie begonnen haben." Stew schnaufte besorgt, entfachte nochmals die Glut seiner Pfeife und starrte ratlos ins Leere. „Warum Mina, was ist so besonders an ihr? Ich verstehe es nicht." „Auch ich kann nur mutmaßen. Ich denke, er wird ihr nichts antun. Er braucht sie, weshalb, ist mir schleierhaft. Doch genau jenes Geheimnis gehört gelüftet." Abrupt erhob sich Steward und schob den Stuhl zur Seite.

„Diesen Kampf alleine auf sich zu nehmen, ist zwar edel, aber vollkommen verrückt und vermutlich aussichtslos." „Ist mir bewusst, Stew, du hast mir schon einmal geholfen. Alleine werde ich es wohl nicht schaffen, ich zähle auf dich. Mir ist klar, was ich verlange, aber in meiner Verzweiflung weiß ich sonst niemanden, der mir ernsthaft helfen könnte." „Sprich nicht weiter", unterbrach er mich, „es ist eine Selbstverständlichkeit dich zu begleiten. Doch auch für uns beide grenzt diese Mission an ein Himmelfahrtskommando. Ist sie es denn wert?", fragte Steward provokant. Etwas überrascht suchte ich nach den richtigen Worten, dann erwiderte ich: „Erinnerst du dich noch an jenen Abend, den Ball der Royal Society?" „Ja natürlich, ist das lange her. Damals hast du Mina kennengelernt." „Exakt, du erinnerst dich. Viele Abende kommen und gehen, nur ganz spezielle bleiben ein Leben lang bestehen. Anfangs verlief diese Nacht unspektakulär. Die gleichen, eintönigen Gespräche, Champagner und gutes Essen im Überfluss, das verlor jedoch an Bedeutung im Anbetracht meiner damaligen Einsamkeit. Es war gegen Mitternacht. Wir standen auf der Terrasse, blickten in den Garten und gönnten uns eine Zigarre. Gedämpfte Musik im Hintergrund untermalte den Tanz der Glühwürmchen. Ein Sommernachtsmärchen in Jasminduft getaucht. Da sah ich sie, auf der kleinen Brücke, die über den Teich führte. Die züngelnden Gaslaternen tauchten diese Szenerie in einen mystischen Schein. Mina stand in der Mitte, umringt von einigen Damen. Ihre Erscheinung elektrisierte mich vom ersten Augenblick an. Hochgewachsen, überstrahlte sie alle anderen, die durch ihre Gegenwart höchstens noch als Statisten taugten. Bekleidet im roten Ballkleid mit königsblauen Spitzen. Die langen, schwarzen Locken mit Glitzerpailletten verziert. Ihr Gesicht so wunderschön, der talentierteste Bildhauer würde beim Versuch, etwas Vergleichbares zu erschaffen, scheitern. Ihr Ausdruck jedoch traurig und leer. Unsere Blicke kreuzten sich. Ein intensiver Moment, für die Ewigkeit bestimmt. Die Welt um uns herum verblasste sogleich. Das Feuer war entfacht und lodert bis heute. Alles Weitere ist Geschichte.

Die Entscheidung, Mina zu retten und dabei meinem Schicksal gegenüberzutreten, treffe ich nicht aus Vernunft. Nach rationalen Gesichtspunkten müsste ich es lassen. Doch diese Entscheidung wurde mir schon vor langer Zeit abgenommen, genau an jenem Abend. Ein Mensch ist in Gefahr. Meine moralische Haltung lässt nichts anderes zu, als ihr zu helfen. Liebe lässt sich nicht rational begründen. Nur sie vermag es, dass Menschen jegliche Vernunft vergessen. Sein eigenes Leben aufs Spiel zu setzen, um ein anderes zu retten. Die Antwort fällt mir nicht schwer. Natürlich ist sie es wert. Lieben bedeutet leiden, um dadurch Glückseligkeit zu erlangen."
„Gut, Jon, deine Beweggründe ehren dich, somit habe ich keine Bedenken mehr. Ich würde genauso handeln. Du hast recht, die Entscheidung ist dir bereits abgenommen. Du würdest dir lebenslang vorwerfen, nicht alles versucht zu haben. Dann lass uns herausfinden, ob an dem Sprichwort ‚Liebe kann Berge versetzen' etwas dran ist." Wir unterhielten uns noch bis spät in die Nacht hinein, waren so vertieft in unsere Gespräche, dass die Zeit wie im Flug verging. Das elfmalige Schlagen der Wanduhr hallte durchs Wohnzimmer und wir entschieden uns, die Unterhaltung zu beenden.

Viel war geschehen und ich musste zu Kräften kommen. Ich verabschiedete mich und machte mich auf den Weg ins Zimmer. Diesmal fielen mir die Bewegungen schon leichter. „Es geht bergauf", dachte ich und stieß die Zimmertüre auf. Ich stellte mich ans Fenster und ließ meinen Blick über die Dächer Londons schweifen. Unzählige kleine, große, spitze und flache Dächer hoben sich deutlich aus der Dunkelheit der Nacht hervor.

Auf den Straßen war, trotz der fortgeschrittenen Uhrzeit, noch reges Treiben zu beobachten. Eine Weile stand ich da und ließ die Eindrücke auf mich wirken. Tausende Seelen waren dort draußen. Glückseligkeit und Dramen, die sich hinter den vielen Fenstern abspielten und doch waren es die eigenen Probleme, die am schwersten wogen. Das nennt man Leben, ein Wimpernschlag mit ungewissem Ausgang.

Gerade wollte ich die Fensterläden schließen, da fiel mir eine Kutsche auf, die bewegungslos am Straßenrand stand. Die Vorhänge waren zugezogen, kein Licht drang durch die kleinen Fenster. Eine abgestellte Kutsche zu dieser Stunde, wäre alleine keine Seltenheit gewesen. Ich erinnerte mich jedoch, dieses Gefährt war mir schon heute Mittag aufgefallen, nur auf der anderen Seite.

Vielleicht alles nur Zufall, jedoch etwas verunsicherte mich an diesem Wagen. Er passte so gar nicht in das Bild, das man von englischen Kutschen hatte. Die Form und die kleinen Details wirkten orientalisch und erinnerten mich an die Wagen, mit denen ich in Rumänien gefahren war. Die Zigeuner wären schon sehr einfältig gewesen, uns aus so einer auffälligen Kutsche zu beobachten. Wäre es ihnen zuzutrauen? Das musste ich ehrlicherweise mit Ja beantworten. Für ihren Intellekt waren diese Kerle nicht gerade bekannt. Ruchlos, brutal, aber recht einfältig, so würde ich sie am ehesten beschreiben. Nichts weiter regte sich vor unserem Haus, somit beendete ich mein Gedankenspiel und schloss die Fensterläden. Vielleicht war es auch nur ein Anflug von Verfolgungswahn. In meiner Situation war es kein Wunder, misstrauisch zu sein. Ich musste schlafen. Denn nur im Vollbesitz meiner körperlichen und geistigen Kräfte hatte ich eine Chance, gegen die Finsternis zu bestehen, dessen war ich mir bewusst. Erschöpft bettete ich mich in sanfter Baumwolle und schloss die Augen, um mich nicht weiter beunruhigenden Hirngespinsten hinzugeben.

Es ist tiefste Nacht und der Mond steht hoch am Firmament. Ruckartig werde ich aus meiner Nachtruhe gerissen. Ich verspüre großes Unbehagen. Ein Gefühl der hilflosen Angst kriecht durch jede meiner Zellen und schnürt mir den Hals zu. Etwas Tödliches ist im Anmarsch. Der Raum wirkt verzerrt. In der Ferne eine Türe, deren Klinke sich langsam nach unten bewegt. Ich bin unfähig, mich zu bewegen. Mein Herz pocht und presst dabei mein Blut, rauschend, durch meine Adern. Da erscheint eine Gestalt, in weißen Samt gekleidet. Langsam nähert sie sich meinem Bett. Eine zierliche Silhouette, langes, gewelltes Haar, ein Gesicht aus Ebenholz gefertigt. Es besteht kein Zweifel, es ist Mina. Lautlos tritt sie an mein Bett, müde und blass wirkt ihr Gesicht. Spielt mir meine Wahrnehmung einen Streich, träume ich, bin ich wach oder gar tot? Ist ihr womöglich die Flucht aus den Fängen dieser Bestie gelungen? Lautlos setzt sie sich auf die Bettkante. Sie nimmt meine Hand und führt sie an ihre Wange. Einen Moment verharren wir, schweigend und regungslos. Dann wirft sie mir einen verängstigten Blick zu und flüstert: „Hilf mir, lass mich nicht im Stich. Tief in meinem Inneren klopft noch immer mein Herz. Ich bin eine Gefangene. Mein inneres Verlies wurde verschlossen und ich fühle allmählich meine Kontrolle schwinden. Der Kampf wütet. Bald schon habe ich die Herrschaft über meine Sinne verloren. Ich bin isoliert, nur du kannst mich befreien. Nur wahre Liebe vermag noch das Unmögliche. Wenn der Mond in voller Pracht am Himmel steht, wird es zu spät sein. An finsteren Orten, an denen deine Verzweiflung die Oberhand gewinnt, folge deinem Instinkt."

Fragend starre ich sie an, doch ich bleibe stumm. Da spüre ich es wieder, dieses furchterregende Gefühl. Beklemmende Verbundenheit, nie zuvor ist es so intensiv gewesen. Röchelnd, nach Luft ringend, starre ich entsetzt zur Türe. Eine weitere Person betritt den Raum. Das Aussehen dieser Kreatur lässt mich zutiefst erschaudern. Unnatürlich, von Geisterhand getragen, kommt sie mir näher. Der Geruch von Verwesung breitet sich aus. Es muss wohl der Tod höchstpersönlich sein, der mir einen Besuch abstattet. Eine große, starke Gestalt, in schäbige Lumpen gehüllt, mit langem, ungepflegtem Haar.

Das Gesicht blassgrau. Rote Streifen schlängeln sich über die spitzen Wangenknochen. Zwei rot unterlaufene Augen werfen mir einen durchdringenden Blick zu. Sogleich hämmert sich Schmerz durch meinen Schädel. Ich muss meinen Blick abwenden, unmöglich, diese Gestalt länger anzusehen. Da packt sie Mina fest am Hals und zerrt sie empor. Nach Luft ringend, baumelt sie über dem Fußboden. Sein Mund fest geschlos-

sen, und doch hallen die Worte dieses Wesens durch meinen Kopf: „Der Meister hat mir befohlen, Mina abzuholen. Bald schon schwingt sie als kosmische Strahlung durch die Dimensionen. Versuch sie zu retten und du wirst es bereuen, sterblicher Wurm." Es lockert den Griff um Minas Hals, die daraufhin donnernd zu Boden stürzt, sich vor Schmerzen windend. Die Gestalt packt Mina am Arm und schleift sie quer über den Fußboden. Kurz darauf sind beide durch die Türe verschwunden.

Fassungslos starre ich den beiden hinterher. Ein Gefühl der Ohnmacht macht sich breit. Da spüre ich etwas Warmes und Feuchtes unter meiner Bettdecke. Mit größter Mühe schaffe ich es, zittrig die Decke zur Seite zu schlagen. Würmer, Schaben, Krebse und allerlei anderes ekliges Getier kriechen meine Füße hoch. Sie krabbeln über meinen Oberkörper, bis sie mein Gesicht erreichen. Der Fußboden scheint zum Leben erweckt, denn auch dort wimmelt es von unzähligen Insekten. Einem lebendigen Organismus gleich, der drauf und dran ist, mich mit Haut und Haaren zu verspeisen.

Von der Decke regnet es kleine Spinnen auf mich herab. Das Getier hat mittlerweile meinen ganzen Oberkörper bedeckt. Ich verspüre grenzenlose Abscheu, jedoch bin ich der Situation auf Gedeih und Verderb ausgeliefert. Der Bewegung bin ich nicht mehr fähig. Eine unsichtbare Kraft, die mich fest ans Bett fesselt. Mittlerweile bedeckt der krabbelnde Ekel mein ganzes Gesicht. Unzählige Würmer und Maden bahnen sich gnadenlos ihren Weg und kriechen in meine Gesichtsöffnungen. Ohren, Mund und Nase bleiben nicht verschont. Genüsslich frisst sich dieses Getier durch mein Fleisch. Ich werde von innen heraus verspeist. Die Schmerzen sind unerträglich. Einmal noch nehme ich meine ganze Kraft zusammen und brülle so laut ich nur kann. Die Insekten werden dabei aus meinem Mund katapultiert. Warmes Blut tritt aus den klaffenden Wunden und bedeckt schon bald mein ganzes Gesicht. Es beginnt an mir zu ziehen und zu zerren, bis es meinen Körper kräftig schüttelt.

„Jonathan, komme zu dir, wach auf." Ich öffnete meine Augen und sah Stewards Gesicht. „Dein lautes Geschrei hat mich geweckt, du hattest anscheinend einen Alptraum." Mein Herz raste immer noch. Einige Minuten vergingen, bis ich mich wieder einigermaßen zurechtfand. Schweiß perlte mir von der Stirn. „Steward, es war furchtbar, viel zu real für einen einfachen Traum", begann ich zu stottern. Stew unterbrach mich, er war sichtlich wenig daran interessiert, mehr zu erfahren. „Beruhig dich und versuche zu schlafen. Es ist mitten in der Nacht, wir werden über alles sprechen, nur nicht jetzt." Ich nickte ein wenig widerwillig und er verließ sogleich das Zimmer. „Beruhigen" war angesichts der Vorfälle leichter gesagt als getan.

Einige Zeit starrte ich nachdenklich auf die weiße Decke. Niemals zuvor hatte ich so etwas erlebt. Träume sind in der Regel wirr, die Bilder unscharf, der Schmerz nicht vorhanden. Die Erinnerungen verblassen nach kurzer Zeit und verschwinden in den Tiefen deines Gedächtnisses. Ich konnte es nicht so recht einordnen, jedoch Träume fühlten sich anders an. Minas Worte hallten durch meinen Kopf, ein Echo, das noch lange nicht verstummen sollte. Es war eine Warnung, die Zeit war knapp. Die Gedanken geisterten noch einen Moment lang umher, bis ich in einen tiefen und traumlosen Schlaf entschlummerte.

Ich erwachte am späten Vormittag. Die warme Mittagssonne umschmeichelte mein Gesicht und machte den Raum wohlig warm. Ich öffnete meine Augen. Gemächlich stand ich auf, zog mir Hose und Hemd über und öffnete das Fenster. Eine erfrischend kalte Brise kam mir entgegen und half dabei, den Schlaf zu vertreiben. Ich fühlte mich besser als zuvor. Immer noch matt und kraftlos, jedoch ging es bergauf. Mein Fieber war verschwunden und die Schmerzen in der Schulter wurden zunehmend weniger. Für einen Moment genoss ich die warme Sonne. Das auf meinen Schultern lastende Gewicht verringerte sich für einen Augenblick. Kurz darauf rollten meine Sorgen und Ängste wieder erbarmungslos auf mich zu, als wären sie eine dampfende Lokomotive. Ich beobachtete das rege Treiben auf den Straßen und ließ meinen Blick auf die gegenüberliegende Straßenseite schweifen. Da stand sie immer noch, diese auffällige Kutsche, davor eine sonderbar wirkende Gestalt, die grimmig unser Gebäude musterte. Nachdem sie mich am Fenster bemerkt hatte, blickte sie demonstrativ weg und verschwand hinter der nächsten Hausecke. Besorgt schloss ich das Fenster und begab mich nach unten ins Speisezimmer. Ich hörte das Klicken des Schlosses und knarrend öffnete sich die Eingangstüre. Ich erblickte Steward, der gerade Besorgungen nach Hause brachte. „Na, gut geschlafen?", fragte er mich. „Wunderbar, selten war eine Nacht so erfrischend", antworte ich mit leicht ironischem Unterton. „Ich muss dir ja nichts erzählen. Hast ja selbst mitbekommen, wie gut ich schlafen konnte." „Du wirst dich von einem Traum doch nicht einschüchtern lassen, oder?" „Nein bestimmt nicht, aber es trägt auch nicht zu meiner Genesung bei, wenn ich mich nicht einmal während des Schlafens erholen kann", entgegnete ich. „Da hast du recht, mein Freund." Mein Magen knurrte. Die letzten Tage hatte ich nicht viel gegessen, deshalb frühstückten wir ausgiebig. Der Appetit war zurück und das war ein gutes Zeichen. Nachmittags setzte ich endlich wieder einen Fuß vor die Tür. Steward und ich spazierten ausgiebig durch die Straßen Londons und machten uns dabei Gedanken über unsere weiteren Schritte. Der Weg führte uns über den Leicester Square bis hin zum Trafalgar Square. Wir durchschritten die Northumberland Ave und erreichten unser Ziel, die Themse. Dort angekommen, setzten wir uns auf eine Holzbank und beobachteten den regen Verkehr. Dampfend fuhren die Schiffe an uns vorbei. Der Gestank von verbrannter Kohle lag in der Luft, da und dort war ein aufheulendes Signalhorn zu hören. Trotz der Jahreszeit und dementsprechend niedrigen Temperaturen fühlte es sich nicht besonders kalt an. Es war nahezu windstill und die Sonne wärmte unser Gemüt. Mein Entschluss stand fest. Sobald ich mich einigermaßen erholt hatte, wollte ich die Reise nach Rumänien antreten. Steward war anfangs nicht sonderlich begeistert, sah jedoch ebenfalls keinen anderen Ausweg aus dieser Misere. Er wusste, Mary würde ihn nur äußerst ungern gehen lassen, doch er wollte mich unbedingt begleiten. Wir unterhielten uns noch eine Zeit lang, bis die Kälte uns dazu bewog, den Heimweg anzutreten.

Ein weiterer Tag verging. Die Wunde an meiner Schulter war nicht mehr entzündet und ich erholte mich hervorragend. Die Nächte waren erholsam und ich konnte tief und fest durchschlafen. Die aufwühlenden Erinnerungen an die Geschehnisse verblassten, somit konnte ich mich voll und ganz auf die bevorstehenden Prüfungen konzentrieren. Wir setzten unseren Abreisetermin für den 12. Februar fest und entschieden uns, auch diesmal mit dem Zug zu reisen. Dieses Verkehrsmittel war schneller als jedes Schiff und unsere Hoffnung war, Mina und ihre Entführer vielleicht noch unterwegs abzupassen. Unsere Vorbereitungen waren beinahe abgeschlossen, jedoch stand noch ein schwieriger Weg vor uns. Wir mussten noch einmal in mein Haus nach Brighton zurück, da dort wichtige Utensilien lagerten, die ich dringend benötigte. So machten wir uns am Abend vor unserer Abreise auf den Weg dorthin.

Anfangs hatte ich vorgeschlagen, um die Mittagszeit aufzubrechen, doch Steward hatte Bedenken. „Wir sollten den Schutz der Dunkelheit zu unserem Vorteil nutzen", meinte er. Bevor wir das Haus verließen, beobachten wir so gut es ging die Straße. Nichts Beunruhigendes war dort draußen zu erkennen. Selbst die auffällige Kutsche war nicht mehr auf ihrem Platz. Es war ein frostiger und bewölkter Abend. Gegen zwanzig Uhr machten wir uns auf den Weg. Gute zwei Stunden Fahrt lagen vor uns. Angespannt blickte ich mich immer wieder um, jedoch waren weit und breit keine Verfolger zu entdecken. Wir ließen die Großstadt hinter uns und das Wetter verschlechterte sich zusehends. Eiskalter Wind pfiff um die Kutsche, schüttelte uns heftig durch und Schneeregen prasselte auf die Scheibe. Eine dröhnende Symphonie aus tausend Eiskristallen. Nebel bedeckte die Felder und tauchte die Landschaft in ein geheimnisvolles Grau. Stumm saßen wir auf unserem Gefährt, die Anspannung schier greifbar. Aus Sicherheitsgründen hatten wir auf einen Kutscher verzichtet, so wechselten wir uns an den Zügeln ab. Mein Gesicht war tief im Mantel vergraben, der Wind peitschte gegen meine Wangen. Ich musste mir die tränenden Augen trockenwischen, um den Weg zu erkennen. Die Landschaft, karg und trostlos, gefangen im winterlichen Dämmerschlaf. Wir erreichten besiedeltes Gebiet und die Anspannung nahm stetig zu. Gegen zweiundzwanzig Uhr trafen wir in Brighton ein. Die Straßen waren leergefegt. Keine Menschenseele hielt sich bei diesem Wetter im Freien auf. Wir parkten unser Gefährt ein gutes Stück vom Haus entfernt und legten den Rest der Strecke zu Fuß zurück. Wir näherten uns unauffällig dem Anwesen, da wir nicht wissen konnten, was uns dort erwartete. Die Sicht war schlecht. Dichte, schwarze Wolken verdeckten den sichelförmigen Mond. Kurz vor unserem Ziel gab der Nebel den Blick auf die kleinen Türmchen und die soliden Mauern meines Hauses frei. Das Anwesen machte auf uns einen friedlichen Eindruck. Stumm und verlassen stand es vor uns, keine Regung war darin zu erkennen. Beinahe am Haus angelangt, bogen wir in eine Seitenstraße ab, um kein unnötiges Risiko einzugehen. Wir stiegen über die Mauer am Ende meines Gartens und setzten vorsichtig und möglichst geräuschlos unseren Weg zum Hintereingang fort. Dort angekommen, fischte ich den Schlüssel aus meiner Hosentasche und sperrte, so leise wie möglich, die schwere Holztüre auf. Die alten, verrosteten Angeln ächzten, als klagten sie über die Ruhestörung. Einen Moment verharrten wir in absoluter Stille, doch kein Laut war im Inneren des Gebäudes zu hören. Wir betraten die feuchten Kellergemäuer und entzündeten die Laterne. Im flackernden Kerzenschein stiegen wir die steinerne Treppe empor. Vorsichtig stieß ich die Vorzimmertüre auf und wir betraten die Eingangshalle. „Ich denke, die Luft ist rein", flüsterte ich. Stew bestätigte durch zaghaftes Nicken und wir setzten unseren Weg über die knarrende Holztreppe ins Obergeschoss fort. Im schwachen Kerzenschein erkannte ich den halb zerrissenen Vorhang, der immer noch von der Decke baumelte. Am Boden konnte man vereinzelte Blutspritzer erkennen. Im Schlafzimmer angekommen, griff ich unters Bett und zog eine Ledertasche hervor. Eilig packte ich warme Kleidung ein. Ich ging hinüber in mein Arbeitszimmer, öffnete den Tresor, um Bargeld, Reisedokumente und meinen alten Trommelrevolver herauszunehmen. Kurz darauf hatte ich all meine Utensilien zusammengekramt. Ich ging nochmals zurück zum Schlafzimmer, blieb einen Moment lang in der Türe stehen und betrachtete das noch immer verwüstete Zimmer. Glückliche Stunden hatte ich in diesem Haus verbracht und nun hätte ich es vielleicht zum letzten Mal betreten, dachte ich wehmütig. Doch es war keine Zeit für Sentimentalitäten. „Bist du fertig? Wenn ja, lass uns aufbrechen", drängelte Stew. Er hatte recht. Meine glücklichen Erinnerungen waren nicht in diesen Mauern, sondern in meinem Gedächtnis gespeichert. Gemeinsam gingen wir zurück zum Haupteingang und schritten den Weg hinauf zur Kutsche. Kurz darauf befanden wir uns auf dem Weg zurück nach London.

Der Big Ben schlug gerade drei Uhr, als wir in Stewards Straße einbogen. Wir hielten vor dem Haus und während ich die Pferde versorgte, schritt Stew die Stiegen zur Eingangstür hinauf. Ich blickte zu ihm hinüber und bemerkte, dass er wild mit den Händen gestikulierte. Mir war nicht ganz klar, was er mir sagen wollte. Daher ließ ich von der Kutsche ab und ging zu ihm hinauf. Das Haus präsentierte sich in völliger Dunkelheit. Mary schien zu schlafen, da deutete Stew entsetzt auf die Haustüre und flüsterte: „Die Türe ist offen, Jon, sie war nur angelehnt, gab jedoch bei der ersten Berührung nach." Einen Moment lang wussten wir nichts damit anzufangen, überwanden den ersten Schock und betraten das Haus. Um jeden noch so kleinen Vorteil gegen eventuelle Eindringlinge auszunutzen, machten wir kein Licht und navigierten in der Dunkelheit durch das Gebäude. Steward tat sich dabei leicht, war es doch sein Zuhause. Ich hatte erhebliche Probleme. Ich stolperte durch die Finsternis und meine Beine stießen des Öfteren gegen irgendwelche Möbelstücken. Wir hätten das Licht auch entzünden können, denn durch den Lärm, den ich verursachte, wusste nun jeder, dass wir hier waren. Steward blieb abrupt stehen. Ich registrierte es zu spät und knallte gegen seinen Rücken. Er warf mir einen ärgerlichen Blick zu und deutete nach rechts den Flur entlang. Er schlich die Treppen in den ersten Stock hinauf und war einen Moment später in der Dunkelheit verschwunden. Ich hatte aus seiner Handbewegung geschlossen, dass wir uns trennen sollten und stolperte weiter den Flur entlang. Vorsichtig tastete ich mich von Tür zu Tür, immer bereit für einen möglichen Angriff. Plötzlich vernahm ich einen wütenden Schrei, es war Stews Stimme. Rasch schritt ich zurück zur Treppe und hastete sie hinauf.

Dabei strauchelte ich, rutschte aus und knallte mit meiner verletzten Schulter auf das Holz. Schmerz durchflutete meinen

Körper und ich blieb einige Sekunden regungslos liegen. Ich biss die Zähne zusammen und zog mich am Geländer empor. Schleichend bewegte ich mich angeschlagen weiter zu Stewards Arbeitszimmer. Im schwachen Lichtschein stand er regungslos und starrte auf die Arbeitsfläche seines schweren Holztisches. Er sah mich wortlos an und hielt mir zitternd ein Blatt Papier entgegen.

Meine hoch geschätzten Freunde!

Ich hoffe, es geht euch gut und ihr fühlt euch den Umständen entsprechend wohl. Jonathan sollte sich mittlerweile von seinen Verletzungen erholt haben. Ich denke, unser letztes Zusammentreffen ist allen Beteiligten in guter Erinnerung. Ihr habt damals gut gespielt und seid als vermeintliche Sieger aus dem Duell hervorgegangen. Die Kreatur, die ich bin, kann so einfach nicht besiegt werden. Diese Lektion müsst ihr nun schmerzhaft erfahren. Wie ihr wisst, habe ich meine Diener nach London gesandt. Vieles muss ich in meiner Heimat zu Wege bringen und kann die Dinge nicht selbst in die Hand nehmen. Ich bin sozusagen unabkömmlich. Ich möchte euch auf diesem Wege warnen. Ob ihr euch danach richtet, sei euch überlassen. Ihr werdet beobachtet. Eure Aktivitäten bleiben nicht unbemerkt. Ich habe Jonathans Frau zu mir geholt, denn sie gehört an meine Seite. Niemand wird uns trennen. Es besteht ein unsichtbares Band, das uns durch die Jahrhunderte hindurch verbindet. Da ich mit einem stümperhaften Befreiungsversuch rechne, musste ich bestimmte Vorkehrungen treffen. Stewards Gemahlin befindet sich in unserer Gewalt. Sie ist einfach nur eine Figur in diesem Spiel, Mittel zum Zweck, um euch ruhigzustellen.
Solltet ihr trotz allem versuchen, meine Vorhaben zu stören, werden meine Diener ihr etwas antun. Es liegt an euch, ob ihr Mary wohlbehalten wiederseht. Wenn ich meine Vorhaben abgeschlossen habe, wird sie unversehrt zu euch zurückkehren. Darauf gebe ich euch mein Wort.
Hochachtungsvoll in treuer Verbundenheit
Dracula

Sprachlos blicken wir uns an. Unmittelbar folgten Schuldgefühle, die kräftig an meinem Gewissen nagten. Ich hatte sie in Gefahr gebracht, nun waren meine schlimmsten Befürchtungen eingetreten. Zögerlich legte ich den Brief auf den Tisch zurück. Ich kannte Steward schon eine Ewigkeit und konnte die Wut in seinen Augen lodern sehen. Er stand immer noch regungslos und starrte ins Nichts. Er brodelte innerlich und es war nur eine Frage von Sekunden, bis er explodierte. Mit einem Mal nahm er die Vase vom Tisch und schleuderte sie mit lautem Gebrüll gegen die Wand. Sie zerbrach in tausend Stücke. Der Kerzenleuchter fiel zu Boden und entfachte den Vorhang. Sogleich breitete sich beißender Gestank im Zimmer aus. Blitzschnell stürzte ich hinüber, riss den Vorhang aus der Halterung, warf ihn zu Boden und trampelte die Flammen aus. Ich versuchte, beruhigend auf Stew einzureden, der nach kurzer Zeit seine Fassung wiedererlangte. Er konnte sogar ein wenig über die Tatsache schmunzeln, fast sein eigenes Haus angezündet zu haben. Er nahm auf dem grünen Ledersofa Platz, war sichtlich geschockt und schaute mich fragend an. „Du weißt, ich leide mit dir. Es ist meine Schuld, ich werde es wieder richten, Stew, du hast mein Wort." Er kniff die Lippen zusammen und nickte mit gesenktem Blick. Ich ging hinüber zum Fenster, um es zu öffnen, da beißender Gestank in der Luft lag. Ich warf einen Kontrollblick nach unten und bemerkte die auffällige Kutsche am Straßenrand. „Mina und du seid selbst unschuldig in diese verflixte Geschichte hineingezogen worden, ich gebe dir keine Schuld dafür. Lass uns einen klaren Kopf bewahren und lieber abwägen, was nun zu tun bleibt."
„So früh schon schachmatt oder können wir weiterspielen? Ich denke, sie werden Mary nichts antun. Tatenlos abwarten können wir wiederum nicht. Wir müssen sie, so rasch wie möglich, aus den Fängen dieser Söldner befreien und anschließend zusammen abreisen." Stew wirkte ruhig und nachdenklich. Er erhob sich vom Sofa, ging zur Glasvitrine, nahm zwei geschliffene Kristallgläser und seinen zehn Jahre gereiften schottischen Whisky aus dem Schrank. Er goss uns beiden ein und reichte mir das zu einem Drittel gefüllte Glas mit den Worten: „Nimm einen kräf-

tigen Schluck, es beruhigt die Nerven." Ich bedankte mich und hielt das Glas einen Moment lang an meine Lippen. Rauchiger, erdiger Geruch strömte durch meine Nase, kroch empor, benebelte kurzzeitig meine Gedanken und erinnerte mich an glücklichere Zeiten, die längst vergangen waren. Tief im Inneren wusste ich, niemand konnte die Vergangenheit zurückholen. Diese Geschichte würde uns alle verändern und dies war nur schwer zu akzeptieren. Dann nahm ich einen kräftigen Schluck. Wohlig warm breitete sich der Alkohol in meinem Körper aus. Ich blickte auf und sah Stew immer noch sein Glas schwenken. Er betrachtete es, als hoffte er, daraus eine Antwort herauslesen zu können. Ein Moment verging, dann meinte er: „Ein guter Zug ist nicht vorhersehbar. Wir werden uns trennen. Ich kann nicht von dir verlangen hierzubleiben, du musst deine Mission erfüllen."

„Weil es auch das Widersinnigste ist, was wir machen könnten! Was sollte ich alleine gegen diese Mächte ausrichten?" „Solange dein Herz schlägt und du kämpfen kannst, lebt die Chance, Mina zurückzuholen. Wer aufgibt, hat bereits verloren. Damit werden unsere Gegner nicht rechnen." „Wie möchtest du Mary befreien? Du wirst Hilfe bitter nötig haben." „Richtig, Jon, die werde ich auch bekommen. Ich habe gute Freunde. Ich werde sie kontaktieren und sie werden mir beistehen, das Versteck ausfindig machen und anschließend Mary zurückholen. Falls alles gut geht, komme ich nach und stehe dir zur Seite." „Gut, wäre nur noch zu klären, wie wir uns unbemerkt bewegen können, vergiss nicht, wir werden beobachtet." „Ist mir nicht entgangen, lass das meine Sorge sein. Ich habe noch ein Ass im Ärmel." „Wenn du dir sicher bist, bin ich einverstanden. Alleine abzureisen, ist zwar vollkommen verrückt und ich habe meine berechtigten Zweifel, ob ich diese Reise überstehe, doch hätte ich mir am Ende zumindest nichts vorzuwerfen. Wir sind noch lange nicht schachmatt, Stew", sagte ich und versuchte krampfhaft, mir ein Lächeln ins Gesicht zu zaubern. Es war gespielter Optimismus, denn ich hatte große Angst, mich alleine Richtung Ungewissheit zu begeben. Es war in Ordnung, hatte ich Stew doch schon viel zu viel abverlangt.

„Wenn er jedoch genau diese Handlung erzwingen möchte? Getrennt sind wir stark geschwächt, meinst du nicht, Stew?" „Doch", erwiderte er, „eventuell hat er das sogar vor. Aber es ist die risikoreichste Reaktion und daher die beste, cheers, Jon", er streckte mir sein Glas entgegen, führte es zu seinem Mund und trank es in einem Zug leer. „Falls ich dann noch am Leben bin, wie möchtest du mich finden?" Einen Moment lang überlegte Stew angestrengt, dann meinte er:„Erinnerst du dich an diese Spelunke in Bistritz, wie hieß die noch gleich?" „Zum goldenen Drachen", kam sogleich meine Antwort. Wir hatten dort auf der Rückreise übernachtet. Damals dachten wir, die Geschichte wäre nun endgültig durchgestanden. Die Freude war riesengroß. Ein ausgelassener Abend mit viel Wein, Gesang und Glückseligkeit. „Genau, Jon, die meine ich. Hinterlasse mir dort eine Nachricht. Wenn nicht, werde ich trotzdem Richtung Borgo-Pass reisen." „Gut so", dachte ich und nickte. Das Fenster stand immer noch offen und eine einsame Glocke hallte durch die Nacht. Ich zählte fünf Schläge. „Bald bricht die Dämmerung heran, du solltest aufbrechen", meinte Stew ein wenig bestimmend. Schwermütig schnaufte ich kräftig. Mir war nicht wohl bei dem Gedanken, alleine diese Reise anzutreten. Das Ziel: ein Ort, an dem es keine Hoffnung gab. Eine verwunschene Gegend, die vom Tod und seinen Helfern regiert wird. Nur einen völligen Narren würde es freiwillig dorthin verschlagen. Doch wer liebt, dem ist Vernunft fremd.

„Ich bin bereit, Stew", ich erhob mich und stellte mein Glas auf den Tisch. Kurz darauf stand ich angezogen, mit meiner Tasche in der Hand, an der Eingangstüre. „Nun verrate mir doch, wie ich dein Haus verlassen soll, ohne dabei beobachtet zu werden." „Du hast recht, diesen Ausgang dürfen wir nicht benutzen, folge mir." Ich schlich Stew hinterher, der beim Kellerabgang stehen blieb. Er öffnete die massive Holztür und entfachte eine Laterne. Eine alte, knarrende Holztreppe führte uns nach unten, in einen feuchten Keller. Der Raum war vollgeräumt mit allerhand Gerümpel, die Luft modrig und abgestanden. Steward stellte sich neben einen Holzschrank und stemmte sich dagegen. Er krachte, als ob er sogleich in seine Einzelteile zerfallen würde, und Stew schob ihn zur Seite. Dahinter klaffte ein Loch in der Wand. Gebückt kroch Steward hindurch und deutete mir, ihm zu folgen. Dahinter befand sich ein kleiner, dunkler, stickiger Raum, fensterlos und kalt. „Wo sind wir hier?", fragte ich. „Moment", erwiderte Stew, der sich auf den staubigen Boden kniete, um etwas zu suchen. „Hier ist es ja", meinte er freudig und griff nach einem Metallring. Er zog kräftig daran und ächzend öffnete sich eine hölzerne Falltür. Neugierig beugte ich mich darüber und konnte eine Treppe erkennen, die hinab in die Dunkelheit führte. Fragend blickte ich Richtung Stew. „Dieses Gebäude ist seit Jahrhunderten im Besitz meiner Familie. Meine Vorfahren waren Christen. Es gab Zeiten, da ist man für diesen Glauben verfolgt und getötet worden. Dieses Tunnelsystem wurde 1650, während der Herrschaft des berüchtigten Oliver Cromwell, errichtet, der bekanntermaßen die katholischen Bevölkerungsgruppen erbarmungslos abschlachten ließ. Nicht nur in Irland wurde in seinem Namen gemordet, auch hier in London. Zum Schutz wurde ein Tunnelsystem errichtet, mit Zugang in die Kanalisation. Es tut mir leid, dass du auf diese Weise das Haus verlassen musst. Jedoch ist es die einzige Möglichkeit, unbeobachtet von hier abzureisen. Niemand weiß von diesem Tunnelsystem, nicht einmal Mary, und das ist in der momentanen Situation auch gut so. Du kletterst die Leiter hinunter und danach geht es immer geradeaus. Nach ungefähr zwanzig Metern erreichst du eine Abzweigung. Gehe dort nach rechts, dann weiter, bis du vor einer Metalltüre stehst. Über diese erreichst du die Kanalisation. Du musst vorsichtig sein. Man kann sich dort leicht verirren. Du gehst in die Richtung, in die das Abwasser fließt. Nach ungefähr fünfhundert Metern mündet dieser Kanal in einem Seitenstrang der Themse. Da solltest du problemlos ins Freie gelangen. Auch ich werde mir diesen Ausgang zunutze machen, um unbemerkt Hilfe zu holen. Nun gut, mein Freund, ich denke, es ist Zeit." Wehmut machte sich breit. Den Gedanken, es könnte die letzte Verabschiedung sein, versuchte ich zu verdrängen. Noch eine Umarmung, ein freundschaftliches Schulterklopfen, dann verschwand ich in der Tiefe.

KAPITEL 3

Am Ende der Leiter angekommen, erkannte ich im schwachen Schein der Laterne einen verstaubten Gang. Die Luft roch abgestanden und alt. An den Wänden aus blankem Stein befanden sich Halterungen aus verrostetem Metall. Vermutlich waren es Befestigungen für Fackeln, denn darüber waren schwarze, rußige Verfärbungen. Am Weg lagen kleinere und größere Gesteinsbrocken, die sich von Wänden und Decke gelöst hatten. Behutsam schritt ich den Gang entlang und konnte in der Ferne das Plätschern von Wasser vernehmen. Kurze Zeit später stand ich vor der rostigen Metalltüre. Ich stemmte mich mit all meinem Gewicht dagegen und ächzend gab sie den Weg frei. Sogleich strömte mir äußerst übelriechender Gestank entgegen. „Ich bin offensichtlich richtig", dachte ich und setzte vorsichtig meinen Weg entlang der Kloake fort. Der Boden aus Stein war rutschig und glatt. Es lagen dutzende Tierkadaver herum und es dauerte eine Zeit lang, bis ich in der Ferne Sonnenlicht erkennen konnte. Bald darauf hatte ich den Ausgang erreicht und füllte meine Lungen sogleich gierig mit frischem Sauerstoff. Ich schritt am Rande des Flussbeckens entlang, bis ich eine geeignete Stelle erreicht hatte, um den Kanal zu verlassen. Ich brauchte einen Augenblick, um mich zu orientieren und konnte kurz darauf meinen Weg fortsetzen. Bei der ersten Gelegenheit bog ich in eine kleine Nebenstraße und war schon bald auf der breiten Victoria Street. Ich fand mich im pulsierenden Leben der Großstadt wieder, das selbst zu so frühen Morgenstunden im vollen Gang war. Kinder, die zur Schule hasteten, Mütter, die ihre Einkäufe erledigten, oder Erwachsene auf dem Weg zur Arbeit. Eisig kalt war es an diesem Morgen und ich zog mir den Schal tief ins Gesicht. Zu meiner Erleichterung fand ich rasch eine freie Droschke und setzte meinen Weg Richtung Hafen fort. Die Straßen waren zum Teil hoffnungslos überfüllt. Fußgänger irrten kreuz und quer, Kutschen versperrten uns den Weg. An ein schnelles Vorankommen war nicht zu denken. Londons Straßen glichen einem geschäftigen Ameisenbau, bestehend aus Einzelkämpfern ohne ein gemeinsames Ziel. Meine Wenigkeit in der Hauptrolle, auf dem Weg zu seinem Scharfrichter. Je näher wir dem Hafen kamen, umso größer wurde das Durcheinander. Mit einiger Verspätung erreichte ich die Docks. Die alte Hafenuhr schlug gerade neun Mal. Passagiere eilten hektisch umher, darum bemüht, ihre Schiffe zu erreichen. Ich bahnte mir den Weg durch das Gewühl und stand wenig später studierend vor einer handgeschriebenen Anzeigetafel. Es waren einige Verbindungen aufgelistet, die das europäische Festland zum Ziel hatten. Ich entschied mich für einen kleineren Dampfer, der nachmittags den Hafen von Calais ansteuerte.

Ich besorgte mir eine Fahrkarte und nutzte die Wartezeit, um ausgezeichnet zu speisen. Rechtzeitig bestieg ich den Dampfer Richtung Frankreich. Ich setzte mich auf eine kleine Holzbank auf dem Deck und genoss die wärmende Sonne. Rasch übernahm die Müdigkeit das Kommando, hatte ich doch die letzte Nacht nicht geschlafen, und ich döste friedlich vor mich hin. Nach einer Weile schreckte ich abrupt auf und blickte auf meine Uhr. Die Abfahrtszeit war verstrichen, jedoch hatten wir uns immer noch nicht in Bewegung gesetzt. Ich suchte ein Crew-Mitglied, das mich mit den Worten „Probleme mit dem Kessel, wird noch ein wenig dauern" unfreundlich abfertigte. „Meine Reise fängt ja gut an", dachte ich im Stillen und nahm erneut Platz. Einige Zeit später, die Sonne stand schon tief, begann der Motor, stotternd zu brummen. Vibrierend setzten wir uns in Bewegung und der Schornstein stieß hustend dicke Rauchschwaden in die Luft. Wir fuhren eine Zeit lang die Themse hinab, vorbei an unzähligen Häusern, durch Brücken hindurch, bis wir das offene Meer erreichten. Ich stand an der Reling und blickte einem wundervollen, friedlichen Sonnenuntergang entgegen. Gleißendes Licht färbte das Wasser anfangs hell, dann dunkelrot. Es schien, als ob sich Sonne und Horizont im wiederkehrenden Liebesspiel allmählich vereinten. Ein letzter, intensiver Kuss und die Sonne schmetterte ihre Schatten tausendfach über die bewegte See. Die Vereinigung war beinahe abgeschlossen. Ein letzter Kraftakt, der den Horizont in sämtlich verfügbare Rottöne tauchte. Ein unbekannter Künstler, der seine Farben großzügig über die Oberfläche verteilte. Völlig vertieft in dieses Naturschauspiel, blickte ich den letzten Strahlen entgegen und ließ die Eindrücke wirken. Dann kam es, wie es kommen musste. Die Sonne verlor ihren Kampf gegen die Nacht. Mit einem Schlag wurde es spürbar kühler. Eine feuchte Meeresbrise schlug mir entgegen und ich zog den Schal erneut tief in mein Gesicht. Das rhythmische Stottern der Motoren, zusammen mit der dauerhaften Bewegung des Schiffes und dem Geräusch des Wassers, das gegen den Bug peitschte, hatten fast schon etwas Hypnotisierendes. Die Farben wichen und eine tief schwarze Nacht breitete sich aus. Ein wolkenloser Himmel gab den Blick auf unzählig funkelnde Sterne frei. Klirrend kalt war es geworden und ich vergrub meine Hände tief in den Manteltaschen. Der sichelförmige Mond stieg langsam höher. Mahnend und dabei völlig stumm in das Firmament graviert, thronte er über meinem Kopf, um mich daran zu erinnern, die Zeit war endend.

Mina, welche Ängste sie in diesem Moment durchleben musste, konnte ich mir nur schemenhaft ausmalen. Die Gedanken daran schmerzten und doch kreisten sie immer um das gleiche Thema. War es schon zu spät, konnte ich sie retten? In einer anderen Situation hätte ich mich auf Frankreich und die weiteren Länder gefreut. Würde ich so eine Reise jemals mit ihr machen können? In Paris auf den Champs-Élysées spazieren gehen und in kleinen Cafés einfach das Leben genießen? In München im Biergarten herumwandern oder in Wien unzählige Sehenswürdigkeiten betrachten und dabei Musik der begnadetsten Künstler der Welt lauschen? Der Gedanke daran, ein flüchtiges Glücksgefühl, doch die Realität sah anders aus. Ich war drauf und dran einer Übermacht entgegenzutreten, schutzlos und allein, mein Antrieb: Liebe. Was ist es eigentlich, dass einen Menschen zum Äußersten bewegt? Bereit dazu, sich selbst aufzugeben, für das

Leben eines anderen. Liebe lässt jegliche Vernunft, ja, sogar seinen eigenen Überlebenstrieb verblassen. Jede Zelle meines Körpers schrie laut und deutlich: „Jon, geh nicht weiter", und doch tat ich es. Das Gefühl der Hoffnung, eine glücklichere Zeit zu erleben, spornte mich an. Erst wenn die Hoffnung vergeht, verschwindet auch der Mensch. Hatte ich Angst vor meinem eigenen Abgang? Wenn ich Mina dadurch retten könnte, wäre es zumindest nicht sinnlos. Nur dieses eine Gefühl bringt einen dazu, seine Instinkte zu ignorieren. Selbst vor dem brennenden Haus würde man nicht haltmachen, auch wenn man dabei Gefahr liefe, zu verenden.

Tief im Inneren wusste ich, ich musste alles in meiner Macht Stehende unternehmen. Egal, welchen Ausgang diese Geschichte bereithielt, es war der Schlüssel für zukünftige Glückseligkeit. Dabei hatte ich es leichter als andere, denn ich hatte noch Zeit, gründlich über die nächsten Schritte nachzudenken. Diese Zeit bleibt einem, im Angesicht eines lodernden Gebäudes, nicht mehr. Zusehen zu müssen, während ein von dir geliebter Mensch ums Leben kämpft, und du selbst bist zur Tatenlosigkeit verdammt, das birgt wahren Schmerz. Handlungsfähigkeit beruhigt das Gewissen. Nichts tun zu können, ist gefährlich, denn es zerfrisst dein Innerstes. Ich konnte nur erahnen, wie sich so ein Moment anfühlte und doch gab es diesen Schmerz tausendfach dort draußen. Sich immer wieder vor Augen zu führen, es könnte noch weitaus schlimmer kommen, beflügelte mich. Noch hatte ich es selbst in der Hand.

Völlig vertieft in mein Gedankenkonstrukt, bemerkte ich gar nicht die Stille um mich herum. Die Wellen wiegten das Schiff sanft hin und her, doch die Maschinen waren stumm und kein Rauch dampfte aus dem Schornstein. Aus der Ferne vernahm ich eine dumpfe Stimme: „Probleme mit der Schiffsschraube, wir arbeiten daran." Verdammt sei dieser Dampfer! So viele Schiffe und ich musste mich gerade für dieses entscheiden. Untätig dazustehen, unfähig mich weiterzubewegen, das entfesselte meine innere Unruhe. So konnte ich sie niemals retten, es war zum Verzweifeln.

Erst jetzt bemerkte ich einen Mann, der mir gegenüberstand. Fest eingemummt in seinen Mantel, hatte er seine Kopfbedeckung tief ins Gesicht gezogen. Sein Blick war nachdenklich aufs weite Meer gerichtet und er zog dabei gelegentlich an einer Zigarette.

Diese Gestalt wirkte auf mich seltsam vertraut und fremd zugleich. Einen Moment lang starrte ich in seine Richtung, was nicht unbemerkt blieb. Er drehte sich zu mir und blickte mich schweigend an. Dann nahm er einen letzten Zug und schnippte die Zigarette ins Meer. Er kam auf mich zu, kramte dabei in seiner Manteltasche und zog ein silbernes Etui hervor. Er öffnete es und streckte es mir entgegen. „Sie sehen aus, als könnten Sie eine vertragen. Nehmen Sie ruhig, ein türkisches Tabak-Qualitätsprodukt. Sie werden begeistert sein. Die Türkei ist übrigens eine Reise wert, vor allem den Hafen von Konstantinopel sollten Sie sich genau ansehen." Dankend nahm ich die Zigarette an und er reichte mir ein bronzenes Klappfeuerzeug. Ich nahm einen kräftigen Zug. Der Rauch kroch hinab in meine Lungenflügel und ich verspürte sogleich ein angenehmes, sanftes Kribbeln am ganzen Körper, als wäre ein Feuer in mir entfacht. Mir wurde warm, mein Geist war benebelt und klar zugleich. Eine Wirkung, die dich daran erinnert: Vielleicht wäre es besser, manches zu vergessen. „Hilft beim Denken, Vergessen oder Verdrängen. Je nach Lebenssituation liegen die Grenzen oft nah beieinander. Jedenfalls sollte es Sie beruhigen", sagte er und zündete sich noch eine an. „Mein Name ist Harker und ich komme aus London", meinte ich und reichte ihm meine Hand. Er schlug ein und sprach: „London, sehr schön, Mister Harker. Ich bin bloß ein gewöhnlicher Reisender." „Niemand ist bloß gewöhnlich, Sir, woher kommen Sie? Was ist Ihr Reiseziel? Ich befinde mich auf den Weg nach Rumänien, in einer sehr heiklen und gefährlichen Mission." „ Hört sich ja höchst geheimnisvoll an, da wünsch ich Ihnen viel Glück, Sie werden es brauchen. Meine Reise ist nicht so einfach zu beschreiben. Ich bin seit geraumer Zeit unterwegs, um einen elementaren Verlust zu verarbeiten. Meine Reise hat mich an die äußerste Grenze der menschlichen Existenz geführt und darüber hinaus. Ich war an einem Punkt angelangt, an dem man nicht mehr vorankommt. Am Abgrund stehend, kann man nur noch zurück. Doch dieser Weg gestaltet sich meist steinig und schwer. Meine Reise führte mich in die tiefsten metaphysischen Abgründe und in der Konfrontation mit meinem Innersten, dem Schmerz und der daraus resultierenden Zerrissenheit habe ich die eine oder andere Erkenntnis erlangt. Nun habe ich ausreichend Antworten auf Fragen gefunden, die ich nie stellen wollte. Ich habe erkannt, viele Antworten ergeben sich nur durch den Weg selbst. Lange genug verharrte ich, im dunkelsten Augenblick gefangen, unfähig, mich zu befreien. Nun ist es mir klar geworden, ich muss zurückkehren, um weiterzugehen, denn Stillstand wäre ein Rückschritt. Bei dieser Gelegenheit treffe ich den einen oder anderen alten Bekannten. Daher stehe ich nun genau hier, doch unser Treffen wird nur von kurzer Dauer sein. Alles in dieser Welt ist miteinander verbunden. Ein unsichtbares Netz, das alles und jeden umspannt. Somit kreuzen sich auch unsere Geschichten für einen kurzen Moment, verwoben im Chaos, das wir Leben nennen. In einer Welt, in der Schmetterlingsflügelschläge Tornados heraufbeschwören. Doch meine Geschichte schreitet voran. Noch viele leere Seiten, die beschrieben werden möchten. Es ist ein Geschenk, denn für so manch andere bleibt die eigene Geschichte ein nie erzähltes Mysterium. Man bedenke, wie bitter diese Pille schmeckt, im Wissen selbst, der beste Autor zu sein. Da uns das Leben vergönnt ist, müssen wir die bestmögliche Biografie schreiben. Das sind wir den Verstorbenen schuldig."

„Wie wird Ihre Geschichte enden?", unterbrach ich den Fremden. „Das Ende ist uns allen gewiss. Den Weg dorthin können wir durchaus mitgestalten. Oft genug verhalten wir uns wie ein Passagier, unfähig das Steuer festzuhalten. Wenn es dir das Schicksal auch entreißt, du kannst es jederzeit wieder übernehmen, garantiert."

„Der Schaden ist behoben, wir werden mit ein paar Stunden Verspätung Calais erreichen", hörte ich eine Stimme über das Deck schallen.

„Es wird Zeit, mein Freund. Ich muss zügig zurück ins Ungewisse. Doch im Gegensatz zu früher bin ich nun gespannt darauf, was dort auf mich wartet. Angst habe ich nun keine mehr. Hier ist ein Geschenk für Ihre Reise", sagte er und reichte mir das silberne Etui mit den Zigaretten. Etwas überrascht sah ich ihn an, bedankte mich sogleich und steckte es ein. Er verließ mich und ging zu einer Metalltüre, die zu den Kajüten führte. Er wandte sich nochmals um und meinte: „Jon, deine Reise ist dein größtes Abenteuer. Empfinde diese nicht als Bürde, die dir von fremder Hand auferlegt wurde, sondern als Geschenk, um im Angesicht deiner Qualen geistiges Wachstum zu erlangen. Denke immer daran: Eine gute Geschichte beinhaltet immer eine gehörige Prise Dramatik. Eines noch, auch wenn du mit deinem Schicksal haderst, du bekommst im Leben nicht, was du dir wünscht, sondern, was du brauchst."

Ein wenig ratlos angesichts dieser seltsamen Begegnung, blickte ich dem Fremden hinterher. Offenbar kannte er mich, aber woher, war mir ein Rätsel. Er wusste meinen Vornamen, den ich nie erwähnt hatte. Vielleicht aus früheren Zeiten, jedoch Erinnerungen hatte ich keine. Er hatte etwas Spannendes erwähnt, die Stadt Konstantinopel. Ich grübelte schon seit geraumer Zeit über die richtige Reiseroute. Minas Schiff würde die Meeresenge von Gibraltar durchqueren, durchs Mittelmeer fahren, in Konstantinopel den Bosporus passieren, um ins Schwarze Meer zu gelangen. Diese Meeresenge wäre die Gelegenheit, das Schiff abzufangen. Es sei denn, ich kam zu spät. Entweder wollte mich dieser Fremde in die Irre führen oder er war mir freundlich gesinnt. Ich konnte es mir nicht erklären, doch vertraute ich ihm. In Kürze würden wir in Calais anlegen. Ich nahm mir vor, diesen Kerl beim Verlassen des Schiffes abzupassen. Eventuell hatte er noch mehr hilfreiche Informationen. Kurz vor Mitternacht erreichten wir unser Ziel. Kein anderes Schiff war so spät noch unterwegs, somit waren wir die Einzigen, die den Hafen anfuhren.

Ich kramte meine Utensilien zusammen und drängelte mich Richtung Ausgang. Ich war einer der Ersten, die den Dampfer verließen und machte mir es, an einen Poller lehnend, bequem. Aufmerksam musterte ich jede Person, die das Schiff verließ. Von meiner sonderbaren Begegnung war jedoch weit und breit nichts zu erkennen. Auf Nachfrage, ob sich noch jemand an Bord befinde, bekam ich nur ein unfreundliches „Nein" zu hören. Sonderbar und enttäuschend, hatte ich mir doch die eine oder andere Antwort erhofft. Entmutigt schlich ich den Pier entlang, bestieg eine Kutsche und fuhr Richtung Bahnhof. Wir bahnten uns den Weg durch menschenleere Straßen und hielten nach kurzer Fahrt vor einem großen Gebäude, dessen Turmuhr gerade ein Uhr schlug. An eine Weiterfahrt um diese Uhrzeit war nicht zu denken. In vier Stunden würde der nächste Zug Richtung Paris abfahren. „Zu kurz für ein Hotel", dachte ich und machte es mir auf einer Holzbank am Bahnhofsgelände bequem. Die Strapazen der letzten Tage hatten ihre Spuren hinterlassen, doch ahnte ich, es war erst der Anfang. Die Gedanken an Minas und meine ungewisse Zukunft bohrten tief und wurden mein dauerhafter Begleiter. Es würde eine lange, beschwerliche Reise, um mich am Ende dem Tod persönlich entgegenzustellen. Meine Bestimmung war trotz allem nicht einzigartig. Ereilt jeden am Ende doch dasselbe Schicksal. Ich hatte meiner Müdigkeit nun nichts mehr entgegenzusetzen und fiel kurz darauf in einen traumlosen Schlaf.

Unsanft wurde ich vom Reinigungspersonal geweckt. Glückliche Fügung, denn ich hatte noch zehn Minuten bis zur Abfahrt. Ich packte meine Tasche, lief zum Bahnsteig und befand mich kurz darauf im Zug nach Paris. Vier Stunden später erreichten wir die pulsierende Weltmetropole. Der Bahnhof war überfüllt, laut und stickig. Auf den Straßen drängelten sich Menschen, Kutschen und gelegentlich auch so manches Getier. Eine Stadt, geheimnisvoll und wunderschön, die aus der unerschöpflichen menschlichen Kreativität geschaffen wurde. Schwermütig träumte ich von einer alternativen Realität. Eine, in der ich Mina in die schönsten Pariser Restaurants ausführte, um königlich zu speisen. Eine, in der wir staunend einen Stahlkoloss namens Eiffelturm betrachteten, der uns einen Ausblick in die Zukunft gewährte. Eine, in der wir glückselig durch die Gassen flanierten, um außergewöhnliche Kunstwerke in beeindruckenden Museen zu bewundern. Der Gedanke erfüllte seinen Zweck, denn mir wurde warm ums Herz. Mein Geist unterscheidet nicht zwischen Fiktion und Realität. Ein endloses Hinterherjagen nach dem einen perfekten und doch so zerbrechlichen Moment. Träume sind die letzte Zuflucht aus einer erbarmungslosen Wirklichkeit, gerade dann, wenn sich die Bürde des realen Lebens zu einer untragbaren Last entwickelt. Glücklich derjenige, der es vermag, Träume zu erleben.

„Bahnsteig zwei, Zug nach München fährt ab", schallte es durch die Halle und unterbrach meine Gedanken. Ich nahm meine Tasche und hetzte die Plattform entlang. Rechtzeitig bestieg ich den Waggon und mein nächstes Ziel war Deutschland. Dazu verdammt, mich in Geduld zu üben, saß ich alleine in meinem Abteil und betrachtete die karge Landschaft. Der Weg führte vorbei an schneebedeckten Feldern und wildromantisch verschneiten Wäldern. Meine Unruhe wuchs mit jedem Meter, rückte ich doch meinem infernalen Alptraum immer näher. Die Gedanken dazu wirr, nur schwer zu ordnen. Vielleicht war es Zeit, meinem Innersten eine Pause zu gönnen. Eine monotone Geräuschkulisse, bestehend aus dem rhythmischen Schnaufen der Dampflock und dem unaufhörlichen Ächzen der Schienen, wiegte mich in einen tranceartigen Zustand, gefangen zwischen Bewusstsein und Dämmerschlaf.

Ruckartig wurde ich aus meinem Schlummerzustand geweckt. Ich blickte hinaus und sah ein Schild, auf dem *München Hauptbahnhof* stand. Im dösenden Halbschlaf packte ich meine Sachen und begab mich zur Informationsstelle. Mich fröstelte es am ganzen Körper und meine müden Knochen wollten nicht so richtig erwachen. Ohne Zeitgefühl taumelte ich den Bahnsteig entlang. Welcher Tag war heute? Ich wusste es nicht mehr. Je weiter ich mich dem Auge des Sturms näherte, desto unwichtiger waren die Zeit und der Ort, an dem ich mich befand. Ich hatte eine Stunde, um mir die Füße zu vertreten. Ich nutzte die Gelegenheit und machte einen kleinen Spaziergang rund um das Bahnhofgebäude. Anschließend setzte ich mich in ein kleines Restaurant und bestellte einen Schweinsbraten. Lustlos kaute ich die Fleischstückchen zu Brei und beobachtete interessiert mein

Umfeld. Der Raum war voller angeregter Gespräche, freudigem Gemurmel und ausgelassenem Gelächter. In der Ecke saß eine Mutter, die ihr kleines Kind fixierte. Der Anblick ihres Nachkommens zauberte ihr ein strahlendes Lächeln ins Gesicht. Die Euphorie durchflutete jede dieser Seelen, bis auf meine. Die positive Atmosphäre, abgestoßen wie identisch geladene Pole. Das Lächeln der Leute, diese ungeschminkte Darstellung der Glückseligkeit, war ein Faustschlag in mein Gesicht. Kann es sein, dass ich den Menschen ihre gute Stimmung nicht gönnte? War ich, in Momenten großer Freuden, am Ende selbst schon einmal unfähig gewesen, den Schmerz anderer zu erkennen? Man kann niemandem seine gute Laune vorhalten. Ich habe gelernt, keinen zu verurteilen, ohne zuvor die gesamte Geschichte zu kennen. Heute ein Lächeln, morgen vielleicht schon eine Träne, für jeden schlägt früher oder später eine schicksalhafte Stunde. Dieser üble Gedanke erhellte mein Gemüt. „Lacht nur, ihr Schafe, auch ihr könnt eurer Bestimmung nicht entrinnen. Jeder muss sich eines Tages auf die Reise begeben, um sich seinen Dämonen zu stellen", dachte ich.

Ich nahm mein Glas Bier, schüttete es mit einem Guss die Kehle hinunter und verließ das Restaurant Richtung Bahnhof. Wien war mein nächstes Reiseziel. Die Fahrt schritt zügig voran. Die Landschaft blieb unverändert, doch konnte man in der Ferne die mächtigen Gipfel der Alpen erkennen. Steinerne Zeitzeugen, so mächtig und dabei vergänglich wie alles andere in unserer Welt. Den Unterschied macht einzig die Zeit selbst. Vergeht sie doch für alles und jeden unterschiedlich schnell.

Wien präsentierte sich auf den ersten Blick eindrucksvoll und majestätisch. Doch genauer betrachtet wirkte diese Stadt, als verharre sie krampfhaft in einem längst überholten Maskenball. Ein Schmelztiegel der Kulturen, ein Pulverfass, dessen Lunte bereits loderte. Dabei handelt es sich nicht um meine laienhafte Meinung. Oft haben wir die politischen Veränderungen Europas im Zigarrenclub der Royal Society diskutiert. Mit Sorge beobachten wir die großen Migrationsströme in die neue Welt. Die Wirtschaftsleistung Europas steigt stetig, nicht zuletzt auf Grund der

Ausweitung des Kolonialismus. Unser Leben auf Kosten anderer wird auf Dauer keinen Bestand haben. Trotzdem kommen uns massenhaft Arbeiter abhanden. Das ist nur allzu verständlich, da die Gewinne ungerecht verteilt werden. Wie lange wird die alte Ordnung noch halten? War die ungleichmäßige Verteilung des Geldes nicht schon immer der Zündstoff der Geschichte? Europa ist im Wandel, doch dessen Machthaber halten krampfhaft am untergehenden System fest. Dabei sollten wir aus der Geschichte gelernt haben. Keine Ordnung hält ewig und der Wandel vollzieht sich oftmals mit Bomben und Granaten. Wir durften kürzlich einer Vorstellung des Maxim-Maschinengewehrs beiwohnen. Faszinierend und erschreckend zugleich. Kaum auszudenken, falls solche Waffen auf den Schlachtfeldern Europas zum Einsatz kommen. Ob der aufkeimende Nationalismus zur zukunftsweisenden Lösung wird oder erst recht die Lunte entfacht, darüber gehen die Meinungen weit auseinander. Spätestens die kommenden Jahre werden uns die Antwort darauf geben. Doch die Zukunft ist nicht in Stein gemeißelt. Es ist wohl am Ende an jedem selbst, der Geschichte sein ganz individuelles Kapitel hinzuzufügen.

Quietschend setzte sich der Zug in Bewegung. Nächstes Ziel auf meiner Reise war Budapest. Wir bewegten uns durch eine endlose, öde Landschaft. Flaches Land, bestehend aus Feldern, so weit das Auge reichte. Dazwischen vereinzelte Bauernhöfe, Baracken oder Häuser aus einfachem Lehm. Wenn man der Meinung ist, dass eigene Schicksal sei furchtbar, sollte man sich das karge und entbehrungsreiche Leben ärmerer Menschen vor Augen führen. Meist sind sie näher, als man denkt. Vom Glück bevorzugt, geht es mir finanziell gut. Eine Tatsache, die ich einzig dem Umstand zu verdanken habe, zur richtigen Zeit am richtigen Ort geboren zu sein.

Das trifft auf so viele Menschen zu und doch ist es ihnen nicht bewusst. Dabei gibt es kein Geburtsrecht. Hochmütig blicken viele auf die weniger Betuchten herab und verwehren Hilfesuchenden jegliche Unterstützung. Dabei tragen wir doch die größte Schuld an der Armut in dieser Welt. Wir erbeuten alles und viel mehr und wundern uns, wenn die Beraubten eines Tages vor unserer Haustüre stehen, um sich zurückzuholen, was ihnen zusteht. In der Heimat leben wir in einem kleinen, elitären Kreis. In einer künstlichen Welt, die nichts mit der Realität zu tun hat. Ich habe es satt, den inhaltslosen Gesprächen auf Bällen und Banketten beizuwohnen, während wir uns mit Wein und erlesenen Speisen den Magen vollstopfen. Umgeben von seelenlosen Wanderern, getrieben von Macht, Geld und wertlosen Statussymbolen. Ihr einziges Hochgefühl, ein Wimpernschlag der Glückseligkeit, beim Verkauf ihrer Aktien mit satten Gewinnen. Ein kurzer euphorischer Rausch, der immer aufs Neue gestillt werden möchte. Es sind Zahlen, gedruckt auf einem einfachen Blatt Papier, ein fiktiver Wert, der nur durch unser aller Vertrauen genährt wird. Dieser Glaube ist drauf und dran, sämtliche Religionen dieser Welt zu verdrängen. An die Macht des Geldes glaubt offenbar die Mehrzahl aller Menschen. Der Preis für diese Gier ist enorm und ihn bezahlen meist Unbeteiligte.

Die Menschen in den einfachen Baracken scheinen nur auf den ersten Blick arm zu sein. In einer rauen und erbarmungslosen Wirklichkeit kämpfen sie täglich ums Überleben, aber haben nicht verlernt, sich an den kleinen Dingen des Lebens zu erfreuen. Feinheiten, die unserer Wahrnehmung verborgen bleiben, da wir durch Überfluss und Völlerei den Blick dafür verloren haben. Wir bedauern minderbegüterte Menschen, dabei sind doch wir die Bedauernswerten. Die Armen sind doch diejenigen, die auf so viele, verschiedene Weisen reich sind. Wir haben keinen Anspruch auf Glückseligkeit, nur weil wir in einer komfortablen, künstlich geschaffenen Welt leben. Eine Lehre, die ich nun schmerzhaft am eigenen Leib erfahren musste. Menschen, die täglich den Kampf ums Überleben führen, kennen Kummer und Schmerz nur allzu gut. Unsereins kann nur schwer damit umgehen. Die bedruckten Banknoten in meiner Tasche hatten jedenfalls an den Orten, an denen ich mich nun hinbegab, keinerlei Bedeutung mehr.

„Nächster Halt, Budapest", tönte es durch den Waggon. Ich wurde unruhig, denn es war Zeit, eine Entscheidung zu treffen:

Sollte ich den direkten Weg mitten hinein in die Höhle des Löwen wählen, einem verwunschenen Ort, an dem es keine Gnade gab? Oder sollte ich den Umweg wagen, der mir eine Gnadenfrist von einigen Tagen einräumte, mit Aussicht, dies alles vorzeitig zu beenden? Ich vertraute meinem Gefühl und entschied mich für Konstantinopel. Eine lange, zermürbende Zugfahrt stand mir bevor. Mit meinen Gedanken alleine gelassen, starrte ich in die Dunkelheit hinaus. Steward kam mir unweigerlich in den Sinn. Mein treuer Gefährte, der Bedachteste von uns allen, und doch hatte ich ihn im Stich gelassen. Falls Mary etwas zustieß, würde ich mir das nie verzeihen. Dann wäre es wohl besser, selbst den Tod zu finden. Falls meine düsteren Befürchtungen einträten, würde er mir dafür keine Schuld geben. Ich konnte mich immer auf seine Hilfe verlassen. Dank seiner ruhigen und besonnenen Art hatte er die Gabe, mich in so manchen aufregenden Momenten zurück auf den Boden der Tatsachen zu holen. Nun hätte ich seinen Beistand gut gebrauchen können. Ich hatte das erdrückende Gefühl, umso weiter ich mich ins Ungewisse bewegte, desto einsamer wurde ich.

APITEL 4

Steward saß geduldig auf seiner Kutsche, konzentriert den Blick auf sein Ziel gerichtet. Er hatte die letzten Tage genutzt, um die Entführer seiner Frau genau zu studieren. Jeden Tag, um dieselbe Zeit, kam eine zweite Kutsche und löste die stehende ab. Diesen Moment wollte er diesmal nutzen, um den Aufenthaltsort seiner Frau herauszufinden. Steward war ein bewundernswerter Mann, Mitte dreißig. Jeder, der Ähnliches durchmachen müsste, würde vor Sorge und Wut die Nerven verlieren, doch er war dagegen immun. Vollkommen ruhig, war er ganz und gar auf seine Aufgabe fokussiert. Stew hatte ein Plan, den er akribisch abarbeitete und dabei passierten ihm kaum Fehler. Gedankenverloren in Selbstmitleid badend, so würde man Stew nie antreffen. Er war das Sinnbild eines fleißigen, emsigen Arbeiters. Seine Stärken voll ausspielend, hatte er es von einem kleinen Rechtsanwaltsgehilfen zur eigenen Kanzlei geschafft. Jeden Cent, den er verdiente, musste er sich hart erarbeiten. Genau diese Eigenschaft des konsequenten und stets professionellen Tüftlers kam ihm nun zugute. Ein kurzer Blick auf seine Taschenuhr verriet, gleich sollte es losgehen. Er trug seinen alten Ledermantel und in Kombination mit schwarzen Handschuhen und einem Dreispitz war er von den vielen anderen Kutschern nicht zu unterscheiden. Seinen Schal tief ins Gesicht gezogen, waren nur noch Augen und Nase zu sehen. Die Kälte kroch langsam durch die Schuhe und lähmte seine Füße. Der eiserne Wille und die unerschütterliche Zuversicht ließen ihn keinen Moment lang zweifeln. Nichts konnte ihn dazu bewegen, seinen Plan aufzugeben, auch wenn es den ganzen Tag dauern würde. Die Verfolgung würde schwierig, dies war ihm bewusst. Vormittags durch die Straßen Londons zu fahren, war eine Herausforderung, auch ohne Nachstellen. Die Pferde wurden allmählich unruhig. „Warum kommen sie nicht?", dachte er und blickte erneut auf seine Uhr. Fünf nach neun zeigten die Zeiger an. Die letzten Tage war die Ablöse zumeist pünktlich gewesen. Endlich kam Bewegung in das Spiel. Die Söldner rollten an Steward vorbei und hielten neben der stehenden Kutsche. Stew zog die Zügel straff und war bereit loszufahren. „Jetzt darf mir nur kein Fehler unterlaufen", dachte er im Stillen. Es folgte ein kurzes Gespräch zwischen zwei Zigeunern, danach setzte sich die parkende Kutsche in Bewegung. Stew zog an den Zügeln und seine Pferde trabten los. Mit einigen Kutschenlängen Abstand nahm er die Verfolgung auf. Heillos überfüllte Straßen verhinderten ein rasches Vorankommen. Es waren beide Kutschen gleichermaßen betroffen, daher tat es der Verfolgung keinen Abbruch. Schleppend ging es die Greek Street entlang, vorbei am Square Garden, der zu dieser Tageszeit gut besucht war. Ältere Leute ruhten sich auf den Parkbänken aus und genossen dabei die ersten warmen Sonnenstrahlen in diesem Jahr. Kinder fütterten am Teich die Enten und Tauben. An der Statue Charles des Zweiten vorbei, bogen sie in die Oxford Street ein. Eine sehr frequentierte Straße, so war nicht mehr als Schritttempo möglich. Gekonnt navigierte Stew sein Gefährt durch die vollen Straßen und verlor die Zigeuner dabei keinen Moment aus den Augen. Diese ahnten nichts und setzten ihren Weg unbeirrt fort. Einige Zeit später bogen sie rechts ab. Die Gegend der Wohlhabenden lag hinter ihnen. Sie fuhren weiter, vorbei an teils verfallenen Häusern, hinweg über ramponiertes Kopfsteinpflaster, sodass die Kutschen stark hin und her schwankten. Vereinzelte Bettler saßen am Wegesrand, ob tot oder lebendig, war nur schwer auszumachen. Dazwischen leichte Damen, die zu jeder Tageszeit ihrem Geschäft nachgingen. Einige Zeit später bogen die Zigeuner auf ein verfallenes Fabrikgelände. Stew war sich sicher, das Versteck gefunden zu haben und stellte sein Gefährt am Straßenrand ab. Diese Gegend und das Gebäude kamen ihm sehr bekannt vor. Er näherte sich dem Eingang, einem alten verrosteten, schmiedeeisernen Tor, das halb offenstand. Rasch huschte er hindurch und versteckte sich hinter einem großen Kastanienbaum. „Ich kenne das Gelände, ich war schon einmal hier", murmelte Stew und stöberte in seinen Erinnerungen. Kurz darauf fiel es ihm wieder ein. „Klar, das ist es", wisperte er erleichtert. Er kannte dieses Gelände, da sie es vor Jahren auf der Suche nach dem Fürsten betreten hatten. Dracula kaufte einst einige Grundstücke, darunter Gebäude in ganz London. Stew ärgerte sich, nicht früher darauf gekommen zu sein. Eine dieser Immobilien musste der Aufenthaltsort seiner Frau sein. Eine Zeit lang beobachtete er die alte Fabrik. Die Zigeuner hielten vor einem Gebäude aus rotem Ziegel. Die Fenster waren zum Teil zerbrochen, das Dach des Hauses war intakt. Der Rest des Geländes war stark verwildert. Einzelne Gebäudereste und der hohe Schornstein zeugten von längst vergangenen, besseren Zeiten. „Falls sie Mary hier versteckt halten, ist es wohl dieses Gebäude", dachte Stew und grübelte über die weitere Vorgehensweise nach. Es war heller Tag, der Weg gut einzusehen. Er hätte nicht unbemerkt über das Gelände schleichen können. Er musste sichergehen, dass die Zigeuner seine Frau hier festhielten und es fiel ihm auch schon eine Lösung ein. Unbemerkt huschte er durchs Eisentor und schwang sich auf seine Kutsche. Er peitschte seine Pferde voran und sie rumpelten so schnell es ging über die desolate Straße. Sein Ziel war die Immobilienkanzlei, in der Jon arbeitete. Er hoffte, Meghan anzutreffen, Jons rechte Hand. Eine reizende junge Dame, die ihm vor einiger Zeit auf einem Bankett vorgestellt worden war. Sie würde ihm weiterhelfen, bestimmt. Es war kurz vor zwölf und er wollte die Kanzlei vor der Mittagspause erreichen. Er hetzte seine Tiere die Straßen entlang, so schnell es die Verhältnisse zuließen. Kurz vor Punkt hielt Stew seine Kutsche an, sprang hinunter und stürmte die Stufen zum Eingang der Kanzlei hinauf. Zum Glück stand die Türe offen. Stew fand sich inmitten hektischen Treibens wieder. Elegant gekleidete Damen und Herren eilten die engen Gänge entlang und trugen Papierstapel und dicke Ordner vor sich her. Stew bahnte sich den Weg hinauf in den zweiten Stock. Die Leute waren so beschäftigt, dass niemand Notiz von ihm nahm. Vor Jons Büro hielt er an und klopfte behutsam an der Tür. „Herein", vernahm er eine zarte Stimme. Zu seiner Erleichterung saß

Meghan an ihrem Schreibtisch, beschäftigt mit einem Stapel Unterlagen. „Was kann ich für Sie tun?", sprach sie ohne aufzublicken. Stew war vom Hinaufhetzen noch ganz außer Atem, fing sich sogleich wieder und meinte: „Ihr Name ist Meghan, habe ich das richtig in Erinnerung? Wir wurden einander vor geraumer Zeit vorgestellt. Ich heiße Steward, bin ein guter Freund von Jonathan." Damit war schlagartig ihr Interesse geweckt. Sie blickte auf, musterte Stew einen Moment lang, nickte und sprach: „Richtig, beim Bankett der industriellen Vereinigung. Jon, oh mein Gott, ist ihm etwas zugestoßen? Wir machen uns große Sorgen, weil wir seit zwei Wochen nichts mehr von ihm gehört haben." Einen Moment lang zögerte Stew, der nach den richtigen Worten suchte. „Jon geht es den Umständen entsprechend gut. Er erholt sich von einem Unfall und wird wohl noch eine Zeit lang ausfallen. Er hat mich zu Ihnen geschickt, um Sie davon in Kenntnis zu setzen." „Schön, dass ich das auch schon erfahre. Wir haben uns gesorgt, die Klienten rennen mir die Türen ein und ich gehe in Arbeit unter", äußerte sich Meghan etwas verstimmt. „Es tut mir sehr leid, Jon spricht in den höchsten Tönen von Ihnen. Sie leisten hervorragende Arbeit und ich bin sicher, er wird sich erkenntlich zeigen." „Das ist auch das Mindeste, das ich mir erwartet hätte." „Meghan, Sie werden gut für Ihre Arbeiten entlohnt werden. Ich werde mich dafür einsetzen, jedoch brauchen Jon und ich nun Ihre Hilfe. Es handelt sich dabei um einen Klienten, der vor einigen Jahren einige Immobilien in London gekauft hat. Ich benötige Einblick in diese Unterlagen." Meghan sah ihn einen Moment lang fragend an. „Wir sind eine seriöse Kanzlei, der Schutz unserer Klienten ist uns wichtig. Jon sollte es eigentlich besser wissen. Er müsste schon selbst vorbeikommen, wenn er Unterlagen benötigt." „Bitte glauben Sie mir, es ist ihm momentan nicht möglich, doch wir benötigen dringend diese Informationen." Meghan verstand den Ernst der Lage, zögerte kurz, dann erhob sie sich. „Nun gut, ich werde Ihnen die Unterlagen heraussuchen. Falls sich herausstellen sollte, dass Jon nichts damit zu tun hat, bekommen Sie mächtig Ärger", sagte sie mit Nachdruck, während sie hinüber zum riesigen Aktenschrank ging. „Wie lautet der Name des Klienten?" Sie sah Stew fragend an. „Die Unterlagen müssten unter Herrn Dracula aus Rumänien zu finden sein." Meghan suchte eine Zeit lang, bis sie einen dicken Ordner hervorkramte. „Dann schauen wir einmal nach, was wir darüber finden können", sprach sie und schlug dabei die Mappe auf. „Tatsächlich ist unter dem Buchstaben D dieser gewisse Herr zu finden. Sagten Sie Immobilien? Er besaß einige, doch wurden die vor geraumer Zeit veräußert. Eine einzige befindet sich noch in seinem Besitz, ein altes Fabrikgelände nicht weit von hier." Stew schnaufte erleichtert durch. „Danke vielmals, Sie haben uns sehr geholfen. Befindet sich bei den Unterlagen zufällig ein Grundrissplan?" „Natürlich", sagte sie wie aus der Pistole geschossen. „Wir haben von allen Immobilien solche Pläne." „Sehr gut, Meghan, eine letzte große Bitte. Wir benötigen diesen Plan höchstens für einige Tage. Ich schwöre Ihnen hoch und heilig, Sie bekommen die Unterlagen unversehrt zurück." Meghan zögerte, dann überreichte sie Stew die Pläne. „Ich möchte gar nicht genau wissen, wofür ihr sie benötigt, jedoch riskiere ich damit meine Arbeitsstelle. Ich brauche diese Unterlagen, so rasch es geht, zurück." Stew nahm die Pläne an sich und garantierte nochmals, diese, so schnell es ging, zu retournieren. Er bedanke sich herzlich, danach verließ er das Zimmer und lief zurück zur Kutsche. Er konnte sich das Lächeln kaum verkneifen, denn er hatte bekommen, was er wollte. Sein Plan schien aufzugehen. Nun war noch eines zu tun und zwar benötigte er Hilfe. Blieb er allein, würde eine Befreiungsaktion scheitern, dessen war er sich bewusst. Vor allem war bislang die exakte Anzahl seiner Gegner unbekannt. Er wusste genau, an wen er sich nun wenden musste.

Er peitschte seine Pferde durch den dichten Verkehr Londons und erreichte sein Ziel kurze Zeit später. Ein Blick auf seine Taschenuhr verriet ihm, es war wenige Minuten nach dreizehn Uhr. „Um diese Zeit sollte Henry doch schon wach sein", dachte er und schritt die Stiegen zur Eingangstüre empor. Aufgeregt klopfte er und vernahm sogleich eine Stimme aus dem Inneren. „Ja, ich komme schon, nur Geduld." Nach einer gefühlten Ewigkeit wurde ihm die Tür geöffnet. Vor ihm stand Henry mit einer dicken, dampfenden Zigarre im Mundwinkel und lächelte ihn an. „Hey, Stew, mein alter Freund, schön, dich wieder einmal zu sehen. Meine Herren", rief er Richtung Wohnzimmer, „ihr glaubt nicht, wer uns beehrt.". Er führte Stew in das verrauchte Zimmer. Am Tisch saßen drei Männer, die gerade eine Runde Bridge spielten. Stew war erleichtert und grüßte die Herren. Er kannte alle drei von früher. Artur, Charles und Richard hießen sie. „Na, Stew, ein kleines Spiel gefällig?", meinte Henry und klopfte ihm dabei auf die Schulter. „Meine Herren, ich entschuldige mich für mein überfallartiges Erscheinen, jedoch Zeit für ein Kartenspiel habe ich nun wirklich nicht. Ich benötige dringend eure Hilfe. Es geht um Leben oder Tod."

APITEL 5

Die Stunden vergingen, zerflossen förmlich vor meinem inneren Auge. Welchen Tag hatten wir? War es morgens oder abends? Das Zeitgefühl war verloren gegangen. Die türkische Grenze hatten wir eben passiert, nun konnte es nicht mehr lange dauern. Was wusste ich über dieses fremde Land? Nicht besonders viel, musste ich mir eingestehen. Eines war mir jedoch bewusst. Westeuropäer mussten hier besonders vorsichtig sein. Abdülhamids II. war ein autokratischer Herrscher, der nicht zögerte, ausländische Bürger grundlos in den Kerker zu werfen. Dort wollte ich auf keinen Fall landen. Dieses sogenannte osmanische Reich liegt in den letzten Zügen und wehrt sich zuckend gegen seinen Untergang. Der kranke Mann am Bosporus, witzelt man schon seit langem in westlichen Zeitungen und meint damit ein Reich, das die Zeichen der Zeit nicht erkennen möchte. Nationalistische Strömungen sind auch hier allgegenwärtig. Der neue europäische Heilsbringer oder doch nur die Lunte, die das angehäufte Schwarzpulver entzünden wird? Ich persönlich weiß damit nicht viel anzufangen. Nationalstolz bleibt mir unerklärlich. Ich finde es unsinnig, auf etwas Fiktives stolz zu sein, das man mit Millionen anderer teilt. Ein Zufluchtsort des ängstlich Bequemen und doch laufen diesem Phantom Millionen hinterher. Dieses Identitätsgefühl wiegt viele in einer manipulierbaren Sicherheit, die es in der Realität nicht gibt. Die Welt, in der wir leben, ist komplex. Wer ausschließlich einfache Antworten parat hat, liegt meist falsch.

Das winzige Gefühl der Zugehörigkeit ist anscheinend wichtiger als jegliche Vernunft. Vielleicht hat Darwin recht und wir sind intelligente, instinktgesteuerte Primaten, deren hierarchisches Rudelverhalten in Nationen mündet. Blind folgen viele den falschen Versprechen der Demagogen, die unsere uralten

Ängste gegenüber dem Fremden immer wieder aufs Neue heraufbeschwören.

Arme Menschheit! Sind wir auf diesem Weg dem frühen Untergang geweiht? Das Paradies vor Augen bleibt als solches unerkannt und wir vollbringen das Kunststück, aus einem uns geschenkten Himmel die Hölle auf Erden zu errichten. Ein skrupelloser Despot reicht, um das Gleichgewicht ins Wanken zu bringen. Ist der Kampf gegen die Ungerechtigkeit in dieser Welt am Ende aussichtslos? Die Menschheitsgeschichte betrachtend, könnte man diesen Eindruck gewinnen, denn unser aller Lerneffekt fällt offenbar äußerst dürftig aus. Doch solange es Menschen gibt, die gegen die Skrupellosen aufbegehren, rückt der Traum einer gerechteren Welt näher. Wenn ein jeder, in Anbetracht des Wunders der eigenen Existenz, sein zu groß geratenes Ego demütig zurücknehmen würde, wäre schon ein Meilenstein erreicht. Unbewusst träumt doch die Mehrzahl aller Individuen von einer friedlicheren Welt, sonst hätten wir uns nicht millionenfach über den Erdball verteilt.

Gerade meine Geschichte zeigt, das Leben gleicht einem Glücksspiel, oftmals nicht vorhersehbar. Oder ist doch vieles vorherbestimmt? Ein grandioser Plan, der sich den Lebenden oftmals nicht erschließen möchte. Sind wir es selbst, die unser Glück steuern? Unser Einfluss ist jedenfalls enorm, das werden wohl die Wenigsten bestreiten. Eine Antwort auf diese Frage kann sich am Ende nur jeder selbst geben.

Jedenfalls wäre es an der Zeit, den bisherigen Weg infrage zu stellen und gemeinsam damit zu beginnen, unsere urzeitliche Sehnsucht nach dem Paradies friedlich in die Tat umzusetzen. Uns in Nationen einzuigeln und bis an die Zähne zu bewaffnen, wird die Menschheit nicht voranbringen, denn das Leben des Einzelnen wird dadurch nicht sicherer.

Allmählich änderte sich die Landschaft, durch die wir uns zügig fortbewegten. Aus karger Steppe wurde besiedeltes Gebiet, aus einfachen Lehmhütten prunkvolle Ziegelbauten. Mein Ziel war nur noch einen Katzensprung entfernt. Der Zug rumpelte durch das Stadtgebiet und wir erreichten Konstantinopel am frühen Nachmittag. Ich fühlte mich matt und zerknittert von der langen Reise. Kraftlos wankte ich den Bahnsteig entlang, vorbei an einer orientalischen Fassade. Der Bahnhof war mit soliden Steinböden, verspielten Rundbögen und einer aufwändig gestalteten, bunten Stuckdecke reichlich geschmückt. Ich blieb jedoch von diesem Prunk unbeeindruckt. Ich hatte einen Punkt erreicht, an dem mir die Schönheit der Bauwerke, Menschen oder der Natur vollkommen gleichgültig war. Nach tagelanger Reise roch meine Kleidung nach gammligem Fisch und ich sehnte mich nach einem Bad, einem Bett mit weichen Kissen und einer Decke. Bewaffnet mit einem kleinen Funken Hoffnung, verließ ich das Bahnhofsgebäude und versuchte, im Trubel der Großstadt eine Kutsche zu ergattern. Nach einiger Zeit gelang mir dies auch und es kostete mich viel Geduld, dem Kutscher zu erklären, wohin er mich nun bringen sollte. Nach einem Gespräch mit Händen und Füßen setzten wir uns Richtung Hafen in Bewegung. Die Straßen, wie konnte es auch anders sein, waren heillos überfüllt. Im Schritttempo bewegten wir uns vorwärts, vorbei an einfachen Steinhäusern bis hin zu prächtigen Palästen. In der Ferne konnte man schemenhaft die Silhouette der stolzen Hagia Sophia erkennen. Ein äußerst beindruckendes Meisterwerk, das die anderen Bauwerke um Längen überstrahlte.

Mein Interesse an einer Stadtbesichtigung war jedoch schwindend. Ich saß stattdessen unruhig in der Kutsche und wartete auf die Ankunft. Nach einer holprigen Fahrt erreichten wir den Hafen, der sich mir vollgespickt mit kleinen und großen Masten sowie dampfenden Schloten präsentierte. Eine schier unlösbare Aufgabe, ein einzelnes Schiff auszumachen. Mein Ansatz war ein anderer: Es ergab für die Entführer keinen Sinn, hier anzulegen, ihr Ziel war aller Voraussicht nach Constanta in Rumänien.

Konstantinopel diente lediglich zur Durchfahrt. Meine Aufmerksamkeit richtete sich nun auf den großen Leuchtturm. Durch meine Reisen wusste ich, sämtliche Schiffe mussten einen Obolus entrichten, wenn sie die Meeresenge passieren wollten. Falls nun das Schiff des Drachen die Meeresenge bereits durchfahren hatte, müsste ich in den Aufzeichnungen fündig werden. Es war nicht mehr als ein Strohhalm, an dem ich mich festklammerte. Mir war bewusst, dass viele Schiffe Nacht und Nebel nutzten, um unbemerkt zu passieren. Ratlos stolperte ich den Pier entlang, hinüber zum Turmwärterhäuschen. Die Sonne war im Begriff unterzugehen und tauchte den Hafen in ein strahlendes Rot. Unzählige Laternen und dutzende Lichter der Boote funkelten der Nacht entgegen. Der Himmel war sternenklar und hoch oben stand erneut der sichelförmige, stumme Zeitzeuge, der mich zur Eile antrieb. Es war kalt geworden. Die salzige Meeresbrise fegte rauschend über den Hafen und wiegte die Schiffe sanft hin und her. Mein Gesicht tief im Mantel vergraben, schritt ich zügig voran und klopfte kurz später an der kleinen Türe des Häuschens. Ich vernahm eine Stimme aus dem Inneren und trat ein. Die Luft war stickig und verraucht. In der Mitte des Zimmers stand ein massiver Holztisch, darüber gebeugt ein älterer Hafenarbeiter, vertieft in einen Stoß Karten. Er blickte mich flüchtig an und schnauzte mir etwas entgegen, das ich als „Was wollen Sie?" interpretierte. Für ausführliche Erklärungen hatte ich weder Zeit noch Geduld. Außerdem hätte mich dieser charmante Kerl nicht verstanden. Ich signalisierte ihm, ich wolle eine Durchfahrt bezahlen und hielt ihm einige Pfundnoten entgegen. Er kramte in seiner Mappe und reichte mir ein Blatt Papier mit einigen Schiffseinträgen. Zu seiner Verwunderung deutete ich auf die Unterlagen, was er mit einem Kopfschütteln erwiderte. Ich zog weitere Geldnoten aus meiner Tasche und klatschte sie auf den Tisch. Der Arbeiter zuckte gleichgültig mit seinen Schultern, nahm die Scheine und überreichte mir die Aufzeichnungen. Sämtliche Schiffe, deren Namen, Type sowie Datum und Uhrzeit waren auf dutzenden Blättern vermerkt. Konzentriert durchstöberte ich die letzten Stunden und Tage und wurde bald fündig. Ein Dreimaster namens Elisabeth mit Zielhafen Constanta hatte vor drei Tagen die Meeresenge passiert. Es gab keinen Zweifel, das mussten sie gewesen sein. Ich bedankte mich bei dem Arbeiter und verließ das Gebäude. Nachdenklich schritt ich über den Pier, mein Haupt enttäuscht zu Boden gesenkt. Entmutigt lehnte ich mich gegen einen Poller und starrte ins Leere.

Sie hatten aller Wahrscheinlichkeit nach Rumänien längst erreicht und meine Mina war bereits in den Fängen dieses Teufels. Ich war zu spät und stellte sogleich mein gesamtes Vorhaben infrage. Hatte mich der sonderbare Fremde am Ende hinters Licht geführt? Planlos wankte ich zurück, da erblickte ich in der Ferne einen kleinen Jungen, der mir aufgeregt zuwinkte. In feinen Nerz gekleidet, untypisch für diese Gegend, wollte er offenbar, dass ich ihm folgte. Seine Abstammung dürfte eher mitteleuropäisch gewesen sein, denn einem türkischen Kind sah er nicht ähnlich. Sonderbare Begegnung, war es womöglich eine Falle? Zögerlich schritt ich hinüber und näherte mich diesem seltsamen Kind. Kurz bevor ich den Jungen erreichen konnte, wandte er sich um, winkte erneut, lief über die Straße und bog an der nächsten Möglichkeit Richtung Innenstadt ab. Was hatte ich schon zu verlieren? Ich beschloss, ihm zu folgen. Ich überquerte ebenfalls die stark befahrene Straße. An der Ecke angekommen, sah ich den Jungen in einiger Entfernung. Inzwischen war es dunkel geworden. Je weiter wir uns vom Meer entfernten, desto mehr beruhigte sich das Wetter. Gaslaternen erhellten die Dunkelheit und sorgten dafür, dass ich den Jungen nicht aus den Augen verlor. Ich folgte ihm eine ganze Weile durch die Straßen und Gassen, immer tiefer hinein in die Innereien dieser Stadt. Es schien so, als bemühe er sich ebenfalls, mich nicht zu verlieren. Wie sehr ich auch versuchte, ihn einzuholen, es gelang mir nicht. Die Entfernung blieb faktisch immer gleich. Den Gedanken an einen Hinterhalt verdrängte ich so gut es ging. Aus irgendeinem Grund war ich mir sicher, dieser Junge wollte mir nichts Böses. Es war nun an der Zeit, mich auf meine Intuition zu verlassen. Je weiter ich mich in dieser Geschichte vorwärtsbewegte, desto weniger wollte ich meinen Augen vertrauen, denn Bilder sind trügerisch.

Nach einer ganzen Weile blieb er abrupt vor einem Geschäftslokal stehen, warf mir erneut ein freundliches Lächeln zu und trat ein. Kurz darauf erreichte ich ebenfalls die Türe, darüber stand in großen Buchstaben *Antika Eserler* geschrieben. Ein kleines Glöckchen kündigte mein Eintreten an und ich fand mich in einem mit Antiquitäten aller Art vollgeräumten Geschäft wieder. Hinter einem Verkaufstisch saß ein älterer Herr, vertieft in eine Zeitung. „Guten Tag", sprach er und lächelte mir freundlich zu. Ich erwiderte den Blick und schaute mich ein wenig um. Von historischen Möbeln über antike Skulpturen bis zu Waffen aller Art und Bildern war hier vieles zu finden. „Sie sind nicht von hier?", fragte mich der freundliche Verkäufer. „Ich würde auf Engländer tippen." „Sie haben recht", erwiderte ich. „Was hat mich denn verraten?" „Ihr Kleidungstil und Ihre Aussprache sind markant. Ich bin in meinem langen Leben viel herumgekommen. Ich habe sämtliche Länder Europas bereist und meine Sammlung von antiken Stücken stets vergrößert. Sie stehen sozusagen im Zentrum meines Lebenswerks. Was führt Sie in meinen bescheidenen Laden, junger Mann?" „Um ehrlich zu sein, ist es Zufall, dass sich unsere Wege kreuzen. Ich folgte einem Jungen, der soeben Ihr Geschäft betrat. Wo ist er denn?", blickte ich mich fragend um. „Ein Junge, sagten Sie? Soweit ich mich erinnere, hat noch nie ein Kind alleine mein Geschäft betreten, auch der heutige Tag ist in dieser Hinsicht keine Ausnahme. Sie sind nebenbei der erste Kunde, der sich heute in meinen Laden verirrt. Das kurz vor Ladenschluss zugeben zu müssen, ist bitter. Dieses Gewerbe wird immer schleppender. Den Leuten geht es anscheinend schlechter oder der Sinn für alte Schätze geht allmählich verloren. Schon seit Längerem weht ein rauer Wind durch diese Stadt, der nach und nach das ganze Land erfasst. Wenn es so weitergeht, werde ich mich wohl mit sämtlichen Kunstschätzen beerdigen lassen. Fast so, als wäre ich ein ägyptischer Pharao", schmunzelte er. „Gut", dachte ich. Offenbar sollte ich diesen Laden besuchen, nur der Sinn war mir immer noch verborgen. Ich blickte fragend umher. Was könnte für mich von Wert sein? War es ein Bild mit einer versteckten Botschaft, ein Schwert oder gar ein Schmuckstück? Eine schier unlösbare Aufgabe. Die bekannte Suche nach der Nadel im Heuhaufen, doch würde ich diese überhaupt als solche erkennen, falls ich darüber stolperte? Nachdenklich setzte ich mich auf einen hölzernen Stuhl und grübelte vor mich hin. Schlagartig wurde ich durch ein lärmendes Klirren aus meinen Gedanken gerissen. Der Ladenbesitzer und ich blickten beide überrascht in jene Richtung, aus der das Geräusch zu kommen schien. Ein daumengroßer Gegenstand war aus einem Regal gefallen und blieb auf dem Boden liegen. Ich ging hinüber, beugte mich nach unten und hob es auf. Dieses Ding entpuppte sich als ein Medaillon, reichlich verziert, in dessen Mitte ein goldener Drache abgebildet war. Ich ging hinüber und reichte es dem Ladenbesitzer. Er musterte es genau, dann meinte er: „Ich erinnere mich, ein prachtvolles Stück, ungefähr aus dem fünfzehnten Jahrhundert. Ich hatte es vor langer Zeit einem Kunsthändler aus Rumänien abgekauft. Gefällt es ihnen?" Aus Rumänien, hatte er gesagt, das weckte natürlich mein Interesse. Ich nahm das Medaillon nochmals in die Hand, betrachtete es eine Zeit lang, dann meinte ich: „Durchaus, was soll es denn kosten?" Gespannt wartete ich auf seine Antwort. „Ich denke, rund 100 Pfund wären ein fairer Preis für dieses schöne Medaillon", kam prompt die Antwort. Erleichtert über die überschaubare Summe, legte ich ihm die Scheine auf den Tisch und nahm das Schmuckstück an mich. „Sehen Sie, nun war der heutige Tag doch nicht umsonst", scherzte ich, reichte ihm meine Hand und verließ das Geschäft. Erleichtert und zufrieden schritt ich die düstere Straße entlang. Wer diese Erscheinung auch gewesen war, der Junge hatte mir geholfen. Am Ende war es doch eine gute Entscheidung gewesen, hierher zu reisen. Ein zaghaftes Gefühl der Hoffnung keimte in meinem Innersten, denn ich wusste nun, ich war nicht alleine in diesen dunklen Stunden. Der Abend schritt voran und ich entschied mich dafür, heute Nacht ein Hotel aufzusuchen. Morgen bei Tageslicht wollte ich meine Reise nach Rumänien fortsetzen. Bald darauf hatte ich ein passendes Zimmer gefunden, bestellte mir noch eine kleine Flasche Raki und ließ mir sogleich ein warmes Bad ein. Den Schmutz der letzten Tage loszuwerden, war eine Wohltat für Körper und Seele. Ich nahm einen kräftigen Schluck und zündete mir eine Zigarette an. Sogleich wich die Anspannung der letzten Tage und das wohltuende Gefühl der Gelassenheit verbreitete sich schlagartig. Ich hatte einen Teilerfolg errungen, auch wenn ich mir momentan noch keinen Reim auf die Geschehnisse machen konnte.

Der direkte Weg muss nicht zwingend der bessere sein, so manche Umwege können sich zu einem späteren Zeitpunkt als äußerst nützlich erweisen. Die Gedanken wurden schwerer, die Muskeln schlapp und meine Augenlider verloren allmählich den Kampf gegen die Schwerkraft. Ich bettete mich in wohlig warmen Daunen und kurz darauf fiel ich in einen tiefen Schlaf.

Es war heller Tag, als ich aus meiner entspannten Nachtruhe erwachte. Ich kleidete mich an, packte meine Sachen zusammen und gönnte mir noch ein kräftiges Frühstück. Anschließend machte ich mich auf den Weg zum Bahnhof. Ausgeruht und optimistisch, war ich bereit, mich der letzten Etappe meiner Reise zu stellen. Tausend Kilometer trennten mich noch von dem Ort, an dem sich mein Schicksal entscheiden würde. Ich bestieg den nächsten Zug, der mich zur rumänischen Grenze und weiter nach Bistritz bringen sollte. Ich war nun bereit, mich meinen Dämonen zu stellen, um entweder unterzugehen oder zu wachsen.

APITEL 6

Steward blickte gespannt auf seine Taschenuhr. Die Zeiger standen kurz vor Mitternacht. „Es wird Zeit, meine Herren, wir sollten los", sagte Stew, erhob sich und streifte seinen Mantel über. Henry dämpfte seine Zigarre aus, nahm nochmals einen kräftigen Schluck aus seinem Whiskyglas und verließ das Wohnzimmer. Kurz darauf kam er mit vier Revolvern und Winchester-Gewehren zurück. Artur, Charles und Richard banden sich den Kugelgürtel um, nahmen sich jeweils eine Waffe und kurz darauf saßen alle fünf in der Kutsche auf dem Weg zum Fabriksgelände. Die bevorstehende Befreiungsaktion wurde auf das Gründlichste von Stew und Henry geplant. Sie hatten die Zigeuner genau studiert und waren sich sicher, es handelte sich um fünf Entführer. Die Gebäudepläne kannten alle Beteiligten auswendig, dadurch waren sie in der Lage, unbemerkt auf das Gelände zu gelangen, um weiter ins Hauptgebäude vorzudringen und dort gegebenenfalls im Dunklen zu navigieren. Stew war bis aufs Äußerste gespannt, jedoch sehr zuversichtlich, mit diesen vier Herren die Aktion erfolgreich abzuschließen. Henry war Mitte dreißig, aus wohlhabendem Hause stammend. Für ihn war sein Vermögen manchmal Fluch, doch oft auch Segen gewesen. Er liebte sein Junggesellenleben und da es ihm an materiellen Dingen nicht fehlte, war er stets auf der Suche nach dem ultimativen Adrenalinrausch. Er unternahm eine Expedition durch die kaum erforschten Regenwälder Südamerikas und reiste durch so manche Länder Afrikas. Er umgab sich gerne mit Abenteurern und Alpinisten. Sein neuestes Gedankenspiel drehte sich um eine Reise nach China, um anschließend eine Expedition zu den höchsten Bergen der Welt im Himalaya-Gebiet zu wagen. Furcht oder Angst war ihm fremd, denn er war es gewohnt, sein Leben für den einen ultimativen Moment aufs Spiel zu setzen. Charles und Richard waren Brüder, Anfang zwanzig. Ebenfalls finanziell abgesichert, hatten sie es nicht nötig, einer geregelten Arbeit nachzugehen. Sie pflegten einen ausschweifenden Lebensstil und umgaben sich gerne mit jungen, hübschen Damen. Artur war ein älterer, liebenswerter Herr im Ruhestand, der seine Zeit am liebsten mit einem ausgiebigen Kartenspiel verbrachte. Früher hatte er als Ingenieur im Schiffsbau gearbeitet. Er war ein ausgezeichneter Tüftler, der mit ein wenig Werkzeug und Material wahre Kunstwerke vollbrachte. Kurz gesagt, die perfekte Konstellation zwischen jugendlichem Leichtsinn, Tollkühnheit und Erfahrung, gepaart mit Besonnenheit.

Die Kutsche rumpelte durch die dunklen, holprigen Gassen. Kurz vor ein Uhr nachts steuerte Henry sie auf ein Fabriksgelände, das sich in unmittelbarer Nähe des Aufenthaltsortes der Zigeuner befand. Er hielt das Gefährt vor einem imposanten Backsteingebäude an, stieg aus und klopfte an die Eingangstüre. Artur, ein wenig irritiert, blickte sich fragend um. „Was suchen wir hier?" „Wir wollen nichts dem Zufall überlassen, daher haben wir uns für ein wenig Rückendeckung entschieden." Ein Mann Mitte dreißig öffnete die Türe und begrüße Henry sogleich herzlich. „Da seid ihr ja, dachte ihr kommt nicht mehr, ich warte schon seit Stunden." Henry und der Rest traten ein und fanden sich in einer Lagerhalle voller Schnapsflaschen wieder. „Danke, Joseph, für deine Geduld, wir konnten nicht eher kommen." „Schon gut, Henry, folgt mir." Er führte sie in einen kleinen Raum mit etlichen Holzkisten. „Die zwei dort drüben sind eure." Henry öffnete eine davon und nickte sogleich zufrieden. „Danke, Joseph, auf dich ist eben Verlass." „Passt gut auf, der kleinste Fehler und der Inhalt fliegt euch um die Ohren. In den Glasflaschen befindet sich reines Ethanol. Nachdem ihr den Stoff angezündet habt, schleudert ihn so weit wie möglich weg von euch. Ich möchte gar nicht wissen, was ihr damit vorhabt", lächelte Joseph und half ihnen, die Kisten in der Kutsche zu verstauen. Kurz darauf setzten sie ihren Weg fort und hielten nahe dem besagten Gelände. Die Waffen wurden geladen und Werkzeug, um Türen aufzubrechen, eingesteckt. Anschließend nahmen sie die Kisten und machten sich auf den Weg, um sich dem verfallenen Anwesen von der Rückseite zu nähern. Mit einer Zange durchtrennte Artur den rostigen Drahtzaun, um unbemerkt durch das Loch auf das weitläufige Grundstück zu gelangen. Gebückt und nahezu lautlos navigierten sie durch die Dunkelheit, an Ziegelhaufen und Gebäuderuinen vorbei, zur Rückseite des Hauptgebäudes. Charles und Richard trennten sich von den übrigen, nahmen eine der Kisten und näherten sich der Vorderseite und dem Haupteingang. Das Gelände, teils stark verwildert, bot einen optimalen Sichtschutz. Die beiden platzierten sich hinter einer Hecke und beobachteten den Eingang. Henry hielt abrupt inne und deutete den beiden anderen, ebenfalls stehenzubleiben. Tabakrauch drang an seine Nase und in der Ferne konnte er das Glühen einer Zigarette erkennen. Einer dieser Kerle stand vor dem Gebäude und rauchte. Einer Raubkatze gleich, schlich sich Henry an, holte aus und versetze dem Zigeuner einen kräftigen Schlag mit dem Gewehrkolben. Ohne einen Laut von sich zu geben, sackte dieser in sich zusammen und blieb regungslos liegen. Umgehend knebelte Artur den Entführer und sie schleppten ihn hinters nächste Gebüsch. Ohne Zeit zu verlieren, setzten die drei ihren Weg zur offenstehenden Türe fort und huschten ins Innere des Gebäudes. In völliger Dunkelheit tasteten sie sich voran und erreichten die Lagerhalle, in der sie die Zigeuner vermuteten. Leise öffnete Stew die Tür und sah sogleich vier Gestalten friedlich auf Metallpritschen schlummern. Henry und Artur schlichen sich heran und richteten ihre Gewehre auf die nichtsahnenden Entführer. Ruckartig packte Stew einen von ihnen, zog ihn empor und schleuderte ihn gegen die Wand. Hart knallte der völlig überraschte Mann gegen den Stein und gab dabei ein schmerzverzerrtes Jaulen von sich. Stew sprang zu ihm hinüber, stellte seinen Stiefel auf den Oberkörper und hielt ihm das Gewehr direkt auf die Stirne. Lautstark brüllte er: „Wo ist sie! Meine Frau Mary, wo habt ihr sie versteckt?" Völlig überrascht und verängstigt stammelte der Zigeuner nur wirres Zeug. „Stew, dort auf dem Tisch liegt der Schlüsselbund", meinte Henry und deutete mit seiner Waffe in die Richtung. Diesen kurzen Moment der Unaufmerksamkeit nützte einer der Zigeuner, sprang von der Pritsche, richtete seinen Revolver auf Henry und schoss. Die Kugel verpasste knapp das Ziel und blieb in der Wand stecken. Die Entführer verschanzten sich hinter ihren Pritschen und eröffneten das Feuer. Stew verpasste dem noch immer am Boden Liegenden eine mit dem Gewehrkolben, sprang im hohen Bogen hinüber und fasste im Flug nach dem Schlüsselbund. Der Tisch gab nach und krachte in sich zusammen. Stew stürzte und blieb einen kurzen Moment benommen am Boden liegen. Artur und Henry suchten hinter einem verrosteten Kessel Schutz und erwiderten das Feuer. Einer der Entführer verließ seine Deckung, um die Waffe auf Stew zu richten. Im letzten Moment visierte Artur an und traf den Zigeuner in der Bauchgegend. Der Mann sackte zusammen und rührte sich nicht mehr. Stew nutzte diesen Moment und hastete gebückt zum Ausgang, während Henry weiter Richtung Entführer feuerte. Er schaffte es, unbeschadet den Raum zu verlassen und rannte so schnell er konnte die Kellertreppe hinab. Kurze Zeit später stand er vor einigen verschlossenen Holztüren. Hektisch trommelte er auf eine nach der anderen und rief dabei immer wieder nach seiner Frau. Hinter der dritten Türe vernahm er eine zaghafte Stimme. Mit zittrigen Händen öffnete er sie und erblickte Mary, die ängstlich auf einer alten Matratze kauerte. Ihre verzweifelte Mine wurde sogleich von einem strahlenden Lächeln abgelöst.

Überglücklich fielen sich beide in die Arme, küssten sich und verließen sogleich das trostlose Kellerverlies. In der Zwischenzeit hielten Artur und Henry die beiden verbliebenen Zigeuner in Schach. Stew und Mary hasteten die Treppen empor, verließen kurz darauf das Gebäude und liefen ins Freie. „Charles und Richard, es ist so weit", brüllte Stew Richtung Haupteingang. Die beiden näherten sich einem Fenster und schlugen es mit dem Gewehrkolben ein. Abgelenkt von dem Bersten der Scheiben, blickten sich die zwei übriggebliebenen Zigeuner überrascht um. Artur und Henry nutzen diese Gelegenheit und hasteten schießend dem Ausgang entgegen. Richard nahm eines der Ethanol-Gefäße, entzündete den Stoff und schleuderte die entzündliche Ladung ins Innere des Gebäudes. Die Detonation war deutlich zu hören und sogleich drang beißender Rauch aus dem Fenster. Weitere Brandsätze flogen ins Innere und bald darauf stand die Halle in Flammen. Einer der Zigeuner versuchte die Flucht über den Haupteingang. Henry war zur Stelle und versetzte dem verängstigten Mann einen Schlag, sodass er zu Boden ging. Der andere bemerkte kurz davor den Hinterhalt, drehte ab und hechtete durch ein verschlossenes Fenster ins Freie. Von Schnitten übersät, sprang er auf und lief das Gelände hinab zum schmiedeeisernen Tor. „Lasst ihn laufen", meinte Stew, der gerade mit Mary um die Ecke bog. „Von dem geht keine Gefahr mehr aus." Artur lief hinüber zum Schuppen und befreite die aufgeschreckten Pferde. Richard schleuderte jeweils ein Brandgeschoss auf die abgestellten Kutschen, die sogleich lichterloh in Flammen aufgingen. Die Mission war geglückt und alle sechs bestiegen kurz darauf erleichtert ihre Kutsche und machten sich auf den Heimweg. Die Stimmung war ausgelassen und die Freude kannte kaum Grenzen. Kein Haar hatten sie ihr gekrümmt, keiner hatte Hand an Mary gelegt. Die Angst vor ihrem mächtigen Auftraggeber war anscheinend zu groß gewesen. In dieser Hinsicht konnte man sich auf Draculas Wort verlassen. Er war ein gefährliches Raubtier, jedoch ein Gentleman. Zu Hause angekommen, wollte niemand an Schlafen denken. Man muss die Feste feiern, wie sie fallen, daher floss Champagner, Whisky und Gin in rauen Mengen. Der nächste Tag startete erst spät für unsere Helden und gegen Mittag saßen alle zusammen am Frühstückstisch. Arturs Frau war vorbeigekommen und brachte frisches Gebäck. So glücklich Stew auf der einen Seite auch war, desto nachdenklicher wurde er, denn seine Gedanken waren nun bei seinem treuen Freund. Es fühlte sich nicht richtig an, solange Jon und Mina in höchster Lebensgefahr schwebten. Ihm war klar, er musste so schnell wie möglich hinterher. Nach längerer Unterredung konnte er Mary davon überzeugen, dass er die Reise nach Rumänien auf sich nehmen musste. Es gab nur eine Bedingung und zwar lautete diese: Henry sollte ihn begleiten. Er war sogleich hellauf begeistert, denn diese Reise war genau das Richtige für einen Abenteurer. Artur war trotz seines vorangeschrittenen Alters nicht davon abzubringen, Stew und Henry zu begleiten. Seit seiner Pensionierung fühlte es sich so an, als fiele ihm die Decke auf den Kopf, hatte er Stew im Vertrauen verraten. So ein Abenteuer war genau das, was er nun brauchte. Charles und Richard bekamen davon Wind und wollten ebenfalls an dieser gräflichen Unternehmung teilnehmen. Niemand ahnte jedoch, was auf sie zukommen würde. Die folgende Reise wird jeden Einzelnen verändern, den einen mehr, den anderen weniger.

Am nächsten Morgen war es so weit und alle fünf machten sich auf die lange Reise, um Jon beizustehen.

APITEL 7

Die ersten Sonnenstrahlen kündigten den Anbruch eines neuen Tages an. Wir überquerten die rumänische Grenze und somit die Donau gegen fünf Uhr morgens. Der nächste kurze Aufenthaltsort lautete Bukarest. Ich hatte keine Zeit, mir die Füße zu vertreten, denn mein Anschlusszug war schon zur Abfahrt bereit. Die letzte Etappe stand mir bevor, die mich tief ins Landesinnere führen würde. Am Horizont waren bereits die ersten Ausläufer des mächtigen Karpatengebirges zu erkennen. Bald darauf schlängelten wir uns gemächlich an schroffen Felswänden vorbei, immer tiefer ins Gebirge hinein.

Leben war dort draußen wenig zu erkennen. Vereinzelt zeugten Bauernhöfe und Holzhütten mit ihren dampfenden Rauchfängen von menschlicher Existenz. Wir kamen unserem Zielort Bistritz immer näher. Zunehmend schoben sich dicke Wolken vor die Sonne. Schneefall setzte ein und die Flocken wirbelten um den durch die Landschaft dampfenden Zug. Die Schatten schienen sich auszubreiten, ein Vorhang, der zu fallen drohte, bevor das Stück so richtig beginnen sollte. Das Wetter schlug sich auf mein ohnehin mitgenommenes Gemüt. Das ohnmächtige Gefühl wuchs heran, ähnlich einem Geschwür, fraß es sich durch mein Innerstes. Das Atmen fiel mir zunehmend schwerer, als ob eine unsichtbare Kraft dabei wäre, mir die Luft abzuschnüren. Meine Zweifel waren groß und wuchsen mit jedem Meter, den wir uns in Richtung dieses schicksalhaften Ortes bewegten.

Ich fühlte bereits den Hauch meines Henkers im Nacken, unausweichlich musste ich meinen Weg zum Schafott fortsetzen. Erschwerend kam hinzu, diesen Weg alleine beschreiten zu müssen. Wie sehr hätte ich mir Stew an meine Seite gewünscht. Ich hoffte, irgendwann einen tieferen Sinn in dieser sich anbahnenden Tragödie zu erkennen. Vermutlich war es notwendig, sich alleine an den Abgrund zu wagen, um im Angesicht seiner eigenen Vergänglichkeit mehr über sein wahres Ich zu erfahren.

Der Zug schlängelte sich weiter durch die Gebirgslandschaft und aus vereinzelten Bauernhöfen wurden allmählich kleine Ortschaften. Des Öfteren durchquerten wir kleinere Bahnhöfe, auf deren Bahnsteigen sich so manche Gestalten drängten. Am Nachmittag war es so weit und wir erreichten meinen Zielort Bistritz, eine kleine Stadt am Fuße des verwunschenen Bargau-Gebirges.

Das Quietschen der Bremsen kündigte das Ende meiner langen Reise durch halb Europa an. Wir hatten Bistritz erreicht. Warm eingepackt in meinem Mantel, verließ ich den Zug und blieb kurze Zeit nachdenklich am Bahnsteig stehen. Ich beobachtete das rege Treiben, bevor ich meine Tasche nahm und mir den Weg durch die engen und verbauten Gassen bahnte. Auf der Suche nach dem goldenen Drachen schlich ich durch die Straßen, an Häusern aus Holz und Stein vorbei. Ich überquerte einen Markt, der trotz der eisigen Temperaturen gut besucht war. Händler boten lautstark die unterschiedlichsten Waren an, von Gewürzen über Gemüse bis zu Fleisch und Kleidung. Die meisten Passanten, die mir eilig entgegenkamen, waren in dicke Fellmäntel gepackt, sodass man ihre Gesichter kaum erkennen konnte. Diese kleine Provinzstadt hatte kaum etwas mit meiner Heimatstadt gemein. Ich war erneut in eine fremd anmutende Welt getaucht, kein Ort, an dem ich mich jemals wohlfühlen könnte. Die Stadt war eingebettet in einer rauen, erbarmungslosen Umgebung, schmutzige Straßen, so weit das Auge reichte. Die Bewohner begegneten mir meist mit Argwohn. Man konnte ihnen dieses Verhalten nicht vorwerfen, verirrte sich doch reichlich selten ein Fremder in diese abgelegene Gegend. Wie ich schon oft am eigenen Leib verspürt hatte, was einem fremd ist, macht einem angst. Genau dieser Grund hatte mich in diese Gegend verschlagen, mich meiner größten Furcht zu stellen, um Gerechtigkeit zu erfahren. Ich trottete eine Zeit lang durch die tristen Gassen und meine Frage nach dem besagten Wirtshaus wurde meist mit Schulterzucken beantwortet. Inzwischen neigte sich der Tag dem Ende zu und schon bald präsentierte sich das Städtchen in einem seltsamen Zustand.

Wo vor kurzer Zeit Händler ihre Waren anpriesen, Menschen ihre Einkäufe tätigten und anschließend die Straßen entlanghetzten, waren nun nur noch vereinzelt Menschen zu sehen. Der Markt war geschlossen und die Gassen leergefegt. Eine beunruhigende Stille breitete sich aus. Vereinzelt konnte man leises Murmeln in so mancher dunklen Hausecke vernehmen. Ein düsterer Schleier legte sich sanft über die Stadt und ihre Bewohner und begrub jegliche Lebensfreunde unter sich. Ich irrte weiterhin durch die verlassenen Gassen, während mir kalter Wind um die Ohren pfiff. Endlich erkannte ich in der Ferne das hell erleuchtete Wirtshaus. Ich öffnete die Eingangstüre und sogleich kam mir eine dicke Dunstwolke, bestehend aus reichlich Qualm, Schweißgeruch und vergorenem Alkohol, entgegen. Mein Aussehen war offenbar auffällig, denn so mancher bohrende Blick musterte mich von oben bis unten. Das Interesse an meiner Person war nur von kurzer Dauer, denn bald darauf widmeten sich die Besucher wieder dem Trinken, Essen und Kartenspiel. Ich nahm an einem freien Tisch Platz. Kurz darauf trat ein älterer Herr an mich heran, dessen Schürze vor Jahren einmal weiß gewesen war, um sich nach meiner Bestellung zu erkundigen. Ich orderte ein Glas Bier und eine Suppe, dafür reichten meine Kenntnisse der hiesigen Landessprache. Auffallend war, dass sich in diesem Wirtshaus vor allem Männer aufhielten, Frauen konnte ich kaum ausmachen. Am Tisch gegenüber saßen zwei ältere Damen sowie ein Herr, dessen Kleidung an einen Kutscher erinnerte. Daneben waren vier ungepflegt aussehende Gestalten mit Schnapstrinken und Kartenspielen beschäftigt.

Eventuell Jäger, denn in der Ecke lehnten vier Büchsengewehre an der Wand. Das Bier wurde mir in einem schmutzigen Krug serviert und schmeckte wässrig und schal. Das Essen, eine undefinierbare Brühe mit Fleischstückchen, war besser gelungen. Ich hatte meine Mahlzeit gerade beendet, da wandte sich meine Aufmerksamkeit erneut den vier wilden Gesellen zu. Es wurde lautstark gestikuliert, wüste Beschimpfungen folgten und bald darauf standen sich zwei der Kerle gegenüber, einer mit einem spitzen Dolch in der Hand. Drohend fuchtelte er erregt mit der Waffe herum, was schlagartig für gespannte Stimmung im gesamten Wirtshaus sorgte. Sekunden später wagte einer der beiden einen Sprung und riss den anderen zu Boden. Tische, Stühle und Gläser flogen durch die Luft. Gegröle hallte durch den Raum und bald drauf entflammte eine ausgewachsene Schlägerei, die das gesamte Wirtshaus erfasste. In diesem Gewühl konnte ich den Herren und die beiden Damen beobachten, die augenblicklich die Gaststätte verließen. Da ich an einer Schlägerei nur mäßig interessiert war, beschloss ich, nun keine Zeit mehr zu verlieren. Ich knallte zwei Geldstücke für Speis und Trank auf den Tisch und verließ fluchtartig das Lokal. Die drei Gestalten waren gerade dabei, eine Kutsche zu besteigen, da trat ich an sie heran und fragte in gebrochenem Rumänisch, wo es denn hingehe. „Nach Vatra", kam prompt die Antwort. „Wir müssen sogleich los, denn es soll schon bald Neuschnee geben. Dann ist der Weg unpassierbar." „Sie nehmen nicht zufällig die Route über den Borgo Pass?", wollte ich wissen. Bei diesen Worten konnte ich ein leichtes Zucken in dem Gesicht des Kutschers erkennen. „Sie sind anscheinend nicht aus dieser Gegend. Es gibt nur einen Weg und der führt uns über den besagten Pass. Ein Ort, an dem Sie sich jedoch nicht lange aufhalten sollten, denn er ist verwunschen. Dort oben lauert der Tod auf Sie", kam seine ängstliche Antwort. „Gut", dachte ich, „genau dort will ich hin." Wer weiß, wann sich mir erneut so eine günstige Gelegenheit bot. Ich bat darum, mitkommen zu dürfen und drückte dem Mann einige Silbermünzen in die Hand. Er nickte und ich nahm in der Kutsche Platz.

APITEL 8

Die Peitsche schnellte durch die Luft, ruckartig setzten wir uns in Bewegung. Die Straßen befanden sich in einem äußerst schlechten Zustand, daher konnten wir uns auf eine holprige Fahrt einstellen. Der Kutscher jagte seine Pferde durch die menschenleeren Straßen und kurz darauf ließen wir die Zivilisation hinter uns und fuhren die Passstraße entlang. Die Tiere kämpften sich durch die verschneite Landschaft und schnauften angestrengt die Serpentinen hoch. Hin und wieder konnte man einen Blick auf die uns zu Füßen liegende Stadt werfen. Im Westen war die Sonne im Begriff unterzugehen und ihre letzten Züge färbten die Dächer der Stadt scharlachrot. Die gefürchtete Nacht schob sich über das Land und ließ die Umrisse der Türmchen und der dampfenden Kamine allmählich im Schatten verblassen. Das geheimnisvolle Städtchen glich einem Gemälde aus längst vergangener Zeit. Kurz konnte mir dieser Anblick Ablenkung verschaffen, doch bald schon holten mich meine Gedanken an meine bevorstehende Prüfung zurück ins Hier und Jetzt. Ein letzter wehmütiger Blick auf die Stadt, danach schoben sich dicke Felswände dazwischen und nahmen mir die Sicht. Immer höher führte uns der Weg, weit in das verschneite Gebirge hinein. Die Nacht hüllte das Land in tiefe Dunkelheit und bald darauf jagte der Kutscher seine Pferde durchs finstere Nichts. Die dichten Tannen ächzten unter der Last des Schnees. Allmählich begannen neue Flocken vom Himmel zu tänzeln. Nun war die prophezeite Wetteränderung angekommen. Diese Umstände bewegten den Kutscher, seine Peitsche erneut durch die Lüfte schnellen zu lassen, um unsere Fahrt zu beschleunigen. Ein Ritt auf Messers Schneide, denn immer wieder rollten wir knapp am Abgrund entlang. Steine stürzten in die Tiefe und der kleinste Fehler unseres Fuhrmanns hätte unser Ende bedeutet. „In Anbetracht der Höhe, in der wir uns befinden, wäre es im Falle eines Sturzes rasch vorbei", dachte ich und starrte in die Dunkelheit hinaus. Ein kalter Schauer kroch meinem Rücken entlang, denn es war mir, als ob ich in der Ferne das schauderhafte Wimmern der Wölfe vernahm.

Ich zog meinen Revolver aus der Ledertasche, füllte die Trommel mit Kugeln und steckte die Waffe griffbereit in meine Manteltasche. Dort draußen in den tiefen Wäldern verbarg sich so manches schauderhaftes Geschöpf. Ein verzaubertes Gebiet, dessen Bewohner den Befehlen des Drachen mit Hingabe Folge leisteten. Die Anweisungen waren meist recht simpel: Wenn es dir möglich ist, töte! Im Rudel zu Hunderten vereint, an Land und in den Lüften schützten die Kreaturen diesen Ort vor unerwünschten Gästen. Kälte, gewaltige Schneemassen und unüberwindbarer Fels würden meinen Weg erschweren. Doch genau diesen erbarmungslosen Teil unserer doch so schönen Welt musste ich aufsuchen, um Minas und mein Leben zu retten. Einen flüchtigen Moment lang gab die dicke Wolkendecke den Blick auf den Mond frei. In der Ferne erkannte ich das bedrohliche Bergmassiv mit unzähligen Gipfeln und Schluchten, in schwaches Licht getaucht. Ein Gebirge voller Geheimnisse, das schon so manchen, der sich hineingewagt, auf Nimmerwiedersehen verschlungen hatte. Ganz deutlich konnte man das Heulen der Wölfe vernehmen, das durch die finstere Nacht hallte. Unser sensibles Kutschengespann scheute und bäumte sich vor Schreck auf. Mit letzter Kraft verhinderte der Kutscher den Absturz in die Tiefe und beruhigte seine Pferde erneut. Sogleich setzten wir unsere Fahrt mit unverminderter Geschwindigkeit fort. Der ängstliche Fuhrmann hetzte seine Tiere weiter unsanft über Stock und Stein. Der Wind pfiff durch die Bergkämme und peitschte den Schnee an die Wagenscheibe. Tosender Lärm, dem Stöhnen eines leidgeplagten Geschöpfes gleich, vermischte sich mit dem Wimmern der Wölfe zu einer schauderhaften Symphonie. Eine Geräuschkulisse, die der Herr dieses Landes so sehr schätzte. Ein Blick in die Gesichter meiner Mitreisenden offenbarte blankes Entsetzen über diese unerwartete, grausame Atmosphäre. Wir ließen nun den mühevollen Aufstieg hinter uns und hatten das Plateau des

Bergkammes erreicht. Die Pferde schnauften vor Anstrengung und gezeichnet von dem steilen Aufstieg verringerten sie ihre Geschwindigkeit. Selbst das lautstarke Gebrülle des Kutschers konnte daran nichts ändern. Meine Hand zitterte, denn gleich war der Moment gekommen, dieses sichere Gefährt zu verlassen. Die Zweifel waren enorm, denn ich war mir nicht einmal sicher, ob ich es bis zum Schloss schaffen konnte. Doch war ich fest entschlossen, den Kampf auf Leben und Tod, der dort draußen auf mich wartete, aufzunehmen. Weiterzufahren, um diesen grausigen Ort, an dem meine Liebe festgehalten wurde, alleine zu verlassen, war keine Option. Wir hatten mein Ziel nun erreicht. Im schwachen Licht erkannte ich die Weggabelung. Die eine Abzweigung führte nach Vatra und damit wieder hinaus aus dem Gebirge. Der andere Weg brachte mich noch tiefer hinein ins Verderben. An dessen Ende das Schloss mit seinem grausamen Herrn wartete. Ich schloss die Augen, ein letzter tiefer Atemzug, dann war ich bereit. Ich hämmerte mit der Faust gegen die Wand und sagte: „Bitte anhalten." Der Kutscher, sichtlich verwundert, leistete meiner Bitte Folge und hielt ruckartig an. Ein Moment des Zögerns, dann öffnete ich die Türe und verließ das sichere Gefährt. Der Fuhrmann schüttelte verständnislos seinen Kopf. Ich deutete ihm, dass er nun weiterfahren könne. Sogleich, setzte sich das Gespann in Bewegung und war kurz darauf in der Dunkelheit verschwunden. Ich war nun an diesem finstersten Ort auf mich alleine gestellt. Der Weg war verschneit und kaum zu erkennen. Der Wind legte sich und dicke Schneeflocken fielen vom Himmel. Eine beunruhigende Stille lag in der Luft. Mein rhythmisches Atmen war anfangs das einzig hörbare Geräusch. Das änderte sich, denn ganz deutlich schallte das Bersten der Äste durch das Unterholz, begleitet vom Jammern der Bestien, die diesen Wald bewachten. Ich war in ihr Territorium eingedrungen, so war es nur eine Frage der Zeit, bis diese Kreaturen meine Fährte aufnahmen.

Ich war einst an diesem Ort gefangen, daher war ich auf all diese furchterregenden Eindrücke vorbereitet. Doch nun, da ich alleine diesen Gefahren ausgesetzt war, kribbelte es vor Nervosität am ganzen Körper. Ich musste auf der Hut sein, denn jeder falsche Schritt könnte mein letzter sein. Die Straße konnte ich nicht benutzen. Ich hätte mich auf einem Präsentierteller befunden, war doch der Weg vom Schloss aus gut einsehbar. Ich musste mein Glück in den finsteren Wäldern suchen. Der Schnee knarrte unter meinen Schuhen, während ich leise durchs Unterholz schlich. Ich war bemüht, so wenig Aufmerksamkeit wie möglich zu verursachen. Alle mir verfügbaren Sinne waren bis aufs Äußerste geschärft und in Alarmbereitschaft versetzt. Hin und wieder gaben die Wolken den Himmel frei und der schwache Mondschein half mir, schemenhaft die Umgebung wahrzunehmen. So hatte ich die Richtung im Blick und bewegte mich weiter zur dunklen Festung. Nach einiger Zeit beschwerlichen Vorankommens wurde ich auf einen schwachen Lichtschein aufmerksam, der durchs Unterholz schimmerte. Meine Neugierde war geweckt. Ich stapfte durch den hohen Schnee, drückte dabei Äste und Sträucher zur Seite, dem schwachen Schein folgend. Ich hoffte, doch noch eine Seele zu finden, die mir an diesem so hoffnungslosen Ort helfen könnte. Der Wald lichtete sich allmählich und bald darauf stand ich am Rand eines weiten Feldes. In der Mitte konnte ich die Umrisse einer Hütte erkennen. Durch die Fenster drang ein schwacher Lichtschein, aus dem Schornstein qualmte dicker Rauch. Mühselig kämpfte ich mich durch den Schnee und versank dabei immer wieder bis zur Hüfte. Erschöpft erreichte ich das Häuschen, wandte mich um und warf einen Blick zurück zum Waldesrand.

Da erkannte ich in der Dunkelheit eines, dann zwei und danach unzählige, glühende Augenpaare, die jeden meiner Schritte argwöhnisch beobachteten. Da waren sie nun, die Bestien der Nacht und hatten meine Fährte aufgenommen. Ich war eine Maus, die, in die Ecke getrieben, nun in dieser Hütte ihr Glück versuchen musste. Mein Gefühl warnte mich: „Sei auf der Hut. Nichts ist wie es scheint." Ich hatte keine andere Möglichkeit und so nahm ich meinen Mut zusammen und klopfte an die Holztüre. Im Inneren rumorte und polterte es, bis einige Momente später die Türe geöffnet wurde. Vor mir stand eine sichtlich überraschte ältere

Frau, bekleidet mit einer weißen Bluse, Holzpantoffel und um die Hüfte hatte sie eine gepunktete Schürze umgebunden. „Was führt einen Fremden zu dieser späten Stunde in diese gottverlassene Gegend?", fragte sie in einem Dialekt, der schwer zu verstehen war. Da warf sie einen Blick hinüber zum Waldesrad und sah die Wölfe, die sich dort zusammenrotteten. „Den Wächtern entgeht nichts. Sie sind in ihr Reich eingedrungen. Diese Tiere kennen keine Gnade. Einmal die Witterung aufgenommen, verfolgen sie ihre Beute, bis sie zu schwach ist, sich zur Wehr zu setzen. Das wären heute wohl Sie", sprach die Frau und deutete mir, doch einzutreten. „Sie können heute Nacht hierbleiben, untertags ist es weitaus sicherer. Ich kann Ihnen ein bescheidenes Zimmer anbieten. Mittlerweile verirrt sich immer seltener ein Gast in meine kleine Herberge. Etwas in der dunklen Festung, nicht weit von hier, rührt sich erneut. Kein Einheimischer wagt sich freiwillig in diese Gegend. Sie sind augenscheinlich nicht von hier." „Nein, aus England." „Ein weiter Weg, was führt Sie bloß an solch einen Ort?" „Mein Schicksal. Sie werden überrascht sein, doch mein Weg führt mich genau zu dieser Festung, von der Sie sprachen." „Da sind Sie der Erste, der dort freiwillig hingehen möchte. Doch wie Sie wünschen, es ist nicht weit von hier. Heute Nacht sollten Sie allerdings hierbleiben."

Während wir sprachen, führte sie mich durch die Stube, deren Wände und Decken aus dicken Holzbalken bestanden. Im Raum standen einige Tische und im Kamin loderte ein wohltuendes Feuer. Hinter der kleinen Theke konnte man einen Blick in die nostalgische Küche werfen. Die Frage, ob ich etwas zu essen wolle, verneinte ich. Die Frau verschwand kurz und kam wenig später mit einem dicken Schlüsselbund zurück. „Folgen Sie mir", sagte sie und schritt dabei eine knarrende, staubige Holztreppe empor. Oben angekommen, fanden wir uns in einem spärlich beleuchteten Gang wieder, an dessen Ende sich eine Türe befand. Dahinter versteckte sich ein kleines Zimmer, karg eingerichtet. Ein Bett und Tisch, mehr stand nicht darin. Ich bedankte mich vielmals bei der freundlichen alten Dame und reichte ihr meine Hand. Dabei fiel mir ein auffälliges Schmuckstück auf, das sie um den Hals trug. Eine silberne Kette, daran baumelte ein Anhänger in Form eines goldenen Drachen, der mich an das Medaillon erinnerte. Ein auffällig wertvoll wirkendes Stück. „Geerbt, ein Geschenk oder Diebesgut, was auch immer", dachte ich und schloss die Türe. Ich war erschöpft und ein klein bisschen stolz. Einige Stunden verweilte ich nun schon in dieser todbringenden Gegend und noch war ich am Leben. Bei Tagesanbruch wollte ich aufbrechen, um unbemerkt die Gegend zu erkunden. Ich kannte das Gebiet, war ich doch schon einmal hier gewesen. Ironie des Schicksals, doch der Zeitpunkt rückte näher, an den Ausganspunkt meiner größten Angst zurückzukehren. Auch diesmal würde ich diesen Weg alles andere als freiwillig beschreiten.

Ich kontrollierte das Fenster, verriegelte die Türe und legte mich anschließend auf das Bett. Ein wenig ausruhen, denn an einen tiefen, erholsamen Schlaf wäre nicht zu denken gewesen. Ich döste vor mich hin, da störte der kleine Junge aus Konstantinopel meine Ruhe.

Im weißen Nachthemd, blutüberströmt, stand er vor mir. Blass war sein Gesicht, an seinem Hals eine klaffende Wunde. Er zeigte mit dem Finger auf mich und schrie: „Flieh von diesem Ort, lauf um dein Leben!" Angsterfüllt schreckte ich auf und öffnete meine Augen. Der Anblick, so unerwartet und doch wunderschön zugleich. Die Türe war verschlossen, doch davor stand eine aufreizende, äußerst attraktive Erscheinung. Ich konnte meinen Augen kaum trauen. Schlief ich gar am Ende noch? Nein, ich war wach und gleichzeitig benebelt von so viel Schönheit. Verzaubert starrte ich auf die vor Weiblichkeit strotzende junge Frau, unfähig, meine Blicke abzuwenden. Schwacher Mondschein drang durch das Fenster und streichelte sanft über ihr göttlich anmutendes Gesicht. Das transparente Nachthemd umschmiegte sanft ihre füllige Brüste. Ihr langes, gewelltes Haar glitzerte im schwachen Lichtschein. Ihre Lippen waren in ein sinnliches Rot getaucht. Ihr lasziver Blick durchflutete prickelnd meinen gesamten Körper. Ohne eine physische Berührung durchdrang sie meinen Geist und ließ all meine Sinne schwinden. Ich war ihr ganz und gar verfallen. Meine Begierde stieg ins Unermessliche, ähnlich einem Vulkan kurz vor der Eruption. In diesem Moment gab es keine andere Frau als dieses übersinnliche, wunderbare Geschöpf. Ich hatte nur noch einen Gedanken: Ich wollte mich mit dieser Venus im Liebespiel vereinen. Langsam näherte sich dieses Teufelsweib, kroch über die Bettkannte, glitt an meinem Körper empor, bis sie in voller Pracht auf mir zu liegen kam. Wir verharrten in diesem Moment. Ihr intensiver Blick durchbohrte mich und ließ mein Herz gegen meinen Brustkorb hämmern. Ich war aufgeregt, als wäre es das erste Mal, unfähig, einen klaren Gedanken zu fassen. Ihre Haut zart und geschmeidig. Süßer Rosenduft strömte durch meine Nase und betäubte die letzten Zellen, die mich zur Vorsicht mahnten. Sanft berührten sich unsere Lippen, bis diese sich im intensiven Zungenspiel vereinten. Voller Neugierde ertastete ich ihren glühenden, zarten Körper, einem Seefahrer gleich, der Neuland betrat. Ihren Rücken hinab erforschte ich ihre apfelförmigen, straffen Pobacken. Fest und gleichzeitig doch so zart, schmiegten wir uns aneinander und liebkosten uns ohne jegliche Scham. Ihre zarten Küsse glitten meinen Körper entlang, als wären es Schweißperlen an einem heißen Sommertag. Unsere nackten Körper vereinten sich in einer Symphonie der lüsternen Hingabe, deren Komponist und Dirigent die Wollust höchst persönlich war. Immer wieder versuchte eine eindringliche Warnung, den Dunst meiner Erregung zu durchbrechen, doch es gelang ihr nicht, in mein Bewusstsein vorzudringen. Ausgeliefert auf Gedeih und Verderb, ähnlich einem Beutetier, das unfähig war, seinem Räuber zu entkommen. Ihr nackter Körper glich einem Meisterwerk und doch war es eine Fälschung. Einzig der Anblick der silbernen Kette mit dem goldenen Anhänger versuchte, sich durch mein verschleiertes Bewusstsein zu kämpfen, um die schon lang fällige Warnung auszusprechen. „Jon, wenn etwas zu schön ist, um wahr zu sein, dann ist es das auch nicht! Du bist gefangen in einem Trugbild. Wach auf, bevor es zu spät ist." Diese Gedanken hallten durch mein Innerstes, spät, aber doch fanden sie Gehör. Nichts war, wie es schien. Dieses Liebesspiel konnte kein gutes Ende nehmen, denn es war nur Schein. In Wahrheit war ich in den Fängen eines Raubtiers, das kurz davor war, sich genüsslich dem finalen Akt zu nähern. Die Zeit war knapp. Die Dirne des Drachen erkundete züngelnd meinen Hals. Sie war wohl auf der Suche nach einer geeigneten Stelle, um ihre Raubzähne in mein Fleisch zu jagen. Langsam verflüchtigte sich der Dunst, der meine Sinne verzauberte. Ich musste mich aus den Fängen befreien, solange ich noch konnte. Ich erlangte die Kontrolle zurück, meine Gliedmaßen gehorchten erneut meinen Anweisungen. Die Bestie öffnete ihren Mund, war offenbar im Begriff, den finalen Akt zu vollziehen. Im letzten Moment packte ich das Wesen und schleuderte es mit all meiner Kraft von mir weg. Es stürzte hart zu Boden und knallte mit dem Kopf gegen die Tischkante. Einen Moment lang blieb es regungslos liegen. Gerade Zeit genug, um mir rasch meine Kleidung und Schuhe überzustreifen. Ich stürzte los und zog hektisch an der Klinke der Tür, die jedoch versperrt war. Ich wandte mich um. Da stand die Kreatur erneut auf und kam auf mich zu. Tief grollendes Gelächter hallte durch das Zimmer. Hasserfüllte, glühende Augen schienen mich zu durchbohren. Die Backenknochen dieser Bestie wuchsen spitz hervor, die Haut war faltig, als wären es schleimige Schuppen. Die Stirn wurde spitz, Arme und Beine unförmig, dabei recht muskulös. Der Rosenduft war verflogen, stattdessen roch es nach rauchigem Schwefel, der aus den weit geblähten Nasenlöchern stieg. Das Monster riss bedrohlich das Maul auf, aus dem eine schlangenförmige Zunge schnellte. Dabei konnte ich hunderte, spitze Zähne erkennen, mit denen es mir mein Fleisch von den Knochen nagen wollte. Mit einem Satz sprang dieses Wesen auf mich zu und im letzten Moment konnte ich den Angriff mit der Faust abwehren. Wieder knallte der Dämon hart zu Boden und blieb einen Moment lang liegen. Eine weitere Chance würde ich nicht bekommen, da war ich mir sicher. Ich musste hier weg, so schnell ich konnte. Ich schnappte meinen Mantel, sprang hinüber zum Fenster und riss es auf. Erst jetzt bemerkte ich die dicken Gitterstäbe, die eine Flucht unmöglich machten. Verzweifelt richtete ich meinen Blick hilfesuchend der Decke entgegen, da bemerkte ich eine kleine Dachbodenluke. Mit all meiner Kraft schob ich den Tisch darunter, kletterte hinauf und zu meiner Erleichterung ließ sich die Klappe öffnen. Ich zog mich nach oben und fand mich in einem vollgeräumten Dachboden wieder. An der Außenwand befand sich eine Türe, die sich durch einen leichten Druck öffnen ließ. Angekommen im Freien, war die einzige Möglichkeit der Sprung, denn die Leiter war umgefallen und lag am Boden. Mir blieb keine Zeit zu zögern, denn ich hörte unter mir erneut lautes Gepolter. Der Dämon war wieder erwacht und seine Laune hatte sich sicherlich nicht gebessert.

Ein letzter Atemzug, dann sprang ich in die Tiefe und landete im meterhohen Schnee. Rasch befreite ich mich aus dem weißen, schweren Nass und blickte mich ängstlich um. „Bloß weg von diesem grausamen Ort", dachte ich, doch wohin sollte ich gehen? Am Waldesrand standen immer noch die Wölfe, ganz ruhig beobachteten sie jede meiner Bewegungen. Die einzige Möglichkeit, die sich mir bot, war, den breiten Talkessel entlangzuschreiten, an dessen Ende ich die Silhouette des dunklen Schlosses erkannte. Zum Greifen nahe und doch so fern, denn es war unmöglich, die Burg von dieser Seite aus zu erreichen. Die Festung war auf einem stabilen Felsen gebaut, einzig von der Straße zugänglich. Am Ende des Kessels wartete eine senkrecht abfallende Schlucht auf mich.

Schon bald würden die Wölfe Jagd auf mich machen und dann hatte ich die Wahl zwischen Abgrund oder Reißzähnen. Ich blickte mich nochmals um und sah das Monster am Dach des Hauses stehen. Schrill hallten seine Schreie durch die Nacht. Die Wölfe stimmten ein und das Ganze vermischte sich zu einer schauderhafte Lärmkulisse. Ein Requiem, nur für mich komponiert. Das Monster spannte seine Schwingen auf, hob ab und steuerte mit weit aufgerissenem Maul auf mich zu. Die Wölfe setzten sich in Bewegung und zogen die Schlinge um mich immer enger. Mit zittriger Hand holte ich den Revolver aus der Manteltasche, wartete auf den richtigen Moment und drückte ab. Die Kugel traf direkt in die teuflische Fratze. Der Dämon stürzte zu Boden und blieb regungslos liegen. Ob er tot war, wusste ich nicht. Ich hatte jedenfalls nicht vor, es herauszufinden. Ich musste weg von hier und kämpfte mich weiter durch den Schnee, den Talkessel hinab, geradewegs auf die Festung und den davor liegenden Abgrund zu. Die Wölfe beschleunigten ihre Jagd und hetzten mit fletschenden Zähnen hinter mir her. Der schneebedeckte Untergrund forderte seinen Tribut, denn meine Kräfte begannen zu schwinden. Meine Muskeln brannten, mein Herz hämmerte und meine Lungen lechzten nach immer mehr Sauerstoff. In der Ferne konnte ich das grollende Geheule des Dämons vernehmen, den ich zuvor mit einer Kugel niedergestreckt hatte. Naiv zu glauben, ich hätte dieses Monster wirklich besiegt. Zu allem Überfluss versagte meine Beinmuskulatur und ich stürzte kopfüber in den Schnee. Entkräftet blieb ich liegen und starrte in den bewölkten Himmel. Sollte mein Leben so enden? An einem gottverlassenen Ort, zerfleischt von einigen, wild gewordenen Bestien? Ein ruhmreiches Ende sah anders aus. Ich zog den Revolver aus meiner Manteltasche, fünf Kugeln waren noch übrig. Zuwenig, um ein wild gewordenes Wolfsrudel aufzuhalten. Sollte ich eine für mich aufheben? „Nein, Jon, Selbsttötung ist nur etwas für Feiglinge", hörte ich meine innere Stimme mahnen. Besser im Kampf getötet zu werden, als kampflos zu Grunde zu gehen. Würde Mina jemals von meinem Opfer erfahren? Vermutlich nicht, denn ohne meine Hilfe war sie selbst dem Verderben näher als dem Leben.

Ich stützte mich auf und kurz darauf stand ich wackelig auf meinen Beinen. Die Wolfsmeute hetzte mir entgegen. Wenige Augenblicke noch, dann hatten sie mich erreicht.

Plötzlich vernahm ich in der Ferne Stimmen. Ich wandte mich ab und blickte in Richtung der Festung. Ein heller Lichtstrahl, klar und intensiv, traf meine Augen, durchflutete meinen Körper und erfüllte mein Innerstes mit purer Lebensfreude. Die Kraft in meinen Beinen kehrte zurück. Jetzt war keine Zeit zu sterben. Ich aktivierte meine letzten Reserven und hastete dem hoffnungsversprechenden Schimmer entgegen. Die Wölfe, deren übelriechenden Atem ich schon in meinem Nacken spürte, konnte ich auf Abstand halten. Sie hatten ebenfalls große Mühe, im hohen Schnee voranzukommen. In der Ferne erkannte ich die schemenhaften Konturen eines Gebäudes, das knapp vor dem Abgrund stand. Von dem Turm strahlte mir dieses Licht entgegen. Mit letzter Kraft steuerte ich darauf zu. In meiner aussichtslosen Situation hatte ich keine andere Wahl, als mich hilfesuchend an den kleinsten Strohhalm zu klammern. Nur noch wenige Meter trennten mich von dem Bauwerk, dessen Türe sich öffnete und in dem ich einige Gestalten in braunen Umhängen mit Kapuzen erkennen konnte. Der Anblick war mir unheimlich und im letzten Moment wollte ich nochmals meine Richtung korrigieren. Es war zu spät. Völlig erschöpft, am Ende meiner Kräfte, knallte ich mit meiner verletzten Schulter an den Türrahmen, taumelte und stürzte mit dem Kopf auf den harten Fußboden.

Ich stehe in einem grünen Garten. Darin ein kleines, nettes Häuschen mit einer bewachsenen Veranda. Vor mir fällt eine Klippe in die Tiefe, darunter erstreckt sich der weite Ozean.

Die Wellen rauschen immerzu, erinnern an das rhythmische Ticken einer Uhr. Die Grillen zirpen, Kolibris machen sich über die süß duftende Blumenpracht her. Ihr Geruch vereint sich mit der salzigen Meeresbrise zu einer einzigartigen Komposition. Kein Parfümeur könnte eine bessere Kreation schaffen. Schmetterlinge vollziehen ihren Tanz und umgarnen den blühenden Flieder. Die Sonne steht tief und wird schon bald in den Weiten des Ozeans verschwinden. Zwei Kinder, keine fünf Jahre alt, sitzen auf der Wiese und spielen mit einem Ball. Eine Eiche mit ausladendem Geäst spendet wohltuenden Schatten. Darunter entspannt sich eine hinreißende Dame. Der Hauch einer Meeresbrise streichelt sanft ihr langes Haar. Ihr reizvoller Anblick ist fesselnd und berührend zugleich. Unsere Blicke kreuzen sich, dabei schenkt sie mir ihr bezauberndes Lächeln, das mich schlagartig daran erinnert, weshalb ich diese Reise besser überleben sollte. Ich setze mich daneben. Zärtlich nimmt sie meine Hand und zusammen blicken wir der untergehenden Sonne entgegen. Ihr Spiegelbild projiziert sich tausendfach auf die bewegte See. Ich spüre es ganz deutlich. In diesem Moment bin ich glücklich.

APITEL 9

Mein müder Körper erlangte allmählich das Bewusstsein zurück. Meine Augenlider, zittrig und schwer, öffneten sich und gaben verschwommen den Blick auf eine kunstvoll bemalte Decke preis. Dicke Säulen stützten das Kunstwerk, bestehend aus den unterschiedlichsten Gestalten und Figuren, eingewoben in eine Wolkendecke, dahinter ein Schloss mit weit geöffneten Toren. Wo zum Teufel war ich hier gelandet, gefangen oder immer noch ein freier Mann? Ich kramte in meinen Erinnerungen und ließ die letzten Stunden Revue passieren. Die meisten Geschehnisse konnte ich mir wieder ins Gedächtnis rufen, doch kurz nachdem ich die Flucht aus den todbringenden Klauen dieser Bestie angetreten war, endete meine Erinnerung. Was war geschehen? Ich lag in einem gut gefederten Bett, warm eingepackt in einer Daunendecke. Ich blickte mich um und musterte den spärlich eingerichteten Raum. Die Mauern waren aus solidem Stein, die Fenster fest vergittert. Behäbig richtete ich meinen müden Körper auf. Sogleich hämmerten Kopfschmerzen gegen meine Schädeldecke, an der ich eine beachtliche Beule ertastete. Knarrend öffnete sich die Eingangstüre und unterbrach schlagartig meine fragenden Gedanken. Eine Gestalt, bekleidet mit einem braunen Umhang, betrat den Raum und kam an mein Bett. Ich war gespannt, fühlte dennoch keinerlei Furcht. „Keine Angst, Fremder, Sie sind hier in Sicherheit. Sie haben gestern Nacht Bekanntschaft mit den Wächtern dieser Gegend gemacht und kamen völlig erschöpft an unsere Pforte. Nach einem Sturz hatten Sie Ihr Bewusstsein verloren und wir brachten Sie auf dieses Zimmer. Sie hatten mächtig Glück, nur wenige überleben ein Zusammentreffen mit diesen Kreaturen. Viele haben in diesen Wäldern ihr Ende gefunden, verschwunden auf Nimmerwiedersehen. Entschuldigen Sie, ich habe mich noch nicht vorgestellt. Ich heiße

Constantin Dumitru und Sie heißen?" „Harker, Jonathan. Es hat mich von weit her in diese Gegend verschlagen." „Woher kommen Sie, wenn ich fragen darf?" „England, in der Nähe von London. Ich bin Ihnen für Ihre Gastfreundschaft sehr dankbar. Wenn Sie mir diese Frage erlauben, wo bin ich hier gelandet?" „Im Drachenorden, so nennt sich unsere Gemeinschaft." „Handelt es sich hierbei um ein Kloster oder Ähnliches?" „Wir haben uns keiner speziellen Religion verschrieben. Wir sind ein Sammelsurium aus verschiedenen Ethnien, Glaubensgesinnungen und gesellschaftspolitischen Strömungen. Die Herkunft und Vergangenheit des Einzelnen sind für uns nur bedingt von Bedeutung. Vielmehr zählt das Hier und Jetzt. Unsere Tore stehen offen für Minderheiten und Verfolgte aller Art. Wer unsere Regeln und Werte befolgt, ist willkommen." „Ich habe noch nie von dieser Gemeinschaft gehört, obwohl ich schon einige Zeit in dieser Gegend verbracht habe." „Unsere Existenz ist weitgehend unbekannt, das soll auch so bleiben. Es leben unter diesem Dach Moslems, Juden, Christen sowie Atheisten, politisch Verfolgte, Waisen und Verstoßene. Wir sind ein liberaler Mikrokosmos, quer durch die Gesellschaftsschichten. In vielen Ländern würden wir skurrilerweise alleine wegen dieses friedlichen Zusammenlebens verfolgt und getötet werden. In dieser Gegend brauchen wir die Staatsmacht nicht zu fürchten, denn hierher kommen nur diejenigen, die keine andere Wahl haben. Kein Exekutivbeamter betritt diesen Ort, außer er wird aus persönlichen Gründen dazu gezwungen, sich seinen Ängsten zu stellen. Wo Licht scheint, sind auch die Schatten nicht weit. Zweiteres ist hier sogar sehr stark ausgeprägt, denn der Herr dieses Landes steht mit dem Tod im Bunde. Ich möchte Sie jedoch nicht unnötig beunruhigen, erholen Sie sich erstmal." „Ich weiß bedauerlicherweise mehr über diesen Ort und seine dunkle Geschichte, als mir lieb ist." Mit diesen Worten hatte ich Constantins Interesse geweckt. Bevor er jedoch nachfragen konnte, wurden wir vom Läuten einer Glocke unterbrochen. „Schon achtzehn Uhr!", erschrak er und hastete zum Ausgang. „Sie müssen mich entschuldigen, die heilige Messe beginnt. Ich persönlich habe mich schon vor langer Zeit dem katholischen Glauben verschrieben und ein Gelübde abgelegt. Falls Sie möchten, können Sie uns gerne beehren. Sehen Sie sich ruhig ein wenig um. In einer Stunde können Sie mich in meiner Kanzlei antreffen. Diese können Sie nicht verfehlen. Selbes Stockwerk, immer den Gang entlang, dann kommen Sie daran vorbei. Bis später, Mister Harker und erholen Sie sich gut. Bevor ich es vergesse, ich habe unserer Küche aufgetragen, Ihnen etwas zu essen zu bringen. Erwarten Sie nicht zu viel, unsere Möglichkeiten sind begrenzt. Viele Mägen leben unter diesem Dach und möchten gefüllt werden. Die rauen Winter setzen uns zu. Uns stehen die Nahrungsmittel zur Verfügung, die wir selbst anpflanzen. Das reicht bei weitem nicht, somit müssen wir vieles in den umliegenden Dörfern und Städten einkaufen und Geld ist meist äußerst knapp." Mit diesen Worten verließ Constantin das Zimmer und ließ mich alleine zurück.

Ich beschloss, meine müden Knochen zu erwecken, stand auf und ging ans Fenster, um in die Dunkelheit hinauszustarren. Ein Geheimbund, der sich einer bestimmten Sache verschrieben hatte. Nur welche genau, konnte ich ihnen vertrauen? Vielleicht waren unsere Ziele gar nicht so unterschiedlich und die Feinde dieselben. Mit etwas Feingefühl und gezielten Fragen sollte ich dem auf den Grund gehen. Vielleicht verkörperten diese Leute den Hoffnungsschimmer, den ich gesucht hatte, und die ganze Angelegenheit könnte doch noch ein glückliches Ende nehmen. Meine Gedanken wurden durch ein sanftes Klopfen unterbrochen. Eine junge Dame, Mitte zwanzig, trat ein und stellte das Tablett mit einer Suppenschüssel auf den Tisch. Sie blickte mich mit geheimnisvollen, blauen Augen an, lächelte und sprach mit zarter Stimme: „Wie ich sehe, geht es Ihnen wieder besser. Sie haben uns einen gehörigen Schrecken eingejagt. Schön, dass Sie sich so rasch erholt haben." „Danke, ich bin schon bald wieder genesen. Mein Name ist Jonathan und Sie heißen?" „Aurica. Falls Sie der Hunger quält, können Sie sich jederzeit an mich wenden." „ Danke für das Angebot. Ich werde darauf zurückkommen. Aurica ist ein schöner Name, bedeutet die Goldene, wenn ich richtig liege?" „Danke, Sie haben recht, können Sie rumänisch sprechen?" „Ein paar Wortfetzen, nicht der Rede wert." "Entschuldigen Sie meine Neugierde, aber woher kommen Sie?" "Aus London. Momentan wohne ich außerhalb, in einem Vorort." "London, wunderschön", schwärmte sie. "Ich habe vieles über Ihre Heimat und die Städte gelesen. Ich reise des Öfteren in meinen Träumen, da es mir im wahren Leben nicht vergönnt ist. London war auch schon einige Male an der Reihe. Ich wandere durch die Straßen, besuche eindrucksvolle Monumente und Sehenswürdigkeiten und werde eins mit dem pulsierenden Leben. Wenn man in dieser trostlosen Gegend sein Dasein fristet, bleibt einem meist nur die Flucht in die Traumwelt. Verstehen Sie mich nicht falsch. Ich bin sehr dankbar, in dieser Gemeinschaft leben zu dürfen. Wenn man als Waisenkind auf den Straßen Siebenbürgens aufwächst, ist man über eine regelmäßige Mahlzeit, Sicherheit und ein Dach über Kopf äußerst glücklich. Bescheidenheit ist eine Tugend, die ich in all den Jahren bitter erlernen musste. Doch bin ich ein junger Mensch, der sich nach der Ferne sehnt. Irgendwann werde ich den Schritt wagen, bis dahin koche ich", meinte sie lächelnd und ging zur Türe. "Wenn Sie Zeit haben, besuchen Sie mich in der Küche. Ich bin über jede Abwechslung erfreut", sagte Aurica zum Abschied und verließ den Raum. "Eine beeindruckende Frau", dachte ich, während ich den Kartoffeleintopf löffelte. Mein Interesse war geweckt, mehr über diesen Ort und seine Bewohner zu erfahren. Ich beendete meine Mahlzeit, zog mir mein Hemd über und trat hinaus auf den Gang. Stille lag in der Luft, keine Menschenseele war anzutreffen. Ich befand mich auf einem langen Flur. Auf einer Seite eine Türe nach der anderen, auf der anderen zeigten Fenster auf einen Innenhof. Die Wände waren verziert mit allerlei Bildern und Symbolen. Die Abbildungen zeigten Personen, Momente aus der Geschichte des Ordens sowie Landschaften und Bauwerke. Eines erregte meine Aufmerksamkeit: Das Bild zeigte eine kleine, schlichte Kirche im romanischen Baustil. Es trug den Titel *Castellum de Dragular*. In schlichte Farben getaucht, wirkte das Bild authentisch. Im Hintergrund war das Schloss des finsteren Fürsten klar erkennbar. Ein Gebäude aus längst vergangenen Zeiten, zwar erhob sich vor der Burg immer noch ein Hügel, eine Kapelle stand dort jedoch nicht mehr. Ich vernahm Stimmen, Sprechchöre drangen an meine Ohren. Ich folgte den geheimnisvollen Klängen und stand kurz darauf vor dem Eingang zur Kapelle. Vorsichtig drückte ich die Türe auf und trat ein. Ein Dutzend Gläubige saß auf Holzbänken und folgte andächtig den Ausführungen eines Priesters. Weihrauchschwaden lagen in der Luft und hüllten die Gesichter der Anwesenden in mystischen Dunst. An den Wänden hingen Bilder, die Jesus' Leidensweg darstellten. Im vorderen Bereich stand ein Altar aus Stein, an der Wand hing ein hölzernes Kreuz. Die Kapelle war äußerst schlicht im Vergleich mit den pompös-überheblichen Kathedralen Europas, die vor Prunk und menschlicher Selbstüberschätzung förmlich zu ersticken drohten. Der Priester bemerkte meine Anwesenheit, musterte mich für einen Augenblick, führte aber seine Ausführungen sogleich weiter fort. Uns den Rücken zugewandt, folgten monotone Gebete in lateinischer Sprache, die von Sprechgesang der Anwesenden begleitet wurden. Ich versuchte aufmerksam zu bleiben, doch allmählich vermischten sich die Stimmen der Anwesenden zu einem einzigen gleichbleibenden Gemurmel und meine Gedanken drifteten ab.

„Meine persönliche Einstellung zur Religion war schon immer eine äußerst zwiegespaltene. Zwar durfte ich eine katholische Erziehung genießen, doch habe ich mich im Laufe meines bisherigen Lebens weit von diesem Glauben distanziert, jedoch meine Spiritualität erhalten. Während des intensiven Studiums eines frei denkenden Menschen, der es wagt, scheinbar festgelegte Grenzen zu überschreiten, entlarven Religionen rasch ihren wahren Kern. Ein von Menschen erschaffenes Instrument, um andere zu beherrschen, um selbst daraus einen Vorteil zu ziehen. Sobald eine Gemeinschaft sich Dogmen auferlegt, kann dies nicht der richtige Weg sein. Nur ein freier Geist, der die Ketten der religiösen Bevormundung ablegt, kann die nötigen Erfahrungen sammeln, um am Ende ein besserer Mensch zu werden. Einzig durch die Summe meiner erlangten Erkenntnisse kann ich wachsen, um in ferner Zukunft diese materielle Welt endgültig zu verlassen. Religion ist prinzipiell nichts Schlechtes, solange sie nicht missbräuchlich verwendet wird. Richtlinien benötigt jeder Mensch, denn sie geben Sicherheit. Ohne Grenzen gibt es nichts, an dem wir uns festhalten können. Der eine benötigt mehr, der andere weniger, für viele ist Religion ein geeignetes Mittel, das Leben mit Anstand zu meistern. Uns Menschen trennt der Glaube, da jede Gemeinschaft der festen Überzeugung ist, die einzig gültige Wahrheit zu kennen. Dabei vereinen uns viel mehr dieselben Ängste, sind diese doch in jedem von uns fest niedergeschrieben. Es ist die Furcht vor der Ungewissheit, da niemand weiß, was einem am jüngsten Tag erwartet. Der Überlebensinstinkt hat Menschen dazu gebracht, Sonne, Mond und Sterne, später Götter und schließlich Gott anzubeten. Kulturen sind entstanden, deren Herrscher sich Monumente aus Stein errichten ließen, in der Hoffnung, diese würden ewiges Leben schenken. Einst habe ich ein Zitat gelesen, das mir nun unweigerlich in den Sinn kommt. Die Suche des Menschen nach Gott ist vergleichbar mit Hamlet, der durch sein Schloss läuft, um Shakespeare zu finden. Wir alle sind Teil dieser unglaublichen Geschichte. Falls ein Autor existiert, werden wir ihm zu Lebzeiten nicht begegnen. Dabei wohnt jedem Stein, Fluss, Wald, Berg, Getier und jeder Steppe so viel Zauberhaftes inne, dass die Antwort nach dem Göttlichen vielleicht näher liegt, als wir glauben. Wir wären daher gut beraten, unsere Interessen in Einklang mit der Welt zu bringen, die unsere Existenz erst ermöglicht hat. Die ewige, frustrierende Suche nach einem imaginären Gott ergibt für uns Lebende keinen Sinn und doch quälen sich so manche ihr Leben lang. Das Streben nach dem Göttlichen macht viele für die wahren Wunder unseres Planeten blind. Öffnet die Augen, erkennt die Schönheit der Welt und lebt im Hier und Jetzt! Was einmal aus uns wird, werden wir früh genug erfahren. Kein Mensch kennt die Antwort, daher beendet das sinnlose Wiedergeben vorgefertigter Schriften, die Menschen aus den unterschiedlichsten Gründen vor langer Zeit erfunden haben. Nur der freie glückliche Geist, bewohnt einen gesunden Körper. Geht in Frieden und beginnt damit, den Himmel auf Erden zu errichten." Ähnliches hätte ich gepredigt, wäre ich der Priester in dieser Kirche gewesen.

Die Gläubigen erhoben sich und beendeten mein Gedankenspiel. Der Pfarrer und die Teilnehmer der Messe zogen an mir vorbei und verließen die Kirche. Ich tat es ihnen gleich und konnte Constantin im Gespräch mit einigen Gläubigen ausmachen. Er sah mich, kam auf mich zu und meinte, „Herr Harker, schön Sie außerhalb des Bettes anzutreffen. Wie fühlen Sie sich?" „Danke der Nachfrage, es geht mir schon viel besser." „Ich habe Sie schon während der Messe bemerkt. Wie hat es Ihnen gefallen?" „Gut. Ich muss gestehen, ich bin kein oft gesehener Gast in unserer Kirchengemeinschaft. Ich habe die Zeit genutzt, um über einige Dinge nachzudenken." „Falls nun so manches klarer erscheint als zuvor, haben Sie den Sinn des Gottesdienstes verstanden. Hätten Sie Zeit? Ich würde Sie gerne auf eine Tasse Tee in meine Kanzlei einladen." Ich nahm dankend an und wir schritten durch die leeren Gänge und erreichten kurze Zeit später die Kanzlei. Im Zimmer angekommen, nahm ich auf einen gut gepolsterten Stuhl Platz, während Constantin den Tee zubereitete. Er reichte mir eine dampfende Schale und setzte sich ebenfalls. „Entschuldigen Sie meine Neugierde, jedoch drängt sich mir eine Frage auf. Was in aller Welt hatten Sie alleine, zu so später Stunde, in dieser gefährlichen Gegend zu suchen?" Ich zögerte einen Moment, da fuhr Constantin fort: „Es ist eine Seltenheit, dass uns Besucher aus weiter Ferne beehren. Die hiesige Bevölkerung meidet diesen Ort, vor allem in der Nacht. Es wird Ihnen höchstwahrscheinlich nicht bewusst sein, was es mit diesem Platz auf sich hat und wer das düstere Schloss am mächtigen Felsen bewohnt?" „Ich weiß, dort lebt der Tod, kaum jemand möchte freiwillig mit ihm zu tun bekommen." Constantin blickte mich neugierig an und ich entschied mich dazu, ihm mein Vertrauen zu schenken und fing an, meine Geschichte zu erzählen. Ich schilderte die damaligen Geschehnisse, beginnend mit dem Auftrag, einige Kaufverträge für Londoner Immobilien mit einem gewissen Graf Dracula abzuwickeln. Ich berichtete über die wochenlange Gefangenschaft, meine Flucht und von dem plötzlichen Interesse des Grafen an meiner Frau. Minas Blut wurde schon damals von dem todbringenden Virus vergiftet.

Nun, fünf Jahre danach, hatte uns die Vergangenheit eingeholt und bei Vollmond würde die Transformation unwiederbringlich vollzogen sein. Während meinen Ausführungen musste ich fluchen, da ich mich maßlos über mich selbst ärgerte. Hatte ich doch in der Hitze der Wirtshausschlägerei vergessen, Stew eine Nachricht zu hinterlassen. Da mich Constantin etwas überrascht ansah, klärte ich ihn auf. „Ich bin nicht alleine in diesem Kampf. Ich habe Freunde in London, die mir zur Seite stehen. Sie mussten noch einiges in Ordnung bringen und konnten daher nicht mit mir aufbrechen. Wie können sie mich nun finden?" „Keine Sorge. Morgen werden einige nach Bistritz aufbrechen, um Besorgungen zu erledigen. Das Wirtshaus „Zum goldenen Drachen" ist uns bekannt. Wir werden dort eine Nachricht hinterlassen." Erleichtert schnaufte ich durch, trank die Tasse Tee aus und stellte sie auf den Tisch zurück. „Eine unglaubliche Geschichte", meinte Constantin. „Sie haben unser aller Mitgefühl und ich verspreche Ihnen, Sie bei Ihrem Kampf zu unterstützen. Wir werden alles in unserer Macht Stehende unternehmen, um Ihre Frau unbeschadet zurückzuholen. Trotz alledem war es äußerst waghalsig, hierher zu reisen, um diese Schlacht ganz alleine zu schlagen. Sie wussten über diese dunkle Macht Bescheid. Kein Mensch konnte diese Kreatur je besiegen. Die Mitglieder dieses Ordens wissen sehr genau, mit wem sie es zu tun haben. Wir sind Wächter und beobachten die Schatten ganz genau. Unsere Gemeinschaft existiert seit Jahrhunderten und unser Wissen wird an die jeweils nachfolgende Generation weitergegeben. Glauben Sie mir, es gibt noch vieles, das Sie in Erfahrung bringen müssen, bevor Sie in den Krieg ziehen können." „Fraglich ist, ob ich diese Zeit habe. Ich möchte diesen Kampf nicht. Ich will einzig und alleine meine Frau retten." „So manches Kreuz wird einem auferlegt, ob man möchte oder nicht. Diese Frage wird einem nicht gestellt. Ich denke, es ist Ihr Schicksal, gegen den Tod anzutreten. Diese Schlacht müssen Sie führen, doch alleine sind Sie dabei nicht."

Fremdartige Geräusche hallten durch die Gänge und unterbrachen unser Gespräch. Sprechchöre, anfangs noch gedämpft, wurden lauter und immer wieder konnte man dieselben Worte vernehmen. Es war eine seltsame, befremdliche Sprache, begleitet von rhythmischem Getrommel. Constantins Miene wirkte äußerst besorgt und da er meine fragenden Blicke bemerkte, meinte er: „Das sind die Klagelieder der Toten. Schon seit einiger Zeit beobachten wir, äußerst besorgt, die schauderhaften Vorgänge im Schloss. Ich denke, der Zeitpunkt der Entführung ist kein Zufall. Es hängt alles zusammen, aber das lässt sich nur schlecht erklären. Kommen Sie mit, ich werde es Ihnen zeigen." Mit diesen Worten stand Constantin auf, stellte seine Tasse auf den Tisch und wir verließen gemeinsam das Zimmer. Gespannt folgte ich ihm den Gang entlang, bis wir vor einer Eisentüre stehen blieben. Constantin schob sie zur Seite und dahinter befand sich eine Wendeltreppe, die nach oben führte. Während wir gemächlich die engen Treppen emporschritten, fuhr er fort. „Diese Stiegen führen uns auf den Turm hinauf. Einst gab es noch drei weitere, an jeder Ecke einen. Im Jahre 1753 wurde unser Gebäude von einem Erdbeben stark in Mittleidenschaft gezogen. Das Geld reichte nicht, so wurde nur ein Turm wiederaufgebaut. Heute nutzen wir ihn zur Beobachtung des Umlandes. Wir können ein starkes Licht entzünden, das schon so mancher verirrten Seele den richtigen Weg wies." Oben angekommen, fanden wir uns in einem Raum wieder, der große Fenster zu jeder Seite hatte. Von hier aus hatte man einen uneingeschränkten Blick auf das Schloss. Keine zwanzig Meter entfernt, thronte es auf einer Felsspitze. Es trennte uns einzig und allein die tiefe Schlucht, die, von hier ausgesehen, kein Ende zu haben schien. Der zunehmende Mond, hoch am Firmament, warf sein gleißendes Licht auf die zahllosen kleinen Türmchen, die markant aus dem nächtlichen Nebel hervorstachen. Es war ein Ort des Schreckens und doch war dieser Anblick beeindruckend schön. Eine Machtdemonstration aus Stein und Metall, die einen zu erdrücken drohte.

Das mächtige Gebäude war seit Jahrhunderten uneinnehmbar und doch gelang mir vor Jahren die Flucht aus dem Kerker. Aus unserem Vogelnest konnten wir den Vorplatz der Festung gut überblicken, doch das Bild, das sich uns bot, ließ uns erschaudern. „Oh mein Gott", flüsterte Constantin mit zittriger Stimme. „Es sind schon so viele geworden." Dort unten lagerten unzählige Gefolgsleute des finsteren Grafen, zu viele, um sie zu zählen. Eine Armee, bestehend aus Vampiren, war bereit dazu, die Befehle ihres Meisters entgegenzunehmen. Meine Atmung beschleunigte sich unweigerlich und aus meinen Poren sprossen einzelne Schweißperlen, die von der Stirn abwärtskullerten. Ich hoffte so sehr, meine Wahrnehmung spiele mir einen Streich, doch dem war leider nicht so. Zahlreiche Fahnen, in den unterschiedlichsten Formen, alle mit dem gleichen Symbol, wehten im aufkommenden Wind. Ein goldener Drache auf rotem Hintergrund, dessen Schwanz sich zu einem gordischen Knoten verzahnte. Zelte waren errichtet. Dazwischen erhellten Fackeln den Platz, deren rötliches Licht die gesamte Szenerie in einen mystischen Schein tauchte.

„Wir beobachten schon seit geraumer Zeit, dass die Burg zu neuem Leben erwacht. Der Drache errichtet eine Armee, bestehend aus willenlosen Kreaturen, um vorerst dieses Land und danach weit über die Grenzen hinaus Menschen zu beherrschen. Ihre Ideologie ist äußerst einfach: Töte jene, die anders sind! Bald schon wird die Welt von dieser selbst ernannten Herrenrasse erfahren", flüsterte Constantin. Monoton wiederholten sie immer wieder dieselben Worte. Diese grausamen Psalmen schallten weit durch die finstere Nacht. Einige Wortfetzen konnte ich heraushören: „Salus, Princeps." „Sie rufen nach ihrem Führer. Schon bald wird er erscheinen", erklärte Constantin. Ich blickte durch ein Fernglas und betrachtete die wilden, hässlichen Gestalten mit ihren dunklen Umhängen. Die meisten trugen Schwerter oder Lanzen, vereinzelt auch Schilde. Plötzlich verstummte das monotone Getrommel und donnernd öffneten sich die breiten Flügel des mächtigen Holztores. Hoch zu Ross erschienen Vampire mit glänzenden Rüstungen, das Zeichen des goldenen Drachen war gut darauf zu erkennen. In einer Hand hielten sie Lanzen mit einem wehenden Banner. Da befiel mich erneut ein beklemmendes Gefühl, so intensiv wie nie zuvor. Die Hörner schmetterten, Trommelwirbel schallte durch die Nacht und am Ende des Zuges ritt eine Kreatur, die direkt aus der Hölle zu kommen schien. Die Gestalt trug einen silbernen Brustpanzer, die Augen glühend, das Gesicht blassgrau gefärbt und rote Narben schlängelten sich über die spitz zulaufenden Wangenknochen. Ich kannte dieses Wesen, war es mir doch im Traum erschienen, um mir Mina zu entreißen. Es hatte damals etwas von seinem Meister gestammelt, doch von diesem fehlte weiterhin jede Spur. Da gab die düstere Erscheinung ihrem Pferd die Sporen und ritt an die Spitze. Der schauderhafte Zug setzte sich Richtung Hügel in Bewegung. „Was befindet sich dort oben?", fragte ich Constantin, der immer noch mit versteinerter Miene die Szenerie verfolgte. „Einst stand dort eine Kirche. Solange ich mich entsinne, ist es eine okkulte Opferstätte. Ein grausamer Ort, an dem bei sadistischen Ritualen Tier- und Menschenopfer vollzogen werden. Wir meiden diesen Platz, ist er doch Symbol für das Grauen, das von der Festung ausgeht." Das dumpfe, grollende Trommeln wurde leise, bald darauf konnte man nur noch den Schein der Fackeln erkennen. Ratlos und geschockt von diesem Anblick, traten wir gemeinsam den Rückweg an. Was sollten wir bloß gegen diese Übermacht ausrichten? War Mina bereits verloren? Meine Frau in den Fängen dieser teuflischen Bande zu wissen, brach mir das Herz und doch war es noch stark genug, um nicht aufzugeben. Auf dem Weg zurück kam uns ein älterer Herr entgegen. Ich erkannte ihn, er war der Priester, der die Messe zelebriert hatte. Constantin ging voraus und beide tuschelten einen Moment lang. Sie kamen zu mir herüber und der Priester reichte mir seine Hand und meinte: „Ich begrüße Sie, Herr Harker. Schön, Sie wieder auf den Beinen zu sehen. Ich bin einer der Leiter dieses Ordens, Abt Jonas Kinski. Wir würden uns gerne mit Ihnen unterhalten. Bitte folgen Sie uns." Ich nickte und ging den beiden hinterher. Im Zimmer des Abts angekommen, wartete dort ein weiterer Herr, der sich als Abdul Rashid vorstellte. Ein persischer Imam, der im Exil lebte. Seine liberale Haltung hatte zu seiner Verfolgung geführt. Wir nahmen Platz und Jonas führte das Gespräch fort: „Herr Harker, Constantin hat mich so weit unterrichtet. Eine beeindruckende und zugleich äußerst bedauernswerte Geschichte. Seien Sie versichert, wir werden Sie so gut, wie es uns möglich ist, unterstützen. Ob es uns gelingt, Ihre Frau aus den Klauen dieser Kreaturen zu befreien, wird zu einem erheblichen Teil von Ihnen selbst abhängen. Rashid, Constantin und meine Wenigkeit leiten diesen Orden. Die Entscheidung zu helfen, ist bereits gefallen. Ich bitte Sie nun darum, in sich zu gehen und Ihre Reise Revue passieren zu lassen. Sind Situationen aufgetreten, die Sie sich nicht erklären können oder hatten Sie eine Begegnung, die Ihnen im Nachhinein ungewöhnlich erschien?" Nach kurzer Überlegung kam mir die Person am Schiff und der sonderbare Junge in Konstantinopel in den Sinn. Ich war mir anfangs nicht sicher, ob ich darüber berichten sollte. Einen Moment lang hielt ich inne, ein unangenehmes Schweigen breitete sich aus. Meinem Gefühl folgend, konnte ich diesen Menschen vertrauen und entschied mich, über die Reise zu berichten. „Meine Herren, ich bedanke mich vielmals für sämtliche Unterstützung, die ich bislang erfahren durfte. An solch einem düsteren Ort hätte ich nicht damit gerechnet. Besorgt habe ich die Vorgänge rund um das Schloss beobachtet und angesichts dieser Teufelei ist mein aufkeimender Optimismus im Sinken begriffen. Mein Wille, Mina zu befreien, ist trotz alledem ungebrochen. Um auf Ihre Frage zurückzukommen, so manche sonderbare Begegnung ist mir auf der langen Reise widerfahren. Nach einem Hinweis eines Unbekannten am Schiff nach Frankreich reiste ich nach Konstantinopel. Mein eigentliches Vorhaben, dort die Entführer frühzeitig zu stoppen, scheiterte. Der Abstecher war jedoch nicht unnötig. Ich begegnete einem Jungen, der mich zu einem Antiquitätenhändler führte. Dort fiel mir aus heiterem Himmel ein außergewöhnliches Schmuckstück in die Hände." Ich kramte in meiner Hosentasche, zog es heraus und legte es auf den Tisch. Das Staunen und die Verwunderung waren groß. Die Herren beugten sich darüber und musterten das schöne Stück einige Zeit lang. Abt Jonas nahm es schließlich in die Hand, klemmte sich ein Okular ins rechte Auge und begutachtete es gründlichst. Danach gab er es an Rashid und Constantin weiter, die es ihm gleichtaten. Während die beiden Herren das Schmuckstück weiter begutachteten, fragte Jonas: „Sie sagten, ein kleiner Junge hätte sie geführt. Haben Sie mit ihm gesprochen?" „Nein", antwortete ich. „Es handelte sich mehr um eine Erscheinung. Ich kann es nicht besser ausdrücken. Ich konnte ihn weder erreichen, noch habe ich ein Wort mit ihm gesprochen. Er betrat das Antiquitätengeschäft und war danach verschwunden. Der Ladenbesitzer versicherte mir, keinen Jungen gesehen zu haben." Die drei Herren blickten sich nachdenklich an und nickten als Zeichen der Zustimmung. „Ich entschuldige mich für meine Neugierde, aber könnte mich jemand aufklären? Wissen Sie, was es mit diesem Stück auf sich hat?", fragte ich in die Runde. Rashid ergriff das Wort: „Die Tatsache, dass Sie dieses Schmuckstück mit sich führen und den Jungen gesehen haben, rückt Ihre Anwesenheit in unserer Gemeinschaft in ein gänzlich neues Licht. Ich versichere Ihnen, was Sie auch gesehen haben, es war kein Hirngespinst, sondern ausschließlich für Sie bestimmt. Sie müssen unsere Zurückhaltung verstehen, unverhofft kommt oft, trifft auf diesen dunklen Ort leider nicht zu. Wir denken, Ihre Mission ist weit mehr, als bloß, Ihre Frau zu befreien. Unser Orden hat sich dazu verpflichtet, das Böse zu bewachen und den Schlüssel zu bewahren, der zur Vernichtung des Drachen beitragen wird. Unsere Gemeinschaft ist über alle Strömungen und religiöse Gesinnungen hinweg in der Hoffnung vereint, eines Tages das Grauen ein für alle Mal aus der Welt zu schaffen. Unser Glaube daran beruft sich mitunter auf ein Schriftstück, Jahrhunderte alt, verfasst von einem unbekannten Meister. Es beinhaltet jedes Geheimnis rund um die Gestalt Draculas und soll der Schlüssel zur Vernichtung sein. Niemand hat es jedoch bis heute geschafft, dem Buch die ausschlaggebende Information zu entlocken. Es gibt die mündliche Überlieferung, die geistige Welt werde demjenigen zur Hilfe eilen, der sich als würdig erweist. Wir werden diesen Menschen daran erkennen, dass er das Drachenmedaillon bei sich trägt. Sie haben einen Vertreter dieser Mächte bereits kennengelernt. Der kleine Junge, sein Name ist Moriam Vlad, hat schon vor Jahrhunderten die Lebendigen verlassen. Er wird jedoch nicht ruhen, bis die Verbrechen seines Vaters gesühnt werden." Ich unterbrach Rashid „Ich denke nicht, dass ich all dem gewachsen bin. Ich möchte Mina retten. Nichts anderes war jemals mein Plan." „Da geben Sie sich schon die richtige Antwort. Ihre Beweggründe sind reinen Herzens, denn Ihr Antrieb ist die Liebe. Schwer, eine Kraft zu finden, die stärker wirkt. Kein Söldner, der einzig für Geld in die Schlacht zieht, hätte die Kraft, das Grauen zu besiegen. Er handelt unmoralisch, durch die Gier nach Geld macht er sich zum Mittäter. Sie wurden nicht aufgrund Ihrer Stärke, sondern wegen Ihres Glaubens und Ihrer Haltungsweise auserwählt." „Welcher Glaube?", unterbrach ich Rashid. „Offenbar die richtige Gesinnung, denn die Kraft dahinter ist Liebe. Das ist der geistigen Welt nicht verborgen geblieben. Obwohl uns das Leben trennt, bleibt ihr nichts verborgen.

Ich schlage vor, Sie ziehen sich nun zurück. Wir benötigen Zeit, um uns zu beraten. Lassen Sie die Informationen wirken und versuchen Sie, sich auszuruhen. Die nächsten Tage werden äußerst herausfordernd. Sie haben viele Fragen, mit der Zeit werden so manche beantwortet." Ich nickte verständnisvoll und verabschiedete mich mit einem Händeschütteln. Ich hatte schon beinahe den Raum verlassen, da erinnerte mich Constantin daran, eine Nachricht für meine Freunde zu verfassen. Ich verabschiedete mich nochmals und ging zurück auf mein Zimmer. Da ich sichergehen wollte, dass meine Nachricht ankam, schrieb ich drei davon. Eine sollte nach London verschickt, die anderen am Bahnhof und im Wirtshaus hinterlegt werden. Es wäre fatal, wenn Steward alleine in Richtung Schloss aufbrechen würde. Meine Gedanken waren bei Mary. Ich hoffte inständig auf ihre sichere Befreiung. Müdigkeit überkam mich und meine Kopfschmerzen waren kaum besser geworden. Ein erholsamer Schlaf würde Wunder wirken, da war ich mir sicher. Ich ging zu Bett und trotz der ganzen Aufregung schlief ich umgehend ein.

KAPITEL 10

Unsanft wurde ich durch das laute Geräusch einer in das Schloss fallenden Tür geweckt. Benommen öffnete ich meine Augen und sah Constantin, der gerade mein Zimmer betrat. „Guten Morgen. Ich entschuldige mich für die frühe Störung. Abt Jonas würde Sie gerne sprechen." „Wie spät ist es?", flüsterte ich mit belegter Stimme. „Kurz nach sieben. Ich warte in meiner Kanzlei auf Sie." Mit diesen Worten verließ er auch schon wieder das Zimmer und ließ mich verschlafen zurück. Ich stieg aus dem Bett und es fröstelte mich sogleich. Ich zog die Hose und das Hemd über, wusch mir den Schlaf aus den Augen und machte mich auf den Weg. Constantin erwartete mich bereits ungeduldig und bat mich, ihm zu folgen. Am Ende des Ganges schritten wir eine Treppe hinab und erreichten die Bibliothek, die sich im Keller befand. Jonas erwartete uns in einem prächtigen Raum, in dem sich die Bücher bis an die Decke stapelten. Das Deckengewölbe trugen dicke Säulen, kleine Fenster sorgten für spärliches Licht. „Guten Morgen, Herr Harker. Wir müssen früh starten, denn Sie haben einiges vor sich. Folgen Sie mir bitte." Jonas huschte durch eine Türe, die in einen kleinen Raum führte. Einige Kerzen erleuchteten das fensterlose Zimmer. In der Mitte befand sich ein Tisch, auf dem ein Buch lag. „Ich hoffe, Sie konnten sich ein wenig erholen. Nun ist Ihre volle Aufmerksamkeit gefragt. Hierbei handelt es sich um die originale Schrift, auf die sich unsere Gemeinschaft beruft. Niemandem ist es bislang gelungen, dem Werk alle Mysterien zu entlocken. Nun sind Sie an der Reihe. Ich wünsche Ihnen viel Erfolg. Falls Sie etwas Bahnbrechendes entdecken, geben Sie uns unverzüglich Bescheid. Nur wer sich mit seinen Dämonen auseinandersetzt, weiß, wie man sie vernichten kann." Mit diesen Worten verließ Jonas den Raum und ließ mich alleine zurück. Ich machte mich an die Arbeit und betrachtete das Werk aufmerksam. Gebunden in dickem, schwarzem Leder, ohne eine Inschrift, einen Titel oder Hinweis auf den Autor. Ich schlug den schweren Buchdeckel auf und begann gespannt zu lesen.

Auf der ersten Seite standen folgende Worte geschrieben:

Und jeder tötet, was er liebt
Der eine mit giftigem Blick
Der andere mit dem Pfahl
Der Feigling macht es mit einem Kuss
Der Tapfere mit dem Stahl

Handle aus Liebe und wähl das Eisen
Nur so kannst du bestehen
Gegen das Böse reisen
Und dabei den Teufel sehen

Bist du geschickt, dann wird es gelingen
Die mächtige Klinge zum Sieg zu führen
Dem sicheren Tod zu entrinnen
Dabei das Opfer, das du liebst, darzubringen.

Der Schlüssel ist es, der dir hilft, zu siegen
Handle besonnen und ohne Scheu
Der Drache wird dein Glück besiegeln
Der Preis, ein furchtloses Leben ohne Reu

1480

Die Zahl könnte einen Hinweis auf das Jahr geben, in dem das Buch verfasst wurde. Die folgenden Kapitel enthielten sämtliche Informationen zum Thema Vampirismus, eine genaue Beschreibung der Entstehung und der Lebensweise dieser Geschöpfe. Es wurden Parallelen zur Tierwelt gezogen und gründlich dargestellt, auf welche Art und Weise man diese Wesen zur Strecke bringen konnte. Ein Kapitel daraus war besonders aufschlussreich:

Die Wahrheit über den Teufel

Dracula, ein Geist der Nacht. Ist er nicht mehr als der Protagonist einer dunklen Mythengeschichte, um Zartbesaitete zu verschrecken? Nein, es handelt sich eindeutig nicht um ein bloßes Märchen. Die Figur ist tief verwurzelt mit der Geschichte dieses Ortes und der menschlichen Existenz. Nur wer die Geschichte kennt, kann die Gegenwart beeinflussen, um dadurch die Zukunft zu verändern. Wir kehren zurück ins 13. Jahrhundert nach Christi. Es war eine Zeit, in der viele verschiedene Volksgruppen sowie Ethnien im Gebiet des heutigen Rumäniens ihr Dasein fristeten. Das Leben zu dieser Zeit war gekennzeichnet von blutigen Konflikten um Machterhalt, Geld und Landbesitz. Das Dasein der einfachen Bevölkerung war karg, entbehrungsreich und elend. Die Menschen sehnten sich nach Frieden und einem besseren Leben und waren bereit, jenem zu folgen, der ihnen das versprach. Diese Möglichkeit ließ sich eine mächtige und einflussreiche Familie namens Vlad nicht entgehen. Sie unterwarf das Volk durch List und falsche Versprechen auf eine bessere Zukunft. Sie schuf Feindbilder und bald darauf wuchs ihr Reich heran und umschloss alle Ländereien der Walachei und das Gebiet jenseits des Gebirges. Vlad der Erste ließ im Jahre 1390 ein mächtiges Schloss nahe dem Borgopass errichten. Es war eine Machtdemonstration und galt als uneinnehmbare Festung. Gegenüber anderen war er wenig zimperlich, doch seine Familie und sich selbst wollte er, so gut es ging, beschützen. Die abgeschiedene Lage und die Befestigung auf einem mächtigen Felsen sollten maximalen Schutz bieten. Das Familienwappen war ein Drache, ein furchteinflößendes Fabelwesen, das dank seiner Stärke Feinde in die Flucht schlagen konnte. Mit der Geburt Vlad des Zweiten wurde der Drachenorden gegründet, dessen Mitgliederzahl rasch anwuchs. Als Ordenssitz wurde, jenseits der tiefen Schlucht, ein prachtvolles Gebäude errichtet. 1430 heiratete Vlad der Zweite eine Frau namens Magdalena und schon bald gebar sie den gemeinsamen Sohn in der Festungsstadt Schäßburg in Siebenbürgen. Der Herrscher erhielt zu die-

sem Anlass die Ehrenmitgliedschaft im Orden und bekam den Beinahmen Dracul, ein anderes Wort für Drache. Der junge Vlad wuchs rasch heran und übernahm 1456 den Thron. Er wurde Dracula genannt, die Verkleinerungsform von Dracul, und das bedeutete Sohn des Drachen. Die zweite Bedeutung dieses Namens war weniger schmeichelhaft, denn sie lautete: Sohn des Teufels. Diesem Namen machte er alle Ehre, denn er war einer der grausamsten Herrscher seiner Zeit. Sein Volk ließ er bluten und er beutete es weiter aus.

Dem nicht genug, empfand er große Lust, Menschen zu quälen und nutzte diese Vorliebe, um seine Macht zu stärken. Dies war ein übliches Mittel und ein wiederkehrendes Muster in der gesamten Menschheitsgeschichte. Wer auch immer ihm in die Quere kam, unangenehm auffiel oder sich beim kleinsten Verstoß gegen seine Gesetze ertappen ließ, dem drohte, wie allen seinen Gefangenen, der sichere Tod. Denn der Tod war bereits zu Lebzeiten ein treuer Verbündeter des Despoten.

Bettler, Behinderte, Kranke oder andere „unnütze Fresser", wie er arme Menschen gerne bezeichnete, wurden auf seinen Befehl hin verbrannt, zerstückelt oder mit dem Schwert hingerichtet. Zu seiner Spezialität gehörte das Pfählen von Menschen. Diese Vorliebe brachte dem Drachen seinen zweiten Beinamen ein: Vlad Tepes. 1460 heiratete Vlad seine über alles geliebte Frau Elisabeth und schon bald wurde der Thronfolger Moriam Vlad geboren. Zu diesem Anlass ließ er eine Kirche auf dem Hügel vor dem Schloss errichten. Vlad war ein mächtiger und berüchtigter Herrscher und hatte dementsprechend eine Reihe von Feinden.

Trotz seines diplomatischen Geschickes verfeindete er sich mit dem König der Türken, dem Eroberer von Konstantinopel, Sultan Mehmed der Zweite. 1462 fielen die Türken plündernd und brandschatzend in Rumänien ein. Vlad, der sich gerade auf einer Reise befand, musste fliehen. Seine Frau und sein Kind blieben in der besetzten Heimat zurück. Draculas Flucht führte nach Ungarn. Dort wollte er untertauchen, jedoch wurde er vom damaligen König Matthias Corvinius festgenommen und auf die Hochburg Viesengrund gebracht. Dort wurde er festgehalten und machte am Hof die Bekanntschaft mit einem Alchimisten. Dieser hatte einst die entferntesten und geheimnisvollsten Orte dieser Welt bereist. Dabei erlangte er die Fähigkeit und das Wissen, die Naturgesetze zu beeinflussen. Der Alchimist, eigentlich ein gebildeter und kluger Mann, ließ sich jedoch von Vlad um den Finger wickeln. Er sprach von seiner Heimat und ihren Bürgern, die von den Türken unterjocht und ermordet wurden. Falls er ihm zur Flucht verhelfe, würde er dorthin zurückkehren und dem blutigen Treiben ein Ende setzen. Ein gerechter Herrscher wollte er sein, der für Friede und Wohlstand in der gesamten Region sorgen würde. Nach einem Jahr in Gefangenschaft vertraute der Alchimist dem manipulativen Vlad und verhalf ihm zur Flucht. Zum Schutz und als Hilfe, die Türken zu besiegen, schenkte er Vlad ein mächtiges Schwert. Die Klinge verhalf jedem Träger zur Unbesiegbarkeit. Dracula kehrte nach Rumänien zurück, lebte vorerst im Untergrund, bis er genügend Gefolgsleute um sich versammelt hatte, um gegen die Türken in den Krieg zu ziehen. 1464 holte er zum Gegenschlag aus. Mit seiner Armee und der Unterstützung des mächtigen Schwerts gelang es ihm, die Türken zu vertreiben. Vlad blieb zu jedem Zeitpunkt ein blutrünstiger, skrupelloser Despot. Die Haft hatte ihn keineswegs zur Einsicht gebracht. Aus Rache ließ er tausende Kriegsgefangene nahe der Walachischen Hauptstadt Targoviste entlang der Straße pfählen. Nachdem der Sultan von der Niederlage erfahren hatte, zog er mit seiner Armee zurück nach Rumänien. Die Legende berichtete, dass Sultan Mehmed der Zweite und seine Gefolgsleute einen ganzen Tag lang an ihren aufgespießten Landesleute vorbeireiten mussten. Dieser grauenhafte Anblick erfüllte sogar diesen hartgesottenen Herrscher mit solch einem Abscheu, dass er am Ende umkehrte. Dabei sprach er folgende Worte: „Es ist nicht erstrebenswert, ein Land zu besitzen, das von Luzifer höchst persönlich regiert wird." Draculas Macht war unbestritten und die Rachegelüste des Sultans immens. Gewalt erzeugt Gegengewalt und, diesem alten Muster folgend, schickte der erzürnte Sultan eine Truppe von Kopfgeldjägern, die den grauenvollen Machenschaften des dunklen Herrschers ein Ende bereiten sollten. Der Legende nach war die Truppe erfolgreich, doch die Leiche des Drachen wurde nie gefunden.

Mit diesen Zeilen endete das Kapitel. Neugierig blätterte ich weiter, um nähere Anhaltspunkte für den Verbleib Draculas zu finden. Bei genauer Betrachtung fiel mir jedoch auf, dass Seiten gewaltsam entfernt worden waren. Etwas entmutigt, ließ ich mich zurück an die Lehne des Stuhls fallen. Ich war mir sicher, die Informationen auf den fehlenden Seiten waren essenziell, um das Rätsel zu lösen. Ich beschloss, nochmals zu beginnen und arbeitete mich akribisch durch das gesamte Werk. Ich machte kaum Pausen, doch auch nach einigen Stunden war ich nicht viel klüger als zuvor. Die Schrift gewährte mir zwar tiefe Einblicke in das Thema Vampirismus und in die rumänische Geschichte, aber der alles entscheidende Hinweis war nicht darunter. So verstrich der Tag. Abends legte ich erschöpft das Buch zur Seite und suchte Constantin auf, um ihm über meinen Misserfolg zu berichten. Er wirkte nicht sonderlich überrascht, obwohl ihm die Enttäuschung anzumerken war. Wir unterhielten uns einen Moment lang, dann ging er zum Fenster und starrte stumm der Abenddämmerung entgegen.

Schließlich wandte er sich um und meinte: „Ich habe eine Idee, wer Ihnen weiterhelfen könnte. Folgen Sie mir." Mit diesen Worten sprang Constantin auf und hastete zur Tür hinaus. Im Eiltempo schritten wir durch ein Gewirr aus Gängen und er erzählte dabei, dass wir den ältesten Bewohner des Ordens aufsuchen würden. Sein genaues Alter sei ein Geheimnis, doch gebe es niemanden, der mehr über das Buch und dessen Geschichte wisse. Nach einigen Minuten klopften wir sanft an seine Türe. Einige Zeit verstrich, dann vernahmen wir eine zittrige Stimme, die uns hereinbat. Ich trat ein und sah einen zierlichen Mann in einem Rollstuhl sitzend, eingehüllt in einer dicken Rauchwolke. Er paffte ein letztes Mal an seiner Pfeife, legte diese zur Seite und musterte mich von oben bis unten durch seine dicke Brille. „Komm ruhig näher, junger Mann. Viele Jahre sind ins Land gezogen, meine Augen sind nicht mehr die besten." Während Constantin den Raum verließ und die Türe ins Schloss fiel, trat ich näher und nahm neben ihm Platz. „Du musst wohl der Engländer sein, von dem hier jeder spricht. Seit deiner Ankunft sind einige in heller Aufruhr. Sie meinen, du könntest uns von dem Grauen erlösen, das sich tagtäglich vor unseren Türen abspielt. Man sagt, du trägst ein Schmuckstück bei dir, kann ich es sehen?" „Natürlich", antwortete ich und reichte ihm das Medaillon. Er betrachtete es gründlich, dann gab er es mir zurück und ich steckte es in meine Hosentasche. „Glaubst du an übernatürliche Kräfte? In einer Welt, in der wir Menschen von Natur aus nach rationalen Erklärungen suchen?"

„Ich habe bereits den Tod gesehen. Ich glaube nicht, sondern denke, mehr zu wissen, als mir lieb ist." „Ich verweile bereits sehr lange in dieser Welt und kann bestätigen, das Böse existiert und doch hat es einzig allein mit uns selbst zu tun. Eine Lektion, die ich mühselig erlernen musste, und nicht selten ließ ich mich von scheinbar guten Absichten blenden. Daher vertraue weniger deinen Augen, sondern folge deiner Intuition. Dir ist wahrhaftig ein mächtiges Werkzeug auf diese Reise mitgegeben worden. Die uns Vorangegangenen haben dich auserwählt. Sie irren nicht, wir Sterbliche können meist nur schwer erkennen, welche Aufgaben uns auferlegt wurden. Nicht wenige sind dabei vom richtigen Weg abgekommen und wurden zur Geißel ihrer Mitmenschen. Unsere Möglichkeiten zur Interpretation sind begrenzt, haben wir doch gerade einmal eine Handvoll mäßig ausgebildeter Sinne zur Verfügung. Erschwerend kommt hinzu, die eigene Vergangenheit beeinflusst unsere Wahrnehmung. Oft sind die Dinge nicht, wie sie scheinen, und unser Gehirn spielt uns einen Streich. Es interpretiert und zieht Schlüsse, beruhend auf unserer Prägung und unseren Erfahrungen, die wir bewusst oder unterbewusst gesammelt haben.

Der einzelne Mensch kann nie das große Ganze verstehen, solange er Teil desselben ist, denn wir alle sind tief verwoben im Netz des Lebens. Verbunden mit der Welt, in der wir leben und sterben, sodass unsere Taten, egal ob gut oder schlecht, Auswirkungen auf die gesamte Existenz haben. Die meisten Individuen vergeuden ihre Zeit, verharrend in einer Endlosschleife aus täglicher Routine, ohne sich je damit auseinandergesetzt zu haben, welche Prüfung sie sich für dieses Leben einst gewählt haben. Der freie Wille wurde uns gegeben, um die Rätsel selbst zu lösen und nicht, um anderen blind zu folgen. Für viele ist es weitaus bequemer wegzusehen und die eigenen Dämonen im Unterbewussten agieren zu lassen, statt diese zu zähmen." „Warum ist es wichtig, den eigenen Lebensplan zu kennen, wenn

Dinge offenbar ohnehin eintreten?", unterbrach ich den betagten Herrn. "Um aktiv zu steuern und nicht bloß zu reagieren. Du bist bereits einen wichtigen Schritt gegangen, denn du hast deine Komfortzone verlassen und stehst kurz davor, dieses Rätsel zu lösen. Ich merke, dein Weg war bereits lang, denn du bist ans Ende der Existenz gereist, um für deine Liebe zu kämpfen, auch wenn das bedeutet, die Konfrontation mit dem Tod zu suchen. Dieser Weg ist selten gerade, oftmals holprig, dunkel und steinig. Solange du dein Ziel nicht aus den Augen verlierst, wirst du am Ende siegreich sein und dabei einen wichtigen Beitrag zum Gesamtkunstwerk Menschheit leisten. Mächtige Legionen stehen bereits hinter dir. Entfessle sie und du wirst erfolgreich sein. Finde das Werkzeug, um den dunklen Fürsten zu besiegen. Den Schlüssel dazu besitzt du bereits und der Weg führt über das Buch. Zerstöre es, falls notwendig, denn ein Buch, das niemand versteht, ist wertlos. Wir kennen alle den Inhalt und doch hat es uns nicht weitergebracht. Der fehlende Teil ist einzig allein für dich bestimmt, finde diesen und du wirst den Drachen besiegen. Das Buch ist nicht unvollständig, die Lösung ist näher, als du denkst. Der Autor möchte das mächtige Werkzeug nur in besonnenen Händen wissen. Daher der Pakt mit jenen, die ihre menschliche Hülle bereits abgelegt haben, denn ihnen sind Fehlentscheidungen fremd. Das Rätsel ist lösbar, vertraue auf deine Intuition. Denke und fühle, wie es der Autor tat, dann handle und mach es besser. Zeit ist ein entscheidender Faktor, wenngleich sie nur für unsere Welt von Bedeutung ist. Für dich ist sie jedenfalls angezählt. Geh zurück und mach es besser als zuvor. Unsere Unterstützung ist dir gewiss, jedoch steuern kannst ausschließlich du alleine."

Mit diesen Worten gab er mir einen kräftigen Händedruck, verabschiedete sich, wandte sich Richtung Fenster und zündete sich erneut eine Pfeife an. Ein wenig ratlos wandelte ich durch die leeren Gänge zurück zur Bibliothek. Dort angekommen, nahm ich auf dem knarrenden Stuhl Platz und starrte eine Zeit lang auf das zugeschlagene Buch. Vielleicht wartete ich auf den entscheidenden Hinweis, der mir helfen sollte, dem Werk seine Geheimnisse zu entlocken. Es war vollkommen still geworden. Keine Person hielt sich mehr in der großen Bibliothek auf. Die Stunden schritten voran, nur die Flamme der Kerze tänzelte freudig vor sich hin. Meine Augenlider wurden allmählich schwer, die Gedanken wirr und kaum noch zu sortieren, bis ich den inneren Widerstand aufgab und der Schlaf die Kontrolle übernahm.

Es war tief in der Nacht, da schreckte ich erneut auf. Mein Herz raste und ich sah mich benommen um. Mein Puls stabilisierte sich schon bald darauf, denn ich war weiterhin alleine. Die Flamme der heruntergebrannten Kerze flackerte in den letzten Zügen und erhellte den Raum nur noch sehr spärlich. Ich schloss nochmals für kurze Zeit meine Augen, jedoch schlafen konnte ich nicht mehr. Ich dämpfte die Flamme und entzündete eine neue. Ich nahm einen Bleistift und ein weißes Blatt Papier und benutzte das Buch als Unterlage. Daraufhin begann ich, die Konturen der Kerze nachzuzeichnen. Zu meiner Überraschung bemerkte ich, die verwendete Unterlage war uneben. Es war mir nicht möglich, einen geraden Strich zu zeichnen. Irgendetwas befand sich unter dem Ledereinband. Vielleicht hatte der alte Herr recht, als er meinte, ich solle das Buch zerreißen, wenn nichts anderes helfe. Ganz leicht fühlte man Unebenheiten. Einen kurzen Moment lang zögerte ich, dann nahm ich den Brieföffner zur Hand, der achtlos auf dem Tisch herumlag, und löste behutsam den Ledereinband. Nach einigen Versuchen löste er sich und der originale Umschlag kam zum Vorschein. Mit großen, roten Buchstaben stand darauf geschrieben: *Das Zeichen des Drachen*. Darunter befand sich ein goldener Ring, ins Leder eingelassen, gerade groß genug, um das Medaillon einzusetzen. Einen Hinweis auf den Autor war auch hier nicht zu finden. Mein Herzklopfen war wieder zurück, denn ich wusste, ich war der Lösung näher als je zuvor. Ich nahm das goldene Schmuckstück und fügte es in den Ring. Ich vernahm deutlich ein Geräusch, mehr geschah jedoch nicht. Ich betrachtete das Buch von allen Seiten und legte es wieder auf den Tisch. Ich schlug die erste Seite auf, da löste sich eine dünne Holzplatte auf der Innenseite und aus dem kleinen Zwischenraum flogen vier Blatt Papier. Sogleich nahm ich diese zur Hand. Ohne Zweifel handelte es sich um die entfernten Seiten und ich begann zu lesen.

Der Alchimist war misstrauisch geworden und belegte das Schwert mit einem Fluch. Falls unschuldiges Blut vergossen würde, sollte der Besitzer vom Teufel heimgesucht und ewig dazu verdammt sein, untot ein Leben ohne Liebe zu führen. Ein fataler Fehler, wie sich später herausstellen sollte. Ein Mensch, der weder tot noch lebendig ist, bringt die von Natur aus geltende Ordnung ins Wanken. Jedes Leben muss vergehen, sonst zerstört sich das System selbst. Wer leichtfertig mit Naturgesetzen spielt, hat seine Kompetenzen eindeutig überschritten. Die Kopfgeldjäger, welche Vlad zur Strecke bringen sollten, scheiterten und er zog nach seinem Triumph unbeirrt seiner Heimat entgegen, um seine Schreckensherrschaft fortzusetzen. Dem Sultan gelüstete es weiterhin nach Rache und er entsandte weitere Jäger mit dem Auftrag, Vlads geliebte Elisabeth zu töten. Sie passten sie auf der Rückreise zwischen Vatra und dem Schloss ab und töteten sie mit einem Messerstich in ihr Herz. Vlad kehrte berauscht vom Sieg nach Hause zurück und erfuhr vom heimtückischen Mord an seiner geliebten Frau. Übermannt von einer unsäglichen Trauer, gepaart mit tiefer Wut, raste er den Hügel zur Kirche hinauf, in welcher der Leichnam aufgebahrt war. Es waren einige Priester und sein Sohn anwesend, die zusammen um die Tote trauerten. Vlad beschuldigte Gott, ihn verlassen zu haben und schwor ihm ab. Ein Priester wagte es, Vlad der Blasphemie zu bezichtigen, da war es um ihn geschehen. Vollkommen außer sich, metzelte er die gesamte Priesterschaft im Blutrausch nieder. Während dieser tumultartigen Szene traf die Klinge seinen achtjährigen Sohn Moriam am Hals. Dieser brach blutend zusammen und starb noch an Ort und Stelle. Weder die türkischen Soldaten noch die Priester konnten den Fluch auslösen, denn sie hatten in jeder Hinsicht Schuld auf sich geladen. Der Tod des kleinen Jungen beschwor den dunklen Bann herbei und Vlad wurde verdammt bis in alle Ewigkeit. Es wird berichtet, die Seele des Jungen finde keinen Frieden, bis die Schuld seines Vaters gesühnt sei. Der Alchimist sah ein, er hatte einen großen Fehler begangen und zog los, um diesen Dämon aus der Welt zu schaffen. Ab diesem Zeitpunkt gehorchte das Schwert Vlad nicht mehr. Sein Schicksal war jedoch eng verwoben mit der Zauberklinge. Zerstören war keine Option, denn das hätte auch seine eigene Existenz vernichtet. Eine einfache Berührung könnte schon genügen, Vlads Schreckensherrschaft ein für alle Mal zu beenden.

Auf den nächsten beiden Blättern waren zwei Porträts abgebildet. Das eine zeigte den jungen Moriam. Wie ich es schon vermutete hatte, war es der Junge aus Konstantinopel.

Das zweite Bild überraschte und erschütterte mich zugleich. Es war eine Abbildung von Vlads Frau Elisabeth. Ihr Antlitz glich dem meiner Mina bis ins kleinste Detail. Das erklärte auch Draculas Interesse an meiner Frau. Ich nahm den vierten Zettel zur Hand und las, was darauf geschrieben stand.

Wer diese Zeilen zu Gesicht bekommt, hat den verloren geglaubten Schlüssel wiedererlangt. Bislang sind jegliche Versuche, Dracula zur Strecke zu bringen, gescheitert. Nun ist es an dir, dieses Werk zu vollenden. Benutze das Medaillon, es ist der Schlüssel zum Schwert. Das einzige Werkzeug, das den Fürsten töten kann. Die Klinge, ruhend im Erdenbett, überdauert dort die Zeit und wartet auf eine Wiederauferstehung.

Unser Universum befindet sich in einem ewigen Kreislauf von Tod und Wiedergeburt. Seelen wandern so lange zwischen den Welten, bis sie alles erfahren haben, was vonnöten ist. Elisabeth wird zurückkehren und die Energie der beiden Liebenden wird Vlads Kräfte und Fähigkeiten nähren. Kein Sonnenstrahl, kein Pfahl in sein Herz kann ihm dann noch etwas anhaben. Die Schatten seiner Schwingen werden die Dunkelheit in die Welt hinaustragen, um Mensch und Tier zu versklaven.

Das Ende der Aufzeichnungen war erreicht. Erschöpft ließ ich mich zurückfallen. Die Angst überkam mich. Hatte ich Mina bereits verloren oder gab es noch Hoffnung? Die Aufgabe war offenbar viel schwieriger, als es zu Beginn den Anschein hatte. Die Welt steht am Abgrund, da wir Menschen unsere bösen Geister immer aufs Neue heraufbeschwören. Gier und Macht sind ihre Nahrung. Die Schwingen breiten sich aus, in den Köpfen von vielen Menschen fühlt sich der Drache bereits willkommen.

Ich war mir der gesamten Sache nicht mehr sicher. War ich all dem gewachsen? Es war meine Aufgabe, dem Treiben ein Ende zu setzen. Der Drache würde immer aufs Neue versuchen, Mina zu sich zu holen, das war nun gewiss. Ich legte die Blätter wieder zurück in den Umschlag und fügte die Platte ein. Die Informationen waren für mich bestimmt. Nachdem die Platte eingerastet war, löste sich das Medaillon und fiel auf den Tisch. Ich war überzeugt, es war nicht der letzte Einsatz dieses Schlüssels. Deshalb steckte ich das Schmuckstück in meine Tasche und schloss das Buch.

Es war bereits früher Morgen. Zwei Stunden noch, dann würde der Tag die Nacht ablösen. Ich beschloss, mich auf mein Zimmer zurückzuziehen, um noch ein wenig Schlaf zu ergattern. Die Gedanken kreisten und hielten mich noch einige Zeit lang wach.

KAPITEL 11

Schlussendlich hatte mich die Müdigkeit besiegt. Ich öffnete meine Augen und bemerkte, es war bereits taghell. Vereinzelt drangen Sonnenstrahlen durch die matten Fensterscheiben. Der Staub tänzelte im Lichtschein, der warm mein Gesicht umschmeichelte. Erschöpft stand ich auf und beschloss, Constantin aufzusuchen. Ich fand ihn in seiner Kanzlei. Er saß an seinem Schreibtisch, vertieft in ein Buch. Ich räusperte mich, um auf mich aufmerksam zu machen. Aus seinen Gedanken gerissen, blicke er überrascht auf, lächelte freundlich und bat mich zu sich hinein. „Kommen Sie, setzen Sie sich. Gibt es neue Erkenntnisse?" „ Es war nicht einfach, dem Buch sämtliche Geheimnisse zu entlocken, doch ist es mir schlussendlich gelungen. Ich bin nun weitaus schlauer, denn das unvollständige Mosaik hat sich zu einem Gesamtbild zusammengefügt. Ich kann nicht alles berichten, was ich erfahren habe, jedenfalls geht es um weit mehr, als um die bloße Rettung Minas. Ich befürchte, wir werden alle gefordert sein. Wir sind das letzte Bollwerk, das sich im verzweifelten Kampf dem Tyrannen entgegenstellt. Unsere Verantwortung ist erdrückend, doch haben wir mächtige Verbündete. Es ist wichtiger als je zuvor, den dunklen Fürsten endgültig zu eliminieren, jedoch auch weitaus schwieriger als angenommen. Keine gewöhnliche Klinge, kein Pfahl oder Kreuz wird die gewünschte Wirkung erzielen. Den Fluch ein für alle Male zu brechen, vermag einzig das Schwert, das ihm einst zu diesem Monster formte." „Sehr gut", unterbrach mich Constantin. „Dann besorgen wir uns dieses Schwert und lassen Sie uns diese Bestie endgültig aus der Welt schaffen."„Das war auch mein erster Gedanke, doch der momentane Aufenthaltsort der Zauberwaffe ist nicht bekannt". Constantin war die Enttäuschung ins Gesicht geschrieben. „Gibt es denn nicht den geringsten Anhaltspunkt?" „Folgendes ist bekannt: Vlad war der letzte Besitzer der Klinge, seine Macht ist eng damit verknüpft. Er hat sie an einem unbekannten Ort, bezeichnet als Erdenbett, ruhiggestellt. Er konnte das Schwert weder berühren, noch hat er es weit fortschaffen lassen. Selbst war er dazu nicht in der Lage und jemand anderem dieses Machtinstrument anzuvertrauen, wäre ein zu hohes Risiko gewesen. Ein so wichtiges Werkzeug möchte man doch nahe bei sich haben und doch mit einem genügenden Sicherheitsabstand verwahrt wissen." „Dann befindet es sich womöglich im Schloss?", warf Constantin ein. „Auch diese Möglichkeit habe ich in Betracht gezogen, doch bin ich davon abgekommen. Wo ist der beste Platz etwas zu verstecken, das nicht gefunden werden darf?" „Ein Ort, dessen Existenz unbekannt ist? Solch eine Stelle ist schwer zu finden", meinte Constantin nachdenklich. „Stimmt, doch habe ich eine Vermutung. Es ist mehr ein Gefühl und stützt sich keinesfalls auf Wissen. Doch beschreibt der Autor eine Umgebung, in der wir allesamt noch viel Zeit verbringen werden. Ich denke, wir könnten eine Antwort auf den Verbleib der mächtigen Klinge an dem Ort finden, der sich Castellum de Dragular nennt", und ich zeigte dabei in Richtung des gefürchteten Hügels. Ich konnte an Constantins blass werdendem Gesicht erkennen, dass dieser Ort offensichtlich so manche Ängste hervorrief. „Meines Wissens hat niemand aus unserer Gemeinschaft jemals den Aufstieg gewagt. Es ist ein gottloser Ort, an dem das Grauen ein Gesicht erhält." „Sehen Sie. Das bestärkt mich in meiner Annahme, dass wir dort die Antwort finden könnten. Wenn ich etwas für lange Zeit verbergen müsste, würde ich auch einen Platz schaffen, den jeder meidet. Wir müssen dieses Wagnis eingehen, möglichst bald!", sagte ich eindringlich. Constantin erhob sich, stellte sich ans Fenster und blickte hinauf auf den Hügel. „Was hoffen Sie dort zu finden?" „Es ist naheliegend, den Ort aufzusuchen, an dem das Drama seinen Anfang nahm." „Wie haben Sie sich das vorgestellt? Diese Gegend ist äußerst gefährlich, nicht bloß zur Nachtstunde." „Ist mir bewusst. Wir sollten möglichst wenig Aufsehen erregen und im Verborgenen agieren. Je mehr Personen beteiligt sind, desto schwieriger wird es. Ich schlage vor, wir gehen zu zweit." Constantin blickte mich besorgt an, sichtlich in einem Gedankenkarussell gefangen, das nach einigen Minuten mit Resignation endete. „Nun gut", schnaufte er. „Ich habe Unterstützung versprochen, wenn es uns weiterhilft. Dann lassen Sie uns aufbrechen." „Sie sind doch ein Mann des Glaubens, das Prinzip Hoffnung ist Ihnen nicht fremd. Wenn jemand zweifeln darf, bin ich es. Mir ist letzte Nacht meine Rolle in dieser Geschichte bewusst geworden. Die Rettung meiner Frau steht nicht mehr im Vordergrund. Anscheinend muss ich unsere beiden Leben aufs Spiel setzen, um damit einem höheren Zweck zu dienen. Die Zeit, mich treiben zu lassen, ist vorbei, denn diese Planlosigkeit hätte beinahe das vorzeitige Ende bedeutet. Lassen Sie mich Ihnen Mut zusprechen und in Anbetracht unserer anstehenden Aufgabe wäre es mir eine Ehre, das vertrauliche Du zu verwenden." „Gerne, Jon, ich habe keinerlei Einwände. Dann sollten wir es hinter uns bringen und aufbrechen." Ich nickte und begab mich auf mein Zimmer, um mich für die rauen Temperaturen auszurüsten. Danach ging ich zur Eingangstüre und wartete dort, bis Constantin, gekleidet im dicken Fellmantel, erschien.

Die Türen des Ordens schlossen sich hinter uns und wir stapften durch den hohen Schnee hinüber zum Güterweg. Die Temperaturen waren frisch, rauer Wind peitschte uns ins Gesicht. Die Sonne konnte man nur erahnen, denn es gelang ihr kaum, die dichte Wolkendecke zu durchbrechen. Unsere Anspannung war deutlich spürbar. Es war ein Aufbruch ins Unbekannte, wusste doch keiner, was uns dort oben erwartete.

Nach einigen Minuten erreichten wir den Güterweg. Deutlich konnte man Fuß- und Pferdespuren im Schnee erkennen, die Richtung Schloss führten. „Es dürfte erst kürzlich jemand diesen Weg benutzt haben", flüsterte Constantin. „Nicht bloß einer, mehrere. Wir müssen auf der Hut sein", murmelte ich, während wir den Weg Richtung Schloss entlangschlichen. Nach einigen Metern vernahmen wir Pferdegetrappel, das sich uns rasch näherte. „Komm schnell", wisperte ich und zog Constantin dabei an seinem Mantel. Rasch hüpften wir nahezu lautlos in den Graben und verschanzten uns hinter einem schneebedeckten Gebüsch. Gespannt blieben wir in Deckung und beobachteten den Weg. Kurz darauf näherten sich uns einige Reiter. Es waren unheimliche Gestalten auf mächtigen schwarzen Rössern, bekleidet mit Umhängen und Kapuzen, sodass man die Gesichter kaum erkennen konnte. Einzig rotglühende Augen schimmerten unter der Kopfbedeckung hervor. Sie waren schon fast an uns vorbei, da hielt ein Nachzügler in unmittelbarer Nähe unseres Versteckes. In Raubtiermanier wandte er seinen Kopf in unsere Richtung, schnüffelte, um die Witterung aufzunehmen. Wir verharrten in Schockstarre und vermieden es zu atmen. Einzig unsere Herzen hämmerten kräftig vor Aufregung. Ein kurzer Moment, der sich schier unendlich anfühlte. Da hörten wir eine Stimme, die nach dem Nachzügler rief. Die Gestalt wandte sich ab, gab dem Ross die Sporen und galoppierte schnaufend davon. Wir verharrten noch einen Moment lang stumm und starr in unserem Versteck. Zögerlich standen wir auf, putzten uns den Schnee von den Mänteln und blickten den Reitern fassungslos hinterher. „Es ist taghell und doch könnte ich schwören, es handelte sich bei diesen Gestalten um Vampire", meinte Constantin äußerst verwundert. „Ich habe schon etwas in dieser Richtung befürchtet. Das Buch gab Hinweise darauf. Die natürlichen Barrieren zwischen uns und diesen Kreaturen sind dabei zusammenzubrechen. Wir müssen die Bestien stoppen. Fallen wir, gibt es niemanden, der diese Armee aufhalten könnte. Vlad wird seine Klauen erneut tief in dieses Land treiben und es unter seine Kontrolle bringen. Jedoch bezweifle ich, dass er vor Ländergrenzen haltmacht, denn das Böse ist grenzenlos. Komm, Constantin, der Weg ist zu gefährlich. Lass uns durch den Wald gehen." Er nickte und wir kämpften uns durch das verschneite Dickicht. „Wir müssen zügig vorankommen", wisperte Constantin. „Die Wälder sind äußerst gefährlich. Es ist nur eine Frage der Zeit, bis Wölfe auf uns aufmerksam werden. Du hast sie bereits erlebt. Es handelt sich dabei um keine Schoßhunde." Ich nickte und wir bemühten uns rasch voranzukommen. Nach einem kräfteraubenden Aufstieg wurde der Wald allmählich lichter und wir erreichten das

Plateau. Der eisige Wind pfiff den Hügel entlang und peitschte uns den Schnee ins Gesicht. Trotz schlechter Sicht konnten wir in der Ferne die Umrisse einer Ruine erkennen. Es schien sich, außer uns, niemand an diesem Ort aufzuhalten. Wir näherten uns vorsichtig den Gebäuderesten, die hauptsächlich aus den Grundmauern und einer zur Hälfte eingestürzten Kuppel bestand. Es war problemlos möglich ins Innere der Ruine vorzudringen. Constantin war äußerst gespannt und blickte immer wieder nervös um sich. In der Mitte befand sich ein rechteckiger Altar, der Fußboden bestand aus Steinplatten. Der Schnee darunter war rot gefärbt und ließ nur erahnen, welche Gräueltaten hier stattfanden. Ungewöhnlich war die niedrige Höhe des Gebäudes. Das historische Abbild, das in Form eines Bildes im Orden hing, hatte weitaus mächtiger gewirkt. Während Constantin angespannt nach eventuellen Feinden Ausschau hielt, betrachtete ich die Gebäudereste mit äußerster Sorgfalt.

„Was suchen wir genau? Ich denke, in diesen Ruinen werden wir nichts von Bedeutung finden", flüsterte Constantin ängstlich. „Da bin ich anderer Meinung. Das hier sind eindeutig die Reste der Kirche, die Vlad erbauen ließ. Es ist jener Ort, von dem das Unheil ausging, zumindest konnte man das den Aufzeichnungen entnehmen. Es gibt dieses Bild im Kloster, das die Kapelle in voller Pracht zeigt. Diese Überreste, die Kuppel und die Grundbauern schauen dem Gemälde nicht ähnlich. Eventuell wurde das Gebäude verschüttet und das, was wir sehen, ist nur die Spitze davon? Der Rest könnte sich immer noch unter uns befinden." „Interessante These, Jon. Nur, wie wollen wir das herausfinden?" „Komm zu mir, ich möchte dir etwas zeigen." Constantin kam hinüber und ich deutete auf die Kuppelreste. „Man muss besonders genau hinsehen, um das Auschlaggebende zu erkennen", meinte ich und säuberte mit meinem Mantel den rußbedeckten Stein. Schemenhaft kam eine Wandbemalung zum Vorschein, die einst die prächtige Kuppel geziert hatte. Constantin zog ein Stofftaschentuch hervor und befreite die Kuppelreste von dem hartnäckigen Schmutz. Die Zeichnungen folgten einem bestimmten Muster und stellten wichtige Ereignisse und Heldentaten des Herrschers dar. Unter anderem waren die Krönung, Kriegshandlungen und die Hochzeit dargestellt. Rundherum, nur noch schwach zu erkennen, der Himmel, einzelne Wolken und Engel. Das eigentlich Interessante befand sich in der Mitte der Zeichnungen. Dort thronte, mit beeindruckender Präzision gezeichnet, ein goldener Drache. In seinen Klauen hielt er ein Schwert, um den Hals eine Kette mit Anhänger, angedeutet durch eine kreisrunde Vertiefung. „Kommt dir der gleiche Gedanke in den Sinn?", ich sah Constantin fragend an. Er nickte zaghaft. Ich zog das Medaillon aus meiner Tasche und setzte es in die Mauer ein. Deutlich ertönte ein lautes Klicken, danach war es wieder still und auf den ersten Blick war keine Veränderung ersichtlich. Wir betrachten jede Ecke des Raumes, gingen einige Schritte zurück. Constantin deutete auf den Altar und meinte: „Sieh her, der hat sich bewegt." Ein kleiner Spalt entstand zwischen Steinboden und Tisch. Wir stemmten uns mit all unserem Gewicht dagegen und schoben den Tisch zur Seite. Ein dunkles Loch kam zum Vorschein. Darunter war eine Treppe zu erkennen, die ins Nichts führte. Erleichtert blickte ich Constantin an. „Meine anfängliche Vermutung hat sich bewahrheitet. Bleib hier und bewache den Ausgang. Ich werde alleine in die Tiefe steigen." Er nickte sichtlich erleichtert. Ich entzündete die Laterne und stieg hinab in die Dunkelheit. Nach einigen Schritten spürte ich erneut festen Boden unter meinen Füßen.

Mir fiel der feucht-modrige Geruch auf, schon seit Langem war diese Luke geschlossen gewesen. Ich schwenkte die Laterne, deren Lichtkegel nur sehr schwach die düsteren, alten Gemäuer erhellte. Vorsichtig tastete ich mich die Wände entlang und spürte Halterungen mit Fackeln darin. Die eine oder andere ließ sich entzünden und kurze Zeit später erstrahlte der Raum im flackernden Feuerschein. Ich befand mich in der Mitte der kleinen romanischen Kirche, die Vlad einst erbauen ließ. Es war faszinierend, denn ich hatte eine Reise in eine längst vergangene Zeit unternommen. Überraschenderweise befand sich der Innenraum der Kirche in einem sehr guten Zustand. Zerstören konnte oder wollte Vlad die Kirche offenbar nicht. Die Inneneinrichtung war zur Gänze entfernt worden. Helle Schatten markierten die Stellen, an denen einst Bilder die Wände zierten. Ausbuchtungen, offensichtlich früher Fenster, waren zugemauert. Einzig der Altarraum war noch in seiner ursprünglichen Form erhalten. Er bestand aus einem Tisch aus weißem Marmor, dahinter hing ein steinernes Kreuz. „Gut", dachte ich, „doch was ich eigentlich suche, ist mir noch nicht untergekommen." Ich nahm eine lodernde Fackel aus der Halterung und begann, den Fußboden abzusuchen. Schon nach kurzer Zeit wurde ich belohnt. Ich stolperte über drei Steinplatten mit den eingravierten Worten „requiescat in pace". Auf einer Platte stand der Name Moriam, auf der anderen Elisabeth und in der Mitte stand der Name Vlad III, Draculea. Mein Herz tanzte vor Aufregung, denn ich hatte gefunden, was ich gesucht hatte. Das eigene Grab war wohl das ideale Versteck, denn dort würde bestimmt niemand suchen. Dass sich die sterblichen Überreste des Despoten darin befanden, konnte ich ausschließen, war er doch immer noch umtriebig auf der Bühne des Lebens unterwegs. Ich schnappte mir einen korrodierten Kerzenständer, holte weit aus und schlug einige Male auf die Grabplatte. Bald gab sie nach und zersprang in mehrere Einzelteile. Rasch entfernte ich die Überreste und hielt gespannt die Laterne ins dunkle Grab. Ein triumphales Gefühl ergriff mich. Im finsteren Loch lag keine Leiche, sondern mir glänzte sogleich das berüchtigte Schwert entgegen. Ich hatte das Instrument gefunden, mit dessen Hilfe ich die dunkle Herrschaft ein für alle Male beenden konnte. Ich griff danach und zog es heraus. Diese Waffe wurde wahrlich von Meisterhand gefertigt. Der Griff vergoldet, die Klinge scharf, als ob sie gerade eben geschliffen wurde. Die lange Zeit im dunklen Versteck hatte diesem Stück nichts anhaben können. Fasziniert von diesem Anblick, stand ich auf und wurde von den warnenden Worten Constantins aus meinen Gedanken gerissen. „Jon, alles in Ordnung dort unten? Wir sollten uns sputen. Unser Aufenthalt wird nicht mehr lange unbemerkt bleiben." Einen Moment lang richtete ich meinen Blick auf die Grabplatte Moriams, um mich für seine unerwartete Unterstützung zu bedanken. Danach begab ich mich zurück zur Treppe und verließ Vlads Mausoleum. Constantin war sichtlich erleichtert mich zu sehen und mahnte zur Eile. „Ich habe ein äußerst unangenehmes Gefühl. In den Wäldern regt sich etwas, hörst du es auch?" Durch das Dickicht schallte das Wimmern der Wölfe. „Sie haben unsere Fährte bereits aufgenommen und ziehen ihre Schlinge enger, wir sollten schleunigst von hier fort." „Du hast vollkommen recht. Lass uns von hier verschwinden", sagte ich, während ich mich gegen den Altar stemmte, um den Ausgang zu verschließen. Hastig verwischten wir unsere Spuren, so gut es ging und liefen anschließend hinüber zum Waldesrand. Das Wetter hatte sich weiter verschlechtert und machte das rasche Vorankommen nicht einfacher. So schnell es möglich war, stapften wir durch das verschneite Dickicht, immer aufmerksam und darauf bedacht, die Wölfe auf Abstand zu halten. Im spärlichen Licht kämpften wir uns durch den düsteren Wald. Bedrohlich bog der Wind die dicken Tannen hin und her und das Heulen der Wölfe kam gefährlich näher. So schnell uns die Füße trugen, stolperten wir über Wurzeln und Geäst und konnten den Wald bald hinter uns zu lassen. Am Weg angekommen, blickten wir vorsichtig in alle Richtungen. Niemand war zu sehen, so huschten wir rasch hinüber und erreichten kurz darauf den sicheren Eingang des Drachenordens.

KAPITEL 12

Die Erleichterung, unseren sicheren Stützpunkt erreicht zu haben, war uns beiden ins Gesicht geschrieben. Wir begaben uns zur Kanzlei und nahmen erschöpft auf den gepolsterten Stühlen Platz. Fasziniert betrachteten wir das verloren geglaubte Schwert. Selbst das rote Leder, das sich elegant um den Griff schlängelte, war unversehrt. Die Klinge, noch immer scharf, wies kaum Beschädigungen auf. „Dies soll nun die Waffe sein, um diesen Alptraum zu beenden?", Constantin blickte mich fragend an. „Können wir uns bei dieser Sache sicher sein? Ich fände es sehr gewagt, sich auf einen Kampf mit dem Drachen einzulassen und nicht zu wissen, ob das Schwert wirklich so mächtig ist, wie es geschrieben steht." Constantin stand auf und richtete seinen Blick Richtung Schloss. „Denkst du ernsthaft, die Zauberklinge alleine wird dir den Sieg bescheren? Hast du Kenntnisse bezüglich schwertkämpfen?" „In meiner Studienzeit habe ich gefochten. Ich denke, die Technik ist ähnlich und wird mir helfen. Noch vor einigen Tagen reiste ich aus London ab, verließ meine sichere Umgebung, gerade einmal mit einem Funken Hoffnung bewaffnet. Mittlerweile ist mein Feuer entfacht. Es ist mein Antrieb und ich werde mich an den Abgrund wagen. Eine Klinge alleine gewinnt keine Schlacht. Leidenschaft und die unbeugsame Überzeugung, den richtigen Weg eingeschlagen zu haben, sind eine notwendige Voraussetzung für den Erfolg." „Deine mittlerweile eingenommene Einstellung zu diesem Unternehmen ehrt dich, doch sei gewarnt. Dein Mut ist zwar überaus bemerkenswert, doch setzt deine Verzweiflung gerade deinen Verstand außer Kraft. Ich kann einen Alleingang nicht zulassen. Zwischen dir und Vlad stehen hunderte Krieger, die darauf warten, dich zu schlachten. Gemeinsam haben wir annähernd eine Chance, wobei das Kräfteverhältnis bei weitem nicht ausgeglichen ist.

Deine Leidenschaft und unsere Möglichkeiten könnten uns zum Sieg verhelfen. Gut ausgebildete Krieger leben in unseren Reihen. Bis zum heutigen Tag war ein Kampf auf Augenhöhe nicht möglich. Jeglicher Versuch unsererseits, Dracula ein Ende zu setzen, wäre ein Himmelfahrtskommando gewesen. Wenn es uns gelingt, sämtliche verfügbaren Kräfte zu bündeln, kann ein Präventivschlag erfolgreich sein. Uns bietet sich gerade eine historische Möglichkeit, die wir lange Zeit herbeisehnten. Es ist nur eine Frage der Zeit, bis Vlad den Verlust seiner Achillesferse entdeckt. Er wird nichts unversucht lassen, das Schwert zurückzuholen. Einem Angriff würden wir nicht allzu lange standhalten. Wir müssen ihnen zuvorkommen, da bin ich mit dir einer Meinung. Doch das gelingt nur gemeinsam, nicht alleine." Ich nickte zustimmend, denn er hatte vollkommen recht. Wir waren an einem Punkt angelangt, an dem es kein Zurück mehr gab. Abrupt wurden wir von lautem Klopfen an der Türe unterbrochen. Rashid und Jonas betraten den Raum, hinter ihnen ein untersetzter, kleiner Mann, der mitgenommen aussah. Die Männer wirkten äußerst betroffen, das versprach nichts Gutes. „Ich habe euch beide schon gesucht. Jüngste Entwicklungen geben größten Anlass zur Sorge, am besten Sie erzählen nochmals, was letzte Nacht geschehen ist", dabei zeigte Jonas auf den fremden Herrn, der sogleich das Wort ergriff. „Ich heiße Adam, lebe in Agnita und betreibe mit meiner Familie eine Landwirtschaft. Unser Dorf liegt am Fuße des Gebirges. Letzte Nacht, es war gegen dreiundzwanzig Uhr, kamen Reiter, wilde Gestalten, die plündernd und mordend durch die Gassen zogen. Diejenigen, die sie nicht gleich töteten, meist gesunde und kräftige Männer, wurden entführt. Ihr Anführer war eine seltsame Kreatur in silberner Rüstung. Sein Schwert bestand aus lodernden Flammen. Ältere Männer, Frauen und Kinder wurden erbarmungslos abgeschlachtet. Das Dorf brannte nieder. Einige wenige, darunter auch meine Familie, konnten sich in die Wälder flüchten. Die meisten wurden im Schlaf überrascht und hatten keinerlei Überlebenschancen. Ich bin mir sicher, es handelte sich um Vampire, die allesamt das Zeichen des Drachen trugen. Auch aus den Nachbarorten Fangaras und Gores wurde mir Ähnliches berichtet. Der Angriff begann kurz vor Mitternacht, dauerte jedoch bis weit in den Tag hinein. Sonnenlicht scheint denen nichts anhaben zu können. Die Überlebenden, von Wölfen gejagt, haben sich bis hierher durchgekämpft und bitten um Schutz. Einigen starken Männern ist die Flucht gelungen, die sich nun nach Vergeltung sehnen." „Ich danke für die neuerliche Darstellung dieser schrecklichen Ereignisse. Wie schon im Vorfeld entschieden, gewähren wir Asyl in unserer Gemeinschaft. Auf das Angebot der wehrfähigen Männer kommen wir vielleicht später zurück." Adam nickte dankbar und verließ anschließend das Arbeitszimmer. „Der arme Mann ist anscheinend sehr durcheinander. Vampire, die am helllichten Tag plündernd umherziehen, das hört sich sehr unglaubwürdig an", meinte Rashid und nahm auf einem leeren Stuhl Platz. „Ich fürchte, dieser Herr berichtet die Wahrheit. Jon und ich haben heute den Hügel erklommen. Ich würde es selbst nicht glauben, hätte ich nicht Ähnliches gesehen." Jonas blickte besorgt in die Runde. „Das bedeutet, diese Kreaturen sind nicht mehr an dieses modrige, alte Schloss gebunden und ziehen, wohin es ihnen ihr Meister befiehlt? Das hat ungeahnte Auswirkungen auf die Region, das Land und darüber hinaus." „Entschuldige die Unterbrechung, jedoch möchte ich nochmals an den Anfang zurück. Sagtest du gerade, ihr seid heute auf den Hügel gestiegen?", Rashid blickte uns fragend an. „Ja, das sind wir. Ich hatte durch Hinweise im Buch einen konkreten Verdacht, dort oben den Ursprung und die Lösung unserer Misere zu finden. Tatsächlich war es uns möglich, in den Besitz der Waffe zu gelangen, die Dracula erschaffen hat und die ihn auch töten kann." Dabei ergriff ich das Schwert und zeigte es in die Runde. Verblüfft starrten die beiden uns an. „Das sind ja hervorragende Neuigkeiten in Zeiten, in denen positive Nachrichten eher spärlich gesät sind." Jonas konnte sein freudiges Lächeln kaum verbergen. Rashid war anfangs ebenfalls euphorisch, fand jedoch mahnende Worte. „Ich bin äußerst erfreut darüber, dieses Rätsel nach so langer Zeit gelöst zu wissen. Doch das bedeutet, wir müssen umgehend handeln. Sobald unsere Feinde den

Verlust dieses mächtigen Instruments entdecken, werden sie alles daransetzen, es zurückzuerobern. Bis heute haben wir uns genau auf diesen Moment vorbereitet, ohne zu wissen, wann dieser eintreten würde. Nun ist es so weit und wir werden an deiner Seite kämpfen. Die Frage ist, bist du, Jon, bereit dazu, diese Klinge zu führen?" „Mir ist die letzten Tage klar geworden, der Kampf um das Leben meiner Frau ist nicht alles. Es gilt, ein weitaus größeres Unglück zu verhindern. Ich bin mir meiner Rolle bewusst und fest entschlossen, diesen dunklen Mächten ein Ende zu bereiten. Selbst wenn das bedeutet, meine Frau und damit mich selbst zu verlieren. Mache ich es nicht, haben wir bereits verloren. Diese Waffe ist für mich bestimmt." „Gut zu wissen", antwortete Rashid. „Wir wollen nicht hoffen, dass diese schlimmen Befürchtungen eintreten." „Wir sind eine gut ausgebildete, schlagfertige Truppe", übernahm Constantin das Wort. „Wir haben uns unser bisheriges Leben lang auf diesen Kampf vorbereitet und auf denjenigen gewartet, der uns in die Schlacht führt. Unsere Chancen stehen so gut wie selten zuvor. Ich denke, die Zeit ist reif, zusammen zu triumphieren oder unterzugehen. Ich schlage daher vor, unsere wehrhaften Frauen und Männer in Alarmbereitschaft zu versetzen. Wir werden Erhebungen bezüglich der Neuankömmlinge anstellen. Darunter sollten ja durchaus motivierte Frauen und Männer zu finden sein. Waffen sind vorhanden, auch wenn es sich um keine modernen handelt. Ich werde den Abend dafür benötigen, die Lage zu klären. Ich schlage eine Unterredung morgen früh vor. Wir müssen möglichst bald zuschlagen." Die Anwesenden waren einverstanden. Wir hatten uns bereits erhoben, da klopfte es an der Türe und ein junger Mann öffnete sie zaghaft und sagte: „Sir Harker, es sind gerade einige Herren angekommen, die Sie dringend sprechen möchten." Überrascht blickte ich in Richtung Türe und sah Stew und den Rest der Truppe. Meine Freude war riesig, denn einen besseren Zeitpunkt, um mich zu überraschen, hätte es nicht geben können. Sofort sprang ich ihnen entgegen und umarmte allesamt überglücklich. „Stew, mein Freund, ich habe schon nicht mehr damit gerecht und nun auch noch mit schlagkräftiger Unterstützung, einfach fantastisch. Sag schon, wie geht es Mary? Habt ihr sie ausfindig machen können?" „Klar haben wir, mach dir keine Sorgen. Sie ist in Sicherheit. Die Zigeuner waren äußerst einfältig. Es war ein Leichtes, ihr Versteck ausfindig zu machen. Zusammen haben wir in einer nächtlichen Aktion die Truppe überwältigt und Mary unversehrt befreien können. Es herrschte Einigkeit darüber, unverzüglich aufzubrechen, um dir zur Seite zu stehen. Am Bahnhof von Bistritz haben wir bereits deine Nachricht erhalten und einige Stunden später standen wir vor diesen Mauern." Constantin erhob sich und meinte: „Meine Herren, wie soeben besprochen, muss ich mich nun entschuldigen. Es gibt viel zu erledigen in diesen Stunden. Setzen Sie sich, Sie haben sicherlich das eine oder andere zu besprechen. Wir sehen uns morgen früh." Mit diesen Worten verließen die drei Herren die Kanzlei und wir blieben noch einige Zeit und tauschten uns über die letzten ereignisreichen Tage aus. Der Abend schritt zügig voran und die Strapazen der Reise hatten ihre Spuren hinterlassen. Wir entschieden uns bald darauf, unsere Zimmer aufzusuchen und zu Bett zu gehen. Die nächsten Tage würden mit ziemlicher Wahrscheinlichkeit die beschwerlichsten unseres bisherigen Lebens werden.

Nach einer mehr oder weniger erholsamen Nacht trafen wir uns nach dem Frühstück zur Lagebesprechung. Rashid wartete ab, bis alle zur Ruhe kamen. Dann ergriff er das Wort. „Meine Herren, die furchtbaren Ereignisse der vergangenen Tage zwingen uns zu handeln. Wir haben uns lange genug auf diesen Kampf vorbereitet. Nun dürfte dieser weitaus heftiger ausfallen als jemals gedacht. Die feindlichen Truppen werden von Tag zu Tag stärker. Holen wir nicht unverzüglich zum Präventivschlag aus, werden wir schon bald überrannt. Der Gegner ist stark und doch haben wir, dank Jon, die einmalige Gelegenheit, das Grauen zu beenden. Wir sind im Besitz der einzigen Waffe, die den dunklen Herrscher ein für alle Mal zur Strecke bringen kann. Außerdem ist dir eine äußerst mutige Unterstützung aus London gefolgt. Darüber sind wir sehr dankbar, denn wir benötigen jegliche Hilfestellung. Unsere Entscheidung ist jedenfalls gefallen. Wir werden an deiner Seite kämpfen, denn mit unseren gebündelten Kräften haben wir eine reale Chance, den Kampf für uns zu entscheiden. Die Wichtigkeit unserer Mission liegt auf der Hand. Es sei nur so viel gesagt, scheitern wir, wird es der letzte Sonnenaufgang sein, den wir genossen haben. Ich übergebe das Wort an Constantin, der uns einen Überblick über unsere Truppenstärke verschaffen wird." „Danke, Rashid. Unter diesem Dach leben an die vierhundert Menschen, davon sind dreihundert für einen möglichen Kampf einsatzbereit. Wir haben tatkräftige Unterstützung aus den umliegenden Dörfern erhalten. Daher können wir noch weitere hundert Männer und Frauen zu unseren Streitkräften zählen. In den vergangenen Jahrhunderten haben wir eine beträchtliche Anzahl an Waffen angesammelt. Es handelt sich dabei primär um Schwerter, Lanzen, Messer und Schilde. Über moderne Waffensysteme verfügen wir leider nicht, außer über ein paar Gewehre und eine beträchtliche Menge an Schwarzpulver. Unsere Feinde verfügen ebenfalls über kein modernes Kriegsgerät. Sie werden das auch nicht benötigen, stehen sie doch mit dem Tod im Bunde. Eine unheilige Allianz, die ihnen einen ungeheuren Vorteil verschafft. Im direkten Duell sind wir diesen Kreaturen unterlegen, da sie über enorme Kräfte verfügen. Ich denke, unsere beste Möglichkeit besteht darin, auf den Überraschungseffekt zu setzen. Wir verfügen über altes, jedoch noch immer äußerst effektives Kriegsgerät. Wir besitzen einige Katapulte, große Maschinen, die einst konstruiert wurden, um schwere Steinblöcke abzufeuern. Ich habe angeordnet, Kugeln mit Schwarzpulver zu befüllen. Außen bestreichen wir diese mit Pech und entzünden es, bevor wir die tödliche Munition in Richtung Schloss schicken. Ich denke, damit können wir erheblichen Schaden anrichten und für ein größtmögliches Chaos sorgen. Bögen und Pfeile können wir ebenfalls unser Eigen nennen. Diese werden gerade neu bespannt und sind danach einsatzfähig. Die Katapulte und Pfeile können von hier aus abgefeuert werden, somit sind wir vor feindlichen Angriffen vorerst geschützt. Das direkte Duell wird sich trotz alledem nicht vermeiden lassen. Meine Hoffnung ist es, die Reihen des Gegners so zu schwächen, dass wir im Kampf Mann gegen Kreatur siegen können. Als zusätzlichen Trumpf haben wir ja auch noch Jon, seine Freunde und das Schwert, das uns hoffentlich gute Dienste erweisen wird." Ungeduldig lauschte ich den Ausführungen. Würde es zu einem Kampf kommen, hätte das ein grausames Blutvergießen zur Folge. Vielleicht gab es eine Möglichkeit, dieses Gemetzel zu verhindern? Ich ergriff das Wort: „Da ich gerade ins Spiel gebracht wurde, würde ich mich gerne dazu äußern. Ich bin über euer aller Unterstützung sehr dankbar, doch eine verlustreiche Schlacht könnte ich mir nur schwer verzeihen. Falls es mir gelingen sollte, Vlad zur Strecke zu bringen, müsste es nicht zum Äußersten kommen. Ich kenne Wege, unbemerkt ins Schloss vorzudringen. Mir gelang vor einiger Zeit die Flucht aus diesem modrigen Verlies. Über den Burgplatz kann ich nicht marschieren. Der einzig mögliche Weg führt zuerst hinab in die tiefe Schlucht des Burggrabens, um anschließend den spitzen Felsen zu erklimmen. Habe ich die Schlossmauern einmal erreicht, finde ich einen Weg in das Innere." „Dein Mut ehrt dich", ergriff Rashid das Wort. „Was du da vorschlägst, ist jedoch eine Reise ohne Wiederkehr. Der tiefe Graben wird nicht grundlos Schlucht der Vergessenen genannt. Niemand, der sich dorthin gewagt, wurde je wiedergesehen. Es handelt sich um einen verwunschenen Ort. Ein jeder, der sich dort hinbegibt, wird von seinen tiefsten Ängsten heimgesucht. Zumindest wird es so berichtet, denn es kam ja noch nie jemand zurück. Falls man das übersteht, folgen hunderte Meter blanker Fels ohne Sicherung, bei winterlichen Verhältnissen. Selbst wenn man es schafft, bis ins Schloss vorzudringen, warten dort unzählige dunkle Krieger." „Seit meiner Abreise aus London war es eine Reise ins Ungewisse. Mir ist schon seit einiger Zeit klar, dass ich mich am Ende meinen Ängsten stellen muss, um diesen Dämon zu besiegen. Wir wollen auf Überraschung setzen. Hinter den eigenen Mauern angegriffen zu werden, damit rechnet er sicherlich nicht. Er wähnt sich unbesiegbar, diese Eitelkeit müssen wir nutzen. Ihr kennt meine Beweggründe, glaubt mir, ich bin entschlossen und überzeugt, auch diese Prüfung überstehen zu können." „Gut,

Jon", unterbrach mich Stew. „Du bist wieder ganz der Alte und wohl unser tapferster Krieger. Mut alleine wird dich nicht retten. Ich lasse dich nicht alleine gehen, selbst wenn du Einspruch erhebst." Henry nickte ebenfalls und bekundete seine tiefe Entschlossenheit mitzukommen. Einen kurzen Moment später standen auch Charles und Richard auf. „Uns wirst du auch nicht so schnell los, wir begleiten dich." Artur blickte nachdenklich in die Runde und meinte: „Um eine Kletterpartie zu wagen, bin ich schon ein wenig zu alt. Ich denke, meine handwerklichen Kenntnisse sind bei den alten, schweren Waffen besser aufgehoben." „Klar", meinte Constantin, „es ist uns jede Hilfe willkommen." „Nie würde ich so etwas von euch verlangen. Wenn ihr mitkommt, tretet ihr diesen gefährlichen Weg auf eigene Verantwortung an. Dort unten in der Schlucht kämpft jeder für sich. Ich hoffe, das ist jedem bewusst." „Glaube mir, Jon, ich warte bereits mein ganzes Leben auf solch eine Möglichkeit. Zu lange schon verharren wir in der Heimat in einer perfekt konstruierten Welt, fernab vom Leiden, das sich tagtäglich in dieser ungerechten Welt abspielt. Daran mitzuwirken, die Erde zu einem besseren Ort zu machen, erfüllt mich mit solch einem Stolz, dass ich bereit bin, jede Gefahr auf mich zu nehmen. Es geht hier nicht um dich, Jon, denn auch wir haben die Tragweite dieser Mission erkannt. Ich könnte nie wieder in einen Spiegel blicken, würde ich nun klein beigeben. Ich habe auf diesen Moment gewartet und lasse mir dieses Abenteuer auf keinen Fall entgehen", meinte Henry entschlossen und nahm wieder Platz. „Gut, ich habe genug gehört", mischte sich Jonas ins Gespräch ein. „Da unser Vorgehen alternativlos ist, bin ich einverstanden." Rashid nickte ebenfalls zaghaft. „Egal wie beherzt unsere Frauen und Männer auch kämpfen werden, solange der Drache am Leben ist, können wir diese Armee nicht besiegen. Der Erfolg und unser Überleben hängen einzig von eurer Mission ab. Wir können euch Zeit verschaffen und den Rücken freihalten. Den Fürsten kannst einzig du besiegen, Jon." Die mahnenden Worte von Abt Jonas waren nicht sehr hilfreich. Es war mir ohnehin bewusst, welche Verantwortung auf meinen Schultern lag. „Wann soll es losgehen?", fragte Stew die Runde. „Frühestmöglich. Wir können ab morgen zuschlagen. Die Frage ist, ob Jon und seine Truppe so weit sind?" „Ja, ich möchte meine Frau keinen Tag länger in den Fängen dieses Ungeheuers wissen." Die übrigen Herren nickten ebenfalls. „Alles klar", meinte Constantin. „Dann ist es beschlossene Sache. Ich werde mich nun um die Vorbereitungen kümmern und meine Leute auf morgen einschwören. Ich schlage vor, Jon und seine Freunde folgen mir. Ich zeige euch die Kriegsgeräte, deren Wartung Artur sofort übernehmen kann. Den Rest des Tages solltet ihr nutzen, um euch im klassischen Schwertkampf zu üben." Wir nickten und verließen mit Constantin die Kanzlei. Ich huschte nochmals zurück auf mein Zimmer und holte das Schwert, das ich unter dem Bett versteckt hielt. Zusammen gingen wir hinüber zum Ostflügel des Gebäudes. Dort befanden sich die Waffenkammer und einige Trainingsräume. Mittlerweile herrschte reges Treiben auf den Gängen. Unzählige Mitstreiter hetzten aufgebracht auf und ab und bereiteten sich auf den morgigen Tag vor. Die große Eingangshalle glich mittlerweile einer Asylunterkunft. Laufend trafen neue Schutzsuchende ein, die aus den umliegenden Dörfern vertrieben worden waren. Wir erreichten die Waffenkammer und dort waren bereits unzählige Ordensleute damit beschäftigt, die Kriegsgeräte auf Vordermann zu bringen. Messer und Schwerter wurden geputzt, geschliffen und poliert. Die Seile der Katapulte wurden kontrolliert und gespannt, die beweglichen Teile eingefettet. Das Befüllen der Kugeln mit Schwarzpulver war so gut wie abgeschlossen. Artur blieb äußerst fasziniert bei den schweren Geräten, während wir die erste Trainingseinheit mit Holzschwertern absolvierten. Kenntnisse des Degenkampfs halfen mir enorm und schon bald übte ich mit meinem richtigen Schwert weiter. Magische Kräfte konnte ich bislang keine feststellen. Die Führung der Klinge fühlte sich kaum anders an als bei einer gewöhnlichen Waffe. Am Nachmittag schafften wir, mit gemeinsamen Kräften, die schweren Geräte hinaus auf den Hof. Bei all unseren Handlungen waren wir stets darum bemüht, so wenig Aufmerksamkeit wie möglich zu erregen, denn der Feind war wachsam dieser Tage und der kleinste Verdacht hätte unser Vorhaben gefährdet. Vlad kontrollierte nicht nur seine Krieger, zu seinen Untergebenen zählte auch die hiesige Tierwelt. Es waren nicht bloß Wölfe. Vögel kreisten immer öfter über unser Gebäude, um ihren Herrn über Neuigkeiten zu informieren. Trauen konnte man diesen Tieren jedenfalls nicht. Nur gut, dass die dunkle Armee selbst mit Vorbereitungen für zukünftige Feldzüge beschäftigt war. Fertig in Stellung gebracht, verdeckten wir das Kriegsgerät so gut es ging. Nach getaner Arbeit rief uns Constantin nochmals zu sich. Er führte uns den Turm hinauf, um uns einen Überblick zu verschaffen. Es war bereits später Nachmittag und der wolkenverhangene Himmel verblasste allmählich. Angesichts der Szenerie, die sich uns bot, standen wir erstaunt mit offenen Mündern da und starrten fasziniert und ängstlich zugleich auf den Burgplatz hinab.

Ich kramte in meiner Tasche und zog die restlichen Zigaretten hervor. Ich zündete eine an und verteilte den Rest. „Beruhigt die Nerven, meine Freunde, das können wir nun brauchen." Stumm verfolgten wir eine Zeit lang die gespenstischen Vorgänge. Die Anzahl der Krieger war in den letzten Tagen weiter angestiegen. Es machte glücklicherweise nicht den Anschein, als wäre heute Nacht eine weitere grausame Plünderung geplant. Das Schloss war hell erleuchtet. Es glich einem geschäftigen Wespennest, das seine Krieger darauf einschwor, die Welt zu terrorisieren. „Ich hätte nie gedacht, dass es so viele sind", stotterte Artur. „Ich denke, die Wichtigkeit unserer Mission wird nun deutlich. Ich wünschte, übermorgen stünden wir in derselben Konstellation hier, um unseren gemeinsam errungenen Triumph zu feiern. Doch tief im Inneren spüre ich, es wird anders kommen", flüsterte ich wehmütig. „Es liegt an uns allen, deine schlimmen Befürchtungen nicht Realität werden zu lassen. Schaut her, meine Herren", übernahm Constantin das Wort und reichte uns ein Fernglas. „Dort unterhalb unserer Mauern befinden sich Stufen, die euch tief in die Schlucht hinabführen." Die Sicht auf den Grund wurde uns von dichten Nebelschwaden verwehrt. „Viele Seelen fanden dort unten ihr weltliches Ende, da Vlad nicht selten seinen Gegner in die Tiefe stoßen ließ. Ob diese Stufen bis nach unten führen oder vorzeitig enden, ist nicht bekannt. Am Fuße der Schlucht angekommen, traut euren Augen nicht mehr. Eure Wahrnehmung wird euch in die Irre führen. Findet, so rasch es möglich ist, einen Weg den Felsen hinauf. Auf halber Höhe befindet sich der Eingang zur alten Mine. Jahrzehntelang mussten dort Zwangsarbeiter Metall aus dem Fels lösen. Viele kamen bei dieser Sklavenarbeit ums Leben. Es existiert ein Verbindungsweg, der in die Kellergewölbe des Schlosses führt. Ob die Mine nach all den Jahren begehbar ist, wissen wir nicht. Wenn nicht, muss der Fels bis ganz hinauf bezwungen werden. Danach müsst ihr einen Weg ins Innere finden. In der Höhle des Tyrannen angekommen, findet ihn, bringt ihn zur Strecke und befreit Mina. Das ist weitaus einfacher gesagt als getan. Wenn es euch gelungen ist, ins Innere vorzudringen, müsst ihr uns Bescheid geben. Dann beginnen wir den Angriff, in der Hoffnung, für so viel Chaos zu sorgen, dass eure Mission glückt. Ich werde das Gefecht von hier aus koordinieren und euch, soweit es möglich ist, im Auge behalten. Falls wir es bis auf den Burgplatz schaffen, wäre es hilfreich, wenn jemand die Tore öffnen könnte. Nachdem wir die Munition der Katapulte abgefeuert haben, werden wir angreifen. Einen Teil der Truppe wird vom Güterweg aus starten, der zweite Teil vom Hügel aus. Rashid wird die Truppen ins Gefecht führen. Gebete werden uns zwar nichts nutzen, trotzdem werde ich so manche in Richtung Himmel schicken. So weit der theoretische Ablauf, wie sich dieser Plan in die Realität umsetzen lässt, wird sich zeigen." Gebannt hatte ich den Ausführungen gelauscht und starrte in den Abgrund hinab. Freiwillig würde man sich nie an solch einen lebensfeindlichen Ort begeben, jedoch war mir dieser Weg zwangsläufig vorgegeben. Ich haderte nicht weiter mit meinem Schicksal. Ich war bereit, die Herausforderungen anzunehmen, daran zu zerbrechen oder gestärkt daraus hervorzugehen. Weitaus bewundernswerter fand ich meine Mitstreiter, deren Beweggründe weniger zwingend waren, trotzdem waren sie bereit, ihr Leben aufs Spiel zu setzen. Wenn es doch nur mehr von solchen Menschen gäbe, bereit, für eine bessere Welt alles zu riskieren. Ich drückte die Zigarette aus, warf einen letzten Blick auf die Horden, die den Burgplatz belagerten, und trat den Rückweg an. Der Rest folgte mir nachdenklich zur Eingangshalle, die einem Feldlazarett glich. Mittendrin erkannte ich Aurica, die bei der Verpflegung der Neuankömmlinge half. Ich begrüßte sie freundlich, während der Rest sich auf die Zimmer begab. Nur Henry blieb stehen, reichte ihr charmant seine Hand zur Begrüßung und musterte sie kokett von oben bis unten. „Morgen ist es nun so weit, der Tag der Entscheidung. Zumindest wurde es vorhin von Constantin verkündet, der uns auf einen harten Kampf einschwor. Ich bin kein Freund von gewalttätigen Auseinandersetzungen, doch in Anbetracht der Verbrechen, die in Vlads Namen seit Jahrhunderten verübt werden, haben wir keine andere Wahl. Zu lange mussten wir tatenlos zusehen. Erst mit Ihnen und Ihren Freunden kam nach so langer Zeit Schwung in die Geschichte. Verstehen Sie mich nicht falsch, der Grund, weshalb Sie herkamen, ist furchtbar, doch hat es uns Hoffnung beschert. Ich fürchte, die Freiheit fordert einen hohen Tribut. Dessen sind Sie sich bewusst, daher bewundere ich Sie und Ihre Begleiter. Sein Leben für einen geliebten Menschen aufs Spiel zu setzen, ist wohl der höchste Einsatz, den man einbringen kann." „Töricht ist es obendrein", konterte ich. „Erbarmungslos, überirdisch, tödlich und dabei wunderschön, so ist die Liebe. Ähnlich einem Dolch, den man nicht entfernen kann, da der Blutverlust zu stark sein könnte. Doch ist es letztlich die Kraft, die uns zu ungeahnten Handlungen beflügelt, auch wenn das Spiel brandgefährlich ist. Leichtfertig verspielen wir unser Herz und manchmal erhält man nur noch Teile zurück. Der größte Schmerz weicht einem Neubeginn. Ich bin nicht unglücklich darüber, dass morgen die Entscheidung fällt. Der Schrecken der vergangenen Wochen erreicht seinen vorläufigen Höhepunkt und findet dabei gleichzeitig sein Ende. Die Ungewissheit ist weitaus erbarmungsloser als die Gewissheit. Liebe kehrt sich zwangsläufig in Schmerz und wieder zurück. Es ist ein Kreislauf, den man nicht durchbrechen kann. Beide Gefühle können unser größter Antrieb sein. Es liegt an jedem Einzelnen, aus seinem Schicksal etwas Fruchtbares zu schaffen. Das Leben fordert uns tagtäglich heraus, doch am Ende wird es sich zu einem sinnvollen Gesamtbild zusammenfügen, davon bin ich überzeugt." „Vertrauen Sie doch auf den liebenden Gott, der wird uns doch sicherlich helfen." „Davon bin ich nicht gänzlich überzeugt. Wenn es Ihnen hilft, dann ist es mehr als gerechtfertigt. Ich denke nur, unsere Konflikte müssen wir schon selbst austragen. Wo werden Sie im Kampf eingesetzt?" „Ich kann gut mit dem Pfeil und Bogen umgehen, daher werde ich als Schütze dienen." „Da seid Ihr sicher, denn Ihr könnt hinter den schützenden Mauern des Ordens agieren und müsst vorerst nicht unmittelbar ins Kampfgeschehen eingreifen. Wie sich die Schlacht entwickeln wird, kann man nicht wissen. Welchen Ausgang das Schicksal für uns bereithält, werden wir morgen erfahren. Vieles im Leben ist nicht planbar, es geschieht einfach, ob wir wollen oder nicht. Ich muss mich nun entschuldigen und versuche, ein wenig zu schlafen. Ich werde Kraft benötigen, um die bevorstehende Prüfung zu bestehen." Ich reichte ihr meine Hand zur Verabschiedung, blickte zu Henry, erkannte jedoch, dass er noch nicht vorhatte, mitzukommen. Sie unterhielten sich noch angeregt, während ich zurück auf mein Zimmer ging. Dort angekommen, verstaute ich das Schwert unter dem Bett und legte mich anschließend nieder. Entspannen konnte ich nicht, denn unweigerlich kamen mir die Worte des Gedichts aus dem Buch in den Sinn: „Dabei das Opfer, das du liebst, darzubringen." Solche und ähnliche Gedanken geisterten noch eine Zeit lang durch meinen Kopf und verhinderten das Einschlafen. Waren diese Worte achtlos in den Wind gereimt oder sollten sie traurige Gewissheit werden?

KAPITEL 13

Am frühen Morgen wurde ich bereits von lautem Tumult geweckt. Ich warf einen Blick nach draußen und bemerkte geschäftiges Treiben auf den Gängen. Weitere Flüchtlinge waren über Nacht angekommen und brachten diese alten Mauern an ihre Kapazitätsgrenzen. Ich zog mich an und begab mich auf das Zimmer meiner tapferen Mitstreiter. Henry war bereits damit beschäftigt, seine Waffen zu reinigen und auf Funktion zu überprüfen. Stew und Artur packten ihre Rucksäcke, nur Richard und Charles lagen noch im Bett. Nach einem gemeinsamen Frühstück begaben wir uns nochmals zu den Trainingsräumen. Ich absolvierte erneut einige Schwertkämpfe, währenddessen sich Artur um die Feinjustierung der Geschütze kümmerte. Gegen Mittag trafen wir in Constantins Kanzlei zusammen. Er hatte uns hochwertige Stiefel, einige weitere Kleidungsstücke und Kletterutensilien mitgebracht. Er reichte mir noch eine aus Leder gefertigte Schwertscheide, damit ich mir die Klinge auf den Rücken schnallen konnte. Messer, Trommelrevolver, Winchester-Gewehre und Munition packten wir ebenfalls ein. Ausgerüstet, als wären wir erfahrene Krieger, verließen wir die Kanzlei und marschierten quer über den Ordensgarten, in dem sich die Truppen zur Lagebesprechung versammelten. „Ich denke, es wäre angebracht, einige Worte an unsere Mitstreiter zu richten", meinte ich und blickte dabei in Constantins Gesicht. Dieser nickte bejahend und ich kletterte auf einen Felsen, um besser gesehen zu werden. „Tapfere Verbündete! Erst kürzlich kreuzten sich unsere Wege und selbst heute kenne ich nur wenige von euch persönlich. Dennoch steht ihr an meiner Seite und seid bereit, in die Schlacht zu ziehen. Vor wenigen Tagen strandete ich mutlos an euren Pforten, doch ihr habt den fehlenden Funken beigesteuert, der mein Feuer erneut entfachte. Nun bin ich dazu bereit, mit eurer Hilfe den Kampf aufzunehmen.

Alleine wäre dieses Unterfangen aussichtslos, doch wider Erwarten habt ihr die Reihen hinter mir geschlossen. Dieser Rückhalt beflügelt mich und ich verspreche, alles in meiner Macht Stehende zu unternehmen, damit am Ende des Tages die freie Welt triumphiert. Den heutigen Tag haben viele herbeigesehnt und gleichzeitig gehofft, dass er niemals eintreten möge. Ein Beherzter, der das Schwert gegen die Ungerechtigkeit erhebt und damit die Hoffnung entfacht, kann zur Inspiration für viele werden. Ich ahne mittlerweile, es handelt sich dabei um keinen Endkampf. Das Aufbegehren Gut gegen Böse ist ein wiederkehrendes Muster, denn diese Schlacht lodert seit Anbeginn der Menschheitsgeschichte. Jeder Einzelne kann in diesem tagtäglichen Spiel entscheidend sein und ein Held werden. Uns eint weder Nationalität, Religion oder Ideologie, dennoch haben wir ein gemeinsames Ziel vor Augen. Es ist der Glaube daran, der Weiterentwicklung der Menschheit einen Dienst zu erweisen. Es sei naiv zu denken, ein jeder würde das Schlachtfeld lebendig verlassen. Doch für jene, deren letzte Stunde heute schlägt, sei gesagt, euer Ende wird erst der Anfang sein. Die Energie, die euch durchströmt, kann nicht verschwinden. Sie wird befreit und geht, wohin sie möchte. Nun, werte Mitstreiter, erhebt das Schwert und lasst uns beginnen, Geschichte zu schreiben. Selbst, wenn niemand jemals davon erfährt."

Mit diesen Worten beendete ich meine Ansprache und sprang vom Felsen hinab. Mir fiel dabei der Ordensälteste auf, der hinter einem Fenster meinen Worten lauschte. Unsere Blicke trafen sich und er nickte mir beifällig zu, bevor er seine Vorhänge zuzog. Ich denke, in seinen Augen war ich würdig genug, sein Werk zu vollenden. Am Ende des Gartens angekommen, verabschiedeten wir uns von Artur und Constantin. Eine brüderliche Umarmung, danach schritten wir die Stufen hinab und verschwanden schon bald in der Tiefe.

Stew ging voran, ich folgte, unmittelbar dahinter kam Henry. Die Nachhut bildeten Richard und Charles. Das Wetter hatte sich zu unseren Gunsten verbessert. Es war annähernd windstill und vereinzelt tanzten Schneeflocken vom Himmel. Ab und an schafften es sogar einzelne Sonnenstrahlen die dichte Wolkendecke zu durchdringen. Die Stufen, einst mühselig in den harten Felsen getrieben, waren stark verwittert und an manchen Stellen von Eis überzogen. Vorsichtig bewegten wir uns immer tiefer hinab in die Schlucht, darauf bedacht, möglichst nahe an der Felswand zu bleiben. Ein Absturz wäre fatal gewesen, hatte doch niemand eine Ahnung, mit welcher Höhe wir es zu tun hatten. Regelmäßig erreichten wir Stellen, an denen die Stufen so stark verwittert waren, dass man sie als solche kaum erkennen konnte. Wir mussten auf unseren Hinterteilen dahinschlittern, um einen drohenden Absturz zuvorzukommen. Der Abstieg ging schleppend voran, übler Schwefelgeruch lag in der Luft und ab und an drangen fremdartige Geräusche aus der Tiefe empor.

Unsere Anspannung lag förmlich in der Luft, niemand sprach ein Wort. Beherzt bewegten wir uns konzentriert voran, immer mehr einem Ort entgegen, den niemand aufsuchen möchte. Nach einem langwierigen Abstieg hielt Stew abrupt an und deutete auf den Weg. Die Stufen endeten, vor uns lag nur noch der Abgrund. Undurchdringlicher Nebel verhinderte den Blick hinab auf den Grund der Schlucht. Das Licht wurde immer spärlicher, nur wenige Sonnenstrahlen verirrten sich an solch einen trostlosen Platz. „Wie geht es nun weiter?", fragte Henry, der gerade zu uns aufgeschlossen hatte. Stew zuckte mit den Schultern. Ich nahm einen Stein und warf ihn hinunter ins Nichts. Gespenstische Stille lag in der Luft, denn der Nebel hielt den Schall fest im Würgegriff. „Nichts oder hört ihr etwas?", sprach Stew, der sich besorgt über den Abgrund beugte. „Ich konnte keinen Aufprall vernehmen. Entweder der Nebel verhindert das Geräusch oder die Schlucht ist tiefer als befürchtet", meinte Richard, der sich ein wenig zittrig am Felsen festklammerte. „Alles in Ordnung?", fragte ich und blickte zu ihm hinüber. „Alles bestens, jedoch habe ich ein Problem mit der Höhe." „Dann ist es zumindest gut nicht zu wissen, wie tief es nach unten geht", meinte Henry schmunzelnd. „An dieser Stelle zu verharren, bringt uns nicht weiter und zurück ist keine Option. Ich werde mich abseilen in der Hoffnung, das Tau ist lang genug, um unbeschadet nach unten zu gelangen", meinte ich und band dabei das eine Ende um einen Felsvorsprung und testete durch starkes Ziehen die Festigkeit. „Falls ich festen Boden unter den Füßen spüre, gebe ich euch durch dreimaliges Ziehen Bescheid." Mit diesen Worten stellte ich mich mit dem Rücken zum Abgrund und seilte mich langsam ab ins Ungewisse.

Rhythmisch stieß ich mich vom Felsen ab und bewegte mich vorsichtig nach unten. Bald darauf hatte ich das Ende des Seils erreicht. Ich hielt mich mit einer Hand fest, schnappte mir einen Stein und ließ ihn fallen. Zu meiner Erleichterung vernahm ich den Aufprall umgehend. Ich zog drei Mal am Seil, schloss die Augen und ließ los.

Stille umgab mich, ich verspürte festen Boden unter meinen Füßen. Der Nebel war so dicht, ich konnte gerade einmal die Umrisse meiner ausgestreckten Hand erkennen. Angespannt blickte ich mich nach allen Seiten um. Ich hatte den Nullpunkt erreicht und meine von Natur aus wenig leistungsfähigen Sinnesorgane waren an diesem Ort unbrauchbar. Durch den Dunst drang eine melancholische Melodie an mein Ohr. Ergriffen folgte ich der Musik und stolperte den steinigen Boden entlang. Allmählich verbesserte sich die Sicht ein wenig und ich konnte eine Gruppe dunkelgekleideter Frauen und Männer erkennen, die betroffen auf eine Kiste starrten. Die Szenerie zog mich in ihren Bann. Im Innersten spürte ich, diese Leute waren wegen mir gekommen. Meine Neugierde war geweckt und ich bewegte mich auf die Gruppe zu. Niemand nahm Kenntnis von mir, als wäre ich Luft, unsichtbar, jedoch trotzdem anwesend. Es war keine gewöhnliche Kiste, es handelte sich um einen weißen Sarg. Wollte ich denn ernsthaft wissen, wer sich darin befand? Ich musste es erfahren. An diesem Punkt gab es kein Zurück mehr. Das Atmen fiel mir zunehmend schwerer. Mein Herz schlug kräftig, während ich mich durch die Leute drängte, um mich über den Sarg zu beugen. Was ich dort sah, raubte mir den übriggebliebenen Sauerstoff. Ich war es selbst, der dort aufgebahrt lag. Einen Moment später hatte sich meine Perspektive dramatisch geändert. Stumm und steif lag ich da, unfähig mich zu bewegen oder einen Laut von mir zu geben. Ich sah die Menschen rund um mich stehen. Sie waren mir bekannt und doch fremd zugleich. Einige trauerten, manchen konnte man die Genugtuung ansehen. Ich wollte mich bemerkbar machen, doch niemand nahm Kenntnis davon. Plötzlich verstummte die Musik, ein letztes Blümchen, danach schlossen sie den Deckel und ließen mich in mein feuchtes Grab hinab. Ich war gefangen in völliger Dunkelheit und niemand vernahm mein Klagen. Ich wollte raus aus der stummen, kalten Umarmung des Todes. Ich wollte bloß leben, denn zum Sterben war es doch noch zu früh. Der Wunsch war jedoch albern. Warum dachte ich, den Zeitpunkt bestimmen zu dürfen? Ich schrie, doch kein Ton kam über meine Lippen. Ich hämmerte ohne Unterlass gegen das Holz, immer fester, sodass meine Hände höllisch schmerzten. Es war ein gutes Gefühl, denn ich war nicht mehr regungslos und taub, sondern spürte mich wieder. Da zerbrach das Holz, auf dem ich lag. Ich fiel und knallte auf den harten Stein. Zittrig rappelte ich mich auf und stand vor einem Abgrund. Hinter mir meterhoher Fels, der Sprung in die Tiefe war die einzige Option. Grenzenlose Wut überkam mich, denn niemand hatte mich gefragt, ob ich das hier wollte. Mein Zetern nutzte niemandem, ich ging in die Knie und sprang ins Nichts.

Stew ließ das Seil los und landete auf dem Boden. Zögerlich tastete er sich voran. Er rief nach mir, erhielt jedoch keine Antwort. In der Ferne erkannte er die Umrisse eines Gebäudes, zögerte einen Moment und entschied sich, darauf zuzusteuern. Ein wenig später erkannte er bereits, um welches Haus es sich handelte. Es war ein Anblick, der sich in seine Erinnerung gegraben hatte. Er stand vor seinem Elternhaus, als hätte er es gestern verlassen. Die Erinnerungen an seine Kindheit waren gut behütet unter einem Schleier der Verdrängung verwahrt. Sein Vater war kaum zu Hause gewesen und seine kaltherzige, dominante Mutter hatte ihm das Leben schwer gemacht. Das alleine wäre verkraftbar gewesen, doch da war noch etwas anderes. Ganz tief vergraben, über all die Jahre hinweg erfolgreich verdrängt. Er konnte nicht anders, öffnete die Eingangstüre und trat ein. Die knarrende Holzstiege, die Gerüche, sämtliche Erinnerungen waren zurück. Da vernahm er schon den befehlsartigen Ton seiner Mutter. „Geh und kümmere dich um deine Schwester. Es geht ihr heute besonders schlecht." Das mulmige Gefühl in der Magengegend war schlagartig zurück. Missmutig schritt er die Stufen hinauf und öffnete die Türe zu ihrem Zimmer. Sie lag in ihrem Bett, so wie sie es immer tat. Bekleidet mit ihrem roten Nachthemd, das Gesicht kreidebleich. Geschwächt streckte sie ihm ihre Hand entgegen. „Bitte Stew, hilf mir, es tut so weh, mach, dass es aufhört", klagte sie mit zittriger Stimme und hustete dabei erbarmungswürdig. Er wusste nun, welcher Tag es war. Heute würde sie ihn für immer verlassen, dabei liebte er sie so sehr. Sie erneut in den letzten Zügen ihres Lebens zu sehen, zerbröselte sein Herz in kleinste Stücke. Er konnte den Tod als Erwachsener schon nicht begreifen, wie hätte es ihm dann als kleiner Junge gelingen sollen? „Nein, nicht noch einmal", schrie er mit all seiner Kraft. Stew stürzte aus dem Zimmer, rannte die Treppen nach unten und lief aus dem Haus. Ohne nochmals zurückzublicken, lief er, als wäre der Tod auch hinter ihm her. Dabei malträtierte ihn erneut sein schlechtes Gewissen. „Du hast Schuld an ihrem Tod. Du hast sie im Stich gelassen", hörte er noch immer die klagenden Worte seiner Mutter. Dabei wusste er, es war vollkommener Unsinn. Er lief immer weiter, bis er erneut ein großes Gebäude erblickte. Er erkannte es sofort. Es war die verlassene Fabrik, in der seine geliebte Frau gefangen gehalten wurde. Da erblickte er die Zigeuner, die brennende Fackeln in das Innere schleuderten und dabei hämisch lachten. Ganz deutlich vernahm er Hilfeschreie. Er konnte die Stimme eindeutig zuordnen. Das war doch nicht möglich, er hatte Mary doch gerettet. Den wiederholten Verlust eines geliebten Menschen konnte er nicht ertragen, denn er hatte den seiner Schwester nie verarbeitet. Ohne zu zögern, stürzte er sich in die Flammenhölle. Er konnte nichts sehen, denn dicker Rauch vernebelte ihm die Sicht. Unsägliche Hitze brannte sich seine Lunge hinab und das Atmen fiel ihm schwer. Die Schreie hallten immerzu in seinem Kopf, doch Mary konnte er nicht finden. Verloren in diesem grausamen Echo, taumelte er, stürzte und knallte hart zu Boden.

Nach Henrys Sprung fand er sich am Fuße eines Flusslaufs wieder, der sich gemächlich durch den Felsen schlängelte. Kein Tier war darin zu erkennen, das Wasser eine rostige, verdorbene Brühe, feindlich für jegliches Leben. Modriger Geruch stieg ihm in seine Nase, während er dem Fluss entlangstapfte. Er kannte diesen Geruch aus längst vergangenen Tagen. Dieser befreite Erinnerungen, die vergessen schienen, und sein Angstschweiß war nur ein Vorbote auf jenes, was noch kommen sollte. Das längst verloren geglaubte Gefühl der Beklemmung und Hilflosigkeit war zurück, als hätte er gestern erst das Internat verlassen. Es war ein Ort, der ihm die besten Jahre seines Lebens geraubt hatte. Wohlhabende Eltern sind nicht zwangsläufig ein Segen für das Kind, denn Geld macht das Internat erst möglich. Fernab des sicheren Elternhauses, sprach sich rasch herum, dass Henry vermögend war. Andersartigkeit war schon seit jeher ein Grund für Ausgrenzung. Er musste nicht nur ohne Freunde klarkommen, sondern war auch für sämtliche Streiche und jegliches Drangsalieren ein willkommenes Opfer. Er vernahm ein gleichmäßiges Tropfen. Ein Geräusch, das sich in sein Unterbewusstsein hineingefressen hatte. Es war wie damals in der dunklen, kalten Höhle, eingesperrt und alleine gelassen mit Spinnen und Schlangen. Er konnte erst nach Tagen befreit werden. Er war danach ein traumatisierter Junge und den Peinigern drohten nicht die geringsten Konsequenzen. Immer noch verletzt und wütend über diese Ungerechtigkeit, stapfte er durchs tote Wasser. Plötzlich bebte die Erde und ließ Henry taumeln und stürzen. Er hob seinen Kopf und blickte direkt in die Augen einer riesigen, furchterregenden Schlange, deren herausschnellende Zunge beinahe seine Nase berührte. Tief erschrocken sprang er auf, nahm seine Winchester und feuerte so oft es ging. Die Kugeln durchdrangen das Tier, waren jedoch wirkungslos. Er versuchte, das Ungeheuer mit dem Gewehrkolben auf Distanz zu halten. Dieser Kampf war aussichtslos, denn die Schlange zog ihre Schlinge immer enger, bis sie Henry die Luft zum Atmen nahm. Bilder einer längst vergangenen Zeit tauchten vor seinem inneren Auge auf, danach wurde es dunkel.

Constantin stand am Turm und überblickte die Szenerie. Ungeduldig warf er einen Blick auf seine Taschenuhr. Es waren bereits einige Stunden vergangen und bislang waren keine Lebenszeichen der fünf Wagemutigen zu erkennen. Der Blick hinab in die Schlucht blieb ihm weiterhin verwehrt. Zweifel keimten in ihm auf. War die ganze Aktion zum Scheitern verurteilt? War es denn möglich, in diesen Tiefen zu überleben? Besorgt nahm er sein Fernglas und beobachtete einige Adler, die ihre Kreise um die Schlucht zogen. Diese Tiere kamen aus den Tiefen des Karpatengebirges und beobachteten die Vorgänge am Boden ganz genau. Es waren keine gewöhnlichen Vögel. Sie folgten dem Ruf des dunklen Herrn und, wenn möglich, sollte man ihnen aus dem Weg gehen. Constantins Truppen verharrten in der Zwischenzeit verdeckt hinter den Mauern des Ordens, jederzeit bereit, sich in Bewegung zu setzen. Unverändert lagerten die Truppen des Drachen gegenüber am Burgplatz. Es schien jedoch Bewegung in die Angelegenheit zu kommen, geschäftiges Treiben war dort unten zu erkennen. Lagerfeuer loderten, Messer und Schwerter wurden geschliffen und Pferde gesattelt. Es schien so, als ob sich die dunkle Armee auf einen erneuten Raubzug vorbereitete. Es wäre nur zu ihrem Vorteil, wenn ein Teil der Armee abzöge, jedoch würden dadurch weiter Unschuldige ihr Leben verlieren. Das konnte und wollte Constantin nicht in Kauf nehmen, jedoch die Schlacht zu beginnen, war momentan ebenfalls aussichtslos. Bevor er Jon und seine Mitstreiter nicht im Schloss wusste, war er zum Abwarten verdammt.

Allmählich erlangte ich das Bewusstsein zurück. Ich fand mich am Rande eines Flusslaufs wieder. Der Nebel hatte sich ein wenig gelichtet, so konnte ich die Umgebung besser erkennen. Ich richtete mich auf, schwankte noch ein wenig hin und her, während ich mich den Flusslauf entlangschleppte. In der Ferne sah ich zwei Körper regungslos im Wasser liegen. So rasch, wie mich meine Füße trugen, bewegte ich mich auf sie zu und sah Stew und Henry. Sofort überprüfte ich ihre Atmung und versuchte beide wachzurütteln. Ich war äußerst erleichtert, beide waren unversehrt, auch wenn sie anfangs noch einen sehr verwirrten Eindruck machten. „Kommt, steht auf. Wir müssen diesen Ort schleunigst verlassen", feuerte ich die beiden an und half ihnen auf die Beine. Schnell erlangten sie ihre Fassung zurück und schwiegen vorerst über die erlebten Visionen. „Wir haben nun am eigenen Leib erfahren, welcher Kontrollverlust mit längerem Verweilen an diesem Ort einhergeht. Wir müssen schleunigst einen Ausgang finden", stammelte ich und wir riefen lautstark nach Charles und Richard, doch beide blieben unauffindbar. Wir taumelten weiter durch den Nebel und bald darauf hatte unsere verzweifelte Suche ein Ende. Wir erreichten die Felswand, auf deren Spitze das Schloss thronte. Am Fuße erkannten wir Richard, der völlig verängstigt am Boden kauerte. Auf unsere Ansprache reagierte er kaum. Erst nach kräftigem Rütteln wich sein versteinerter Blick allmählich und er erlangte sein Bewusstsein zurück. „Es ist furchtbar, Jon", stammelte er verzweifelt, „überall diese tiefen Abgründe. Ständig stürzte ich ab und die Schmerzen sind unerträglich. Ich habe dieses Unternehmen unterschätzt, denn meine Höhenangst zermürbt mich vollkommen." Ich zeigte den Felsen hinauf und wir blickten auf eine steile, endlose scheinende Wand. „Der einzige Weg, der uns aus diesem Irrgarten hinausbringt, führt uns dort nach oben. Unser einziges Kletterseil haben wir für den Abstieg gebraucht, somit müssen wir ohne Sicherung klettern. Kein doppelter Boden mehr, nur wir und der Fels." Richard blickte ängstlich empor und der Anblick der senkrechten Wand reichte aus, um seine Hände unkontrolliert zum Zittern zu bringen. „Unmöglich, Jon, ich werde das nicht überstehen." „Es ist deine Entscheidung. Wir können hier nicht mehr länger verweilen. Wenn du den Weg zurück durch diesen Irrgarten wählen möchtest, kannst du das jederzeit tun. Ich bin dir keinesfalls böse. Geh zurück und suche deinen Bruder Charles. Wir haben ihn bis jetzt nicht auffinden können." Richard nickte und verschwand im Nebel.

Wir wandten uns erneut unserer Aufgabe zu und blickten den Felsen empor, auf dessen Spitze man die Silhouette des Schlosses erkennen konnte. Hundert Meter blanker, eiskalter Fels lagen vor uns. Der Stein war brüchig und die natürlichen Griffe spärlich verteilt. „Niemand hat behauptet, dieser Weg würde einfach werden. Bevor ich weiter an diesem Ort verweile, nehme ich lieber einen Sturz in Kauf", meinte ich, suchte mir einen geeigneten Griff und begann zu klettern. Ich stieg voran, Stew und Henry folgten mir mit einigen Metern Abstand. Ich testete jeden Stein gründlich, bevor ich geschickt mein Gewicht von einem Fuß auf den anderen verlagerte und mein Becken fest gegen die Wand drückte. Die Bedingungen waren, aufgrund der Wetterverhältnisse, äußerst schwierig. Nach einigen Metern schmerzten meine Finger vor Kälte und wurden zunehmend unbeweglicher. Ein rasches Vorankommen war kaum möglich. Immer wieder musste ich Halt machen, hielt mich mit einer Hand fest, um die andere mit Hilfe meines Atems beweglich zu halten. Nur vereinzelt ermöglichten uns Felsvorsprünge eine kurze Rast.

Einige Zeit verging, da blickte ich hinunter und merkte sofort, ein Sturz wäre mittlerweile tödlich. Das Adrenalin schoss durch meine Adern und half mir, konzentriert zu bleiben. Unter mir mühten sich Henry und Stew tapfer ab. Die Griffe, manche mit Schnee und Eis bedeckt, waren teilweise gerade groß genug, um sie mit zwei Finger zu nutzen. Meine Muskeln brannten, mein Herz raste und meine Kräfte schwanden von Meter zu Meter. Erschöpft drückte ich mein Gesicht fest gegen den Felsen und schnaufte tief durch. „Alles in Ordnung bei euch?", rief ich den anderen beiden zu. Ein zaghaftes und wenig beruhigendes „Es geht den Umständen entsprechend!" hallte empor. „Bald haben wir die Hälfte geschafft. Dort befindet sich der Eingang zur alten Mine und der Felsvorsprung ermöglicht uns zu rasten!", rief ich nach unten, um beide zu ermutigen. Einen Moment lang verharrte ich, aktivierte meine Kraftreserven und kletterte weiter. „Der Verlust meiner Kräfte wäre gleichzeitig auch mein Ende", wiederholte ich gebetsmühlenartig in der Hoffnung, mein Körper würde diese Tatsache beherzigen. Der Eingang zur Mine und damit der erste vernünftige Platz, um Rast zu machen, war bereits greifbar. Plötzlich hörte ich aus der Tiefe des Grabens eine Stimme, die den Berg hinaufhallte. Ich sicherte meinen Stand, so gut es ging, und wagte zögerlich einen Blick nach unten. Das flaue Gefühl war nur ein Vorbote des sofortigen Schweißausbruchs angesichts des tiefen Abgrundes. Weit unten konnte ich Charles erkennen, der ebenfalls den Aufstieg wagte und uns folgte. Ich konnte keinem meiner Freunde helfen, denn ich klammerte mich selbst krampfhaft an den kleinsten Felsvorsprung, um den ständig drohenden Absturz zu vermeiden.

Constantin stand bangend auf dem Turm und beobachtete Jon und dessen Freunde durch sein Fernglas. Niemals hätte er tauschen wollen, jedoch das tatenlose Beobachten dieser vier Männer war an Spannung kaum zu überbieten. Jeden Moment rechnete er mit einem tiefen Fall. Das Bezwingen des porösen Felsens war nicht das Einzige, das ihm große Sorgen bereitete. Die Adler hatten die Fährte bereits aufgenommen. Sie formierten sich hoch in der Luft und ihr schrilles Kreischen hallte durch die Schlucht. Plötzlich setzten die ersten beiden zum Sturzflug an und sausten auf Steward zu. Im letzten Moment erkannte er die drohende Gefahr, klammerte sich an einem Felsvorsprung fest und vergrub sein Gesicht zwischen seinen Schultern. Die wildgewordenen Tiere krallten sie sich in Stews Nacken und pickten auf seinen Schädel ein. Ein schmerzverzerrtes Wimmern hallte durch die Schlucht. Stew blickte hilfesuchend nach oben, aus einer Kopfwunde tropfte warmes Blut und lief ihm über sein Gesicht. Lange würde er diesen Angriffen nicht mehr standhalten können, das wurde Constantin in diesem Moment bewusst.

Der Felsvorsprung mit dem Eingang zur Mine war bereits in greifbarer Nähe. Ich beschwor meine Kraftreserven, um so rasch wie möglich den Vorsprung zu erreichen. Auf dem letzten Meter war kein vernünftiger Griff mehr in Sicht, daher blieb mir nur noch der Sprung nach oben. Ein tiefer Atemzug, dann ging ich in die Knie, stieß mich mit voller Kraft vom Felsen ab und erreichte mit einer Hand den rettenden Felsvorsprung. Einen Moment lang pendelte ich hin und her, griff mit der anderen Hand nach und zog mich mit letzter Kraft nach oben. Meine Muskeln zitterten unkontrolliert, während ich keuchend auf dem Rücken lag und dem Himmel entgegenblickte. Zeit zum Verweilen war keine, denn diese verwunschenen Kreaturen formierten sich erneut, um einen Angriff zu starten. Entkräftet richtete ich mich auf, griff nach meinem Schwert und hielt es den Vögeln drohend entgegen. Pfeifend versuchte ich, auf mich aufmerksam zu machen. Zwei der Tiere, gerade dabei Henry zu attackieren, ließen von ihm ab und steuerten kreischend auf mich zu. Entschlossen fixierte ich einen der beiden, wartete auf den richtigen Moment, holte aus und teilte das Untier in zwei Hälften. Federn wirbelten durch die Luft und der Kadaver fiel stumm in die Tiefe. Das zweite Tier ließ von mir ab und steuerte dem Himmel entgegen, bis es verschwand. Es war nur eine kurze Verschnaufpause, denn bald schon würden diese Tiere zurückkommen.

Stew hatte mittlerweile den Felsvorsprung erreicht. Ich reichte ihm meine Hand und half ihm auf dem letzten Meter. „Alles in Ordnung?", fragte ich besorgt, während sich Stew sichtlich erschöpft das Blut aus dem Gesicht wischte. „Ja", keuchte er zaghaft, „ist bloß eine Platzwunde." Nachdem er zu Atem gekommen war, nahm er seine Winchester und visierte eines der Tiere an, die immer noch über uns kreisten. Im letzten Moment drückte ich den Lauf nach unten. „Nein, mach das nicht. Ein Schuss würde nicht unbemerkt bleiben, diese Tiere machen schon genug Lärm." „Verstehe ich, jedoch müssen wir etwas gegen diese Bestien unternehmen. Henry und Charles überstehen einen erneuten Angriff nicht."

Constantin sah es genauso. In der Zwischenzeit war er nach unten gelaufen, um seine besten Bogenschützen zu sich zu holen. Die Adler formierten sich erneut und einer sauste im Sturzflug auf Henry hinab. Die Bogenschützen visierten an und feuerten. Die Pfeile flogen durch die Luft und zwei davon durchbohrten das Tier, das tödlich verletzt den Abgrund hinabstürzte. Henry und Charles nahmen diesen erneuten Angriff zum Anlass, einen gehörigen Zahn zuzulegen. Geschickt kletterten sie den Felsen empor, während die Adler über uns kreisten. Minütlich wuchs die Anzahl der Tiere. Bald wurde uns klar, dass ein Weiterklettern nicht möglich war. Gute vierzig Meter trennten uns noch von den Grundmauern. Das war zu viel, um sie unbeschadet zu überstehen. Henry hatte mittlerweile den Felsvorsprung erreicht, dicht gefolgt von Charles, der die letzten Meter schnaufend hinter sich brachte. Die Adler kamen uns zum wiederholten Male gefährlich nahe und konnten nur durch den erneuten beherzten Einsatz der Bogenschützen abgewehrt werden. Der Zugang zur Mine war durch eine schwere Holztüre gesichert und mit einem verrosteten Schloss versperrt. Ich zog mein Schwert hervor, holte aus und zerschmetterte das Metall mit meiner Klinge. Knarrend öffnete sich die Holztüre und uns wehte ein modriger Luftzug entgegen. Wir warfen Constantin einen letzten Blick zu, danach verschwanden wir in der Dunkelheit und schlossen die Türe hinter uns.

Richard tastete sich ängstlich durch den Nebel, auf der Suche nach dem Ausgang. Immer wieder verließ ihn die Kraft und er fiel. Wie tief wusste er nicht, starke Schmerzen erschütterten jedoch den mittlerweile stark geschundenen Körper. Er war der Verzweiflung nahe und wollte nichts sehnlicher, als dieses grausame Labyrinth zu verlassen. Nach einer gefühlten Ewigkeit fand er den Ausgangspunkt und das Seil, das immer noch über seinem Kopf baumelte. Mit aller Kraft stieß er sich vom Boden ab, doch es war unmöglich, es zu erreichen. Nervlich am Ende, brach er zusammen und blieb schluchzend am Boden liegen. Sein Blick richtete sich einem schwachen Lichtschein entgegen, der den Weg durch den Dunst zu ihm fand. Eine Gestalt kam auf ihn zu, so wunderschön und rein. Es war sein Hoffnungsschimmer an einem Ort, an dem es kein Erbarmen gab. Vor ihm stand die bezauberndste Erscheinung, die er je zu Gesicht bekommen hatte. Richard stand auf und reichte ihr die Hand. Die erste Berührung elektrisierte und berauschte zugleich. Ein Blick und ein Lächeln, da spürte er zum ersten Mal reine Glückseligkeit. „Folge mir, ich zeige dir den Ausgang", hörte er eine Stimme in seinem Kopf hallen. Die Vernunft war verflogen und er war bereit, sich dieser Erscheinung hinzugeben. Mit einem Lächeln auf den Lippen führte sie ihn fort. Sie verschwanden im Nebel und Richard wurde nie wiedergesehen.

Constantin war erleichtert und doch quälten ihn sorgenvolle Gedanken. Er wusste nicht, welche Gefahren auf die vier Herren in der Dunkelheit des Berges warteten. Doch eines war ihm bewusst, der Tod lauerte auf jedem Meter des steinigen Weges. Hatte er sie am Ende ins Verderben geschickt? Es war müßig, darüber nachzudenken, denn ihr Ende wäre auch gleichzeitig sein eigenes.

KAPITEL 14

Finsternis umgab uns. In der Ferne konnte man monotones Plätschern vernehmen. Charles und ich entzündeten unsere Laterne, die tanzende Flamme warf ihren schwachen Schatten die Felswand entlang. Der Boden bestand aus feinem Geröllstaub, die Wände waren feucht, vor uns lag ein schmaler Gang, der ins Nichts zu führen schien. „Ich habe ein äußerst unangenehmes Gefühl, es riecht nach Tod", meinte Stew, der mit einem Stück Stoff seine Wunde am Kopf versorgte. „Du hast recht. Hier gibt es keinerlei Fluchtmöglichkeiten außer diesem einen Weg. Trotz alledem sind unsere Chancen, das Schloss über diesen Weg zu erreichen, höher, als die Felswand zu bezwingen. Es grenzt an ein Wunder, diese Kletterpartie unbeschadet überstanden zu haben. Wir sollten das Glück nicht zu sehr strapazieren. Ich habe mich bezüglich dieses Bergwerks mit Constantin unterhalten. Er hatte alte Pläne, die einen Zugang zum Schloss zeigten. Dieser Berg wurde einst durchlöchert, als wäre er ein Stück Käse. Daraus folgt, wir können uns leicht verirren. Laut Aufzeichnungen führt uns der Weg immer geradeaus. Wir sollten tunlichst zusammenbleiben und auf der Hut sein." „Mir gefällt dieser Ort ganz und gar nicht. Das liegt jedoch an schlechten Erfahrungen in meiner Kindheit. Dort unten, in dieser verwunschenen Schlucht, habe ich diese gerade eben erneut durchleben müssen", meinte Henry und blickte ungeduldig um sich. „Wir wurden allesamt mit erschreckenden Bildern konfrontiert. Doch nichts davon konnte uns etwas anhaben", sagte ich und klopfte Charles dabei auf die Schulter. „Ist alles in Ordnung, mein Freund? Entschuldige meine Direktheit, doch dein Gesichtsausdruck wirkt äußerst verstört." „Alles gut. Das Erlebte war sehr bedrückend für mich. Es handelte sich eher um eine erschreckende Vision, als um eine Erinnerung." „Dann hoffen wir, dass sie nicht zur Realität wird", übernahm ich das Wort. „Wir sollten los. Wer weiß, welche Schwierigkeiten unseren Weg noch verzögern werden." Ich trug die Laterne vor mich her und sorgte dadurch für die bestmögliche Ausleuchtung. Sämtliche Sinne waren in Alarmbereitschaft versetzt. Wir bewegten uns langsam den Gang entlang und setzten behutsam einen Fuß nach dem anderen. Der Boden war teilweise feucht, an manchen Stellen so glatt, dass man Mühe hatte, sich auf den Beinen zu halten. Es herrschte gespenstische Stille, die nur durch unsere Atemgeräusche und Schritte durchbrochen wurde. Einzig das Plätschern von Wasser war immer deutlicher zu hören. Vorsichtig stolperten wir weiter den spärlich ausgeleuchteten Stollen entlang. Die Felswände schimmerten rostbraun im schwachen Kerzenschein. Der Boden war übersät mit kleinen und großen Steinen, dazwischen konnte man korrodierte Reste von Schienen erkennen. Immer weiter führte uns der Weg ins Innere des Berges. Nach einiger Zeit verbreitete sich der Gang und mündete in einer steinernen Halle. Die Größe war nur schwer abschätzbar, doch der Widerhall unserer Geräusche ließ auf gewaltige Dimensionen schließen. Im schwachen Schein unseres Lichts konnten wir die schimmernde Oberfläche eines unterirdischen Sees ausmachen. Wir traten ans Ufer und erkannten Bergbaugeräte, Grubenhunde und Metallschienen. In der Mitte wurde das Wasser tiefer, denn außer Dunkelheit war nichts zu erkennen.

„Hat Constantin auch diesen See erwähnt? Wie sollen wir hier bloß den Aufgang zum Schloss finden?", fragte Stew in die Runde, während er die Temperatur des Wassers testete.

„Um die zehn Grad, schätze ich." „Der Umstand, dass wir es mit einem gefluteten Stollen zu tun haben, ist im Orden nicht bekannt. Sonst hätte Constantin es wohl kaum als möglichen Weg vorgeschlagen", meinte ich nachdenklich. „Der Plan des Stollens, den ich gesehen habe, war authentisch. Ungefähr zwölf Meter geradeaus befindet sich ein Gang, der in einen Aufgang mündet." „Doch genau jener ist geflutet, Jon. Wie sollen wir den Aufgang erreichen?" Nachdenklich richtete ich meinen Blick auf die schimmernde, ruhige Wasseroberfläche. „Ich frage mich gerade, welche Alternativen wir haben. Weiter über die Felswand, das werden wir nicht überstehen. Zurück durch die Schlucht, das brauchen wir ebenfalls nicht in Erwägung zu ziehen." „Durch einen Stollen zu tauchen, dessen Länge unbekannt ist, finde ich ebenfalls äußerst gewagt. Das Wasser ist eisig und niemand weiß, was sich in der Tiefe befindet", meinte Stew. Charles stand ungeduldig hinter uns. Auf einmal entledigte er sich unnötiger Kleidungstücke, stellte sich ans Ufer und meinte: „Ich glaube zu wissen, in dieser dunklen Höhle werde ich mein Ende nicht finden. Folgt mir, wir werden es schaffen." Mit diesen Worten begab er sich, ohne mit der Wimper zu zucken, ins eisige Nass, paddelte mit der einen Hand und hielt die Laterne mit der anderen fest.

Etwas überrascht sahen wir ihm nach, taten es ihm zögerlich gleich und begaben uns ebenfalls ins Wasser. „Rund fünfzehn Minuten Überlebenschancen bei dieser Kälte. Wir sollten uns beeilen", stotterte Henry, der sich direkt hinter mir befand. Das Echo unserer Schwimmbewegungen hallte als einziges Geräusch durch die Halle. Die Kälte hatte auch etwas Gutes, denn sie lähmte unsere Gedanken. Was sich unter uns in der Dunkelheit befand, wussten wir nicht und es war gut, nicht näher darüber nachzudenken. Fokussiert schwammen wir der Felswand entgegen. Dort angekommen, nahm Charles meine Laterne, die wasserdicht war und tauchte ab. Von der Oberfläche aus konnte man seinen Schatten erkennen, der sich langsam fortbewegte. Kurz später tauchte er erneut auf. „Ich habe den Eingang zum Stollen gefunden. Wie du sagtest, Jon, befindet der sich zwei Meter unter uns. Bis an sein Ende kann man natürlich nicht blicken. Ich denke, es ist möglich, den Aufgang zu erreichen. Ich schwimme voraus." Charles holte einige Male tief Luft, tauchte ab und verschwand in der Tiefe. Unmittelbar danach folgten Henry und Stew.

Ich wartete einen kurzen Moment, schnappte ebenfalls nach Luft und tauchte hinab. Unter Wasser war es vollkommen finster. Hatten wir den Eingang zum Stollen einmal erreicht, war verschwimmen ausgeschlossen. Es gab nur eine mögliche Richtung und in diese versuchten wir, so schnell es ging, zu tauchen. Sekunden fühlten sich wie Minuten an. Das immer intensiver werdende Geräusch meines pulsierenden Herzens war das Einzige, das mich voranpeitschte. Die niedrigen Temperaturen waren längst vergessen. Nun zählte jede Sekunde. In der dunkelsten Höhle unter Wasser gefangen, lernt man auch das Selbstverständlichste zu schätzen. Der Sauerstoff, das Lebenselixier schlechthin, wurde allmählich knapp. Das beklemmende Gefühl wurde mächtiger. Zug um Zug kämpften wir uns durch die Dunkelheit, während die Muskeln erneut zu brennen begannen. Das letzte Aufbegehren meiner Zellen, die verzweifelt nach Nahrung lechzten. Ungeahnt, welche Kräfte man entfesseln kann, wenn es ums blanke Überleben geht. Eine Minute war längst vergangen, die Umkehrzeit war überschritten. Der brennende Schmerz in der Brust wurde unerträglich. Der Schädel dröhnte und ich war unfähig, einen Gedanken zu formulieren. Die Instinkte übernahmen das Kommando und Überleben war ihr Motto. Krämpfe zermarterten meinen Körper, lange würde mein Kreuzweg nicht mehr dauern. Abrupt stieß ich gegen eine Wand. Das letzte Aufbegehren entlud sich in panikartigem Drehen und Wenden. Der Treibstoff war aufgebraucht. Ich blickte hilfesuchend nach oben und erkannte ein schwaches, verschwommenes Licht. Ich verharrte kurz, doch Aufgeben wäre nun zu einfach gewesen. Ich stieß mich vom Boden ab und mit letzten Kräften tauchte ich dem Licht entgegen. Da durchbrach ich die Wasseroberfläche und erreichte den rettenden Aufgang. Panisch schnappte ich nach Luft, Sauerstoff durchströmte meinen Körper und hauchte mir neues Leben ein. Allmählich beruhigte sich mein Herzschlag und die Fähigkeit, Gedanken zu konstruieren, war wieder zurück. Schnaufend nahm ich auf den Stufen Platz und blickte in die erschöpften Gesichter meiner Mitstreiter.

Alle hatten wir diesen Tauchgang mehr oder weniger gut überstanden. „Nie wieder möchte ich so etwas erleben", stammelte Henry, der gerade dabei war, die nasse Kleidung auszuwinden. „Wie geht es nun weiter?", stotterte Stew, der ebenfalls außer Atem war. Ich benötigte einen Moment, um meine Fassung zurückzuerlangen. „Diese Stufen münden in den Kellergewölben der Festung. Ab nun müssen wir uns behutsam vorantasten, ohne jegliche Aufmerksamkeit zu erregen. Bei der erstbesten Gelegenheit informieren wir Constantin, der den Sturm entfesseln wird." Wir trockneten unsere Kleider, so gut es ging, und setzten danach unseren Weg fort. Die Stufen führten einige Stockwerke empor, bis wir vor einer Holztüre Halt machten. „Wir haben den Eingang zum Schloss erreicht. Seid ihr bereit?", daraufhin nickten meine Verbündeten zaghaft.

Behutsam drückte ich die Klinke nach unten. Zu meiner Verwunderung war der Eingang nicht versperrt. Offensichtlich rechtete keiner damit, dass jemand den Weg durch die Mine wählte. Wir fanden uns in einer der Kellerräume wieder. Ein schwaches Licht drang durch vergitterte Löcher in den Mauern. Die Luft war abgestanden, die Wände überzogen von weißem Schimmel und der Boden zerfurcht und ausgeweidet. Vlads Söldner waren stets auf der Suche nach toter Erde, eines der Lebenselixiere des dunklen Fürsten. Da sich im Moment außer uns niemand in dem Gewölbe aufhielt, setzten wir unseren Weg unbeirrt fort. Wir erreichten einen Korridor, an dessen Wände Fackeln tänzelten und für ausreichend Licht sorgten. Am Ende des Gangs befand sich der Aufgang zur Eingangshalle, der von zwei dunklen Gestalten bewacht wurde. „Seht ihr die beiden?", wisperte Stew, der um die Ecke schielte. Ich bejahte und war schon bereit, das Schwert zu ziehen, da hielt mich Charles zurück und meinte: „Nicht hier, geht zurück zum Gewölbe und wartet dort auf sie. Ich werde die beiden dort hinlocken und dann machen wir kurzen Prozess mit ihnen." Der Plan schien sinnvoll zu sein, deshalb bestätigte ich den Vorschlag durch Kopfnicken. Wir wandten uns um, gingen zurück und warteten neben dem Eingang. Charles trat auf den Gang, schnippte mit den Fingern und erlangte umgehend die uneingeschränkte Aufmerksamkeit der Söldner. Überrascht wandten sich beide um und stürzten sogleich Charles entgegen. Dieser sprintete, so schnell es ging, zur Gewölbetüre. Als beide hindurchliefen, erwarteten wir sie bereits mit gezückter Klinge.

Einem der Vampirsöldner bohrte ich mein Schwert tief in den Oberkörper, zog es wieder heraus und schlug ihm mit einem kraftvollen Schlag den Kopf vom Rumpf. Dem zweiten erging es nicht besser. Stew und Henry hielten ihn fest, während ich die Klinge durch sein Herz trieb. Leblos sackten beide zusammen und blieben in ihrer eigenen Blutlache liegen. Ich nahm einen ihrer Mäntel, reinigte damit mein Schwert und steckte es zurück in die Scheide. Einer der beiden trug einen übelriechenden Umhang mit Kapuze. „Jon, ziehe dir dieses Kleidungstück über", meinte Charles. „Wer weiß schon, was nun weiter geschieht. Nicht jeder sollte unmittelbar dieses Schwert sehen." Was er sagte, klang einleuchtend. Ich zog mir den Mantel über und verdeckte die Klinge auf meinem Rücken. „Wir sollten die Körper verscharren, bevor sie von jemandem entdeckt werden." „Ich kümmere mich darum", meinte Charles wie aus der Pistole geschossen. Dann griff er nach einem rostigen Spaten, der an der Wand lehnte, und begann, damit ein Loch auszuheben. „Geht ruhig, ich schaffe das alleine. Wir treffen uns in der Eingangshalle." „Gut, Charles, bis nachher", meinte ich und Stew und Henry folgten mir den Gang entlang, zurück zum Treppenaufgang.

Charles wartete, bis die drei das Gewölbe verlassen hatten. Danach schleuderte er den Spaten wütend zur Seite. Alles war eingetreten, wie er es in den nebligen Tiefen gesehen hatte. War es Verrat an seinen Freunden oder notweniges Übel? Schlechtes Gewissen ließ er nicht aufkommen, denn von niemandem sonst wurde so ein hoher Preis verlangt. Doch warum bloß? Diese Frage stellte er sich, seitdem er die Schlucht verlassen hatte. Oder war die eigene Geschichte doch nicht in Stein gemeißelt und ließ sich verändern? Hoffnung keimte auf, denn momentan konnte er den weiteren Verlauf noch beeinflussen. Zug um Zug bewegten sich die Figuren in einem Spiel, in dem jeder seine ihm zugedachte Rolle einnehmen musste. Es war nun allein an ihm, den nächsten wichtigen Impuls zu setzen. Er hatte jede nur erdenkliche Variante durchgespielt und das Ende war immer dasselbe geblieben. Er hockte sich neben die Tür und wartete, denn seine Zeit war noch nicht gekommen. Zum ersten Mal in seinem Leben fand er es angebracht, ein Gebet zu sprechen.

„Es dauert bereits zu lange", dachte Constantin, der nervös auf und ab ging. Alle fünf Minuten suchte er ungeduldig jedes ersichtliche Fenster mit seinem Fernglas ab. Von den vieren war nichts mehr zu sehen, seit sie im Bergwerk verschwunden waren. Ihm war bewusst, welche Verantwortung er schultern musste. Ohne ein Zeichen würde er keinen Angriff wagen. Er war nicht bereit, seine Leute ohne Aussicht auf Erfolg zu opfern. Trotzdem war es an der Zeit, die Truppen in Stellung zu bringen. Rashid war mittlerweile am Turm erschienen. „Es ist so weit, alles wie besprochen. Ein Teil soll den Hügel erklimmen, der Rest wartet hier in der großen Halle und greift vom Weg aus an. Wir sollten jeden Moment losschlagen können. Kein Angriff ohne meinen ausdrücklichen Befehl", Rashid nickte und machte sich auf den Weg, um seine Streitkräfte zu koordinieren.

„Hörst du etwas?", flüsterte ich. Bei den Stufen angekommen, blickten wir nach oben, jedoch machte uns die sonderbare Stille stutzig. „Vielleicht sind sie bereits ausgeflogen?" „Wie auch immer, wir sollten äußerst vorsichtig vorgehen", meinte Stew, der dabei war, die Stufen hinaufzuschleichen. Wir taten es ihm gleich und betraten zwei Stockwerke später die große Eingangshalle. Finstere Erinnerungen kamen beim Anblick der großen Flügeltüre unweigerlich in mein Gedächtnis zurück. Kein gutes Andenken, das mich mit diesem Ort verband. Der schwere Kronleuchter baumelte über unseren Köpfen und war hell erleuchtet. Der Eingang zum Festsaal war geschlossen, durch das Bleiglasfenster oberhalb drang Licht hindurch. Ein Gewirr aus Stimmen drang an unsere Ohren, anscheinend fand im Festsaal eine Abstimmung statt. „Die Eingangshalle unbewacht? Ist doch sonderbar, oder?", meinte Henry, der sich besorgt umsah. Wir stimmten ihm zu. „Wo bleibt Charles?", fragte Stew. „Er wird klarkommen. Wir sollten uns einen Überblick verschaffen und einen Blick in den Saal werfen. Vielleicht befinden sich Dracula und Mina darin. Im ersten Stock gibt es ein Zimmer mit einem Fenster, von dem aus man den Festsaal überblicken kann. Kommt, wir müssen ohnehin von hier weg. Es ist wohl der ungünstigste Ort, um zu verweilen", meinte ich und schlich die Treppen empor. Oben angekommen, war auch auf den Gängen niemand anzutreffen. Somit setzten wir unseren Weg fort und erreichten das besagte Zimmer kurz später. Vorsichtig öffnete ich die Tür und zu meiner Erleichterung befand sich niemand darin. Das Zimmer war im gleichen Zustand wie vor fünf Jahren. Ein altes, verstaubtes Doppelbett stand darin, ein paar morsche Schränke und ein schmutziger Teppich. Vor allem war das besagte Fenster ebenfalls noch vorhanden.

Vorsichtig schlichen wir durch den Raum und spähten gespannt durch das verstaubte Glas. Im Saal befanden sich unzählige Krieger. Viele trugen dunkle Mäntel, manche eine Rüstung oder einen Brustpanzer sowie Schwerter und Helme aus Metall. Ich ließ meinen Blick über diese Meute schweifen und am anderen Ende erblickte ich nach so vielen Entbehrungen den Ursprung und die Lösung meines Leidens. In der Mitte thronte Dracula, der König der Nacht. Daneben saß sie im schwarzen Kleid, mit dunkelrotem Korsett und versteinertem Gesichtsausdruck, meine Mina. Mein Herz tanzte, denn ich war offenbar nicht zu spät. So lange sehnte ich mich schon nach diesem Augenblick. Die Entbehrungen der letzten Wochen und die daraus resultierende, verzehrende Ungewissheit fanden vorerst eine Antwort. Sie war am Leben und offensichtlich wohlauf. So viele Stunden waren vergangen seit unserem letzten Abschied, zum Greifen nah und doch war sie Lichtjahre von mir entfernt. Neben ihr saß die Gestalt, die wir bereits vor einigen Tagen vom Turm aus beobachten konnten. Anscheinend führte dieses Wesen Vlads Streitkräfte an. Der Anblick der Kreatur war so angsteinflößend, dass sogar der Tapferste aller Männer so rasch, wie nur möglich, das Weite suchen würde. Diese Erscheinung musste direkt aus der Hölle emporgestiegen sein, davon ausgehend, dass sich diese unter uns befindet. Das Wesen trug einen silbernen Brustpanzer, darauf prangte das Emblem des roten Drachen. Das Gesicht blassgrau gefärbt, rote Streifen schlängelten sich über die zugespitzten Wangenknochen. Blutunterlaufene Adern durchzogen seine glühenden Augen. Ein Blick, der ausreichte, um einen zu töten.

Soweit wir das von unserem Versteck beurteilen konnten, fand gerade eine Diskussion statt. Vorsichtig öffnete ich das Fenster einen Spaltbreit, um die ein oder anderen Wortfetzen aufschnappen zu können. Da erhob sich Vlad und sprach zu seinen Untergebenen. „Heute Bistrita, morgen Bukarest und danach die ganze Welt. Ab sofort sind wir dabei, einen Krieg zu beenden, der vor langer Zeit begonnen hat. Ihr seid die neuen Herren, holt euch, was euch zusteht. Wir werden siegreich bleiben, denn mit uns reist der Tod und der gewinnt immer. Lange schon rufen sie nach uns. Wir erhören die Stimmen der Menschen und erlösen sie von ihren Leiden. Die sich uns, der überlegenen Spezies, anschließen möchten, sind willkommen. Diejenigen, die sich in den Weg stellen, werden erbarmungslos zermahlen. Niemand vermag es, unsere Pläne zu durchkreuzen. Weder jene, die glauben, am Licht festhalten zu müssen, noch diejenigen, die ungefragt in mein Haus eingedrungen sind." Dabei wandte er seinen Blick zum Fenster und zeigte mit der rechten Hand in unsere Richtung. „Euer Weg ist hier zu Ende. Ergreift sie und bringt sie zu mir."

Erschrocken blickten wir uns gegenseitig an, da wurde bereits polternd die Zimmertüre aufgestoßen. Einige Krieger stürmten herein und bevor wir uns aufrichten konnten, hatten sie uns schon gepackt und zerrten uns hinaus auf den Gang. Mit eisernem Griff führten sie uns unsanft die Treppen nach unten, stießen die Türe zum Festsaal auf und schleppten uns bis vor Draculas Thron. Dort angekommen, ließen sie uns los, verbeugten sich und verließen den Saal. Ein Raunen ging durch den Raum, die Blicke der Anwesenden waren auf uns gerichtet. Im Zentrum meines Kummers angekommen, blickte ich auf und sah in Vlads ernste Miene. Er wirkte jünger als bei unseren letzten Treffen. Sein Körper war kräftig und sein Blick entschlossen. Minas Antlitz hingegen war müde, blass und teilnahmslos. Keine Rührung war in den leeren Augen sichtbar. Starr richtete sie ihren Blick gleichgültig in meine Richtung. Ihr warmherziges Wesen war verflogen. Hatte ich sie am Ende längst verloren?

„Meinen Warnungen zum Trotze seid ihr zu mir gekommen, um zu verhindern, was nicht aufzuhalten ist. Wir hatten einen verzweifelten Befreiungsversuch erwartet. Zu meinem Bedauern muss ich euch mitteilen, die Zeit ist abgelaufen. Mina ist längst den Weg eines jeden Sterblichen gegangen und nach so vielen Jahren sind Elisabeth und ich wieder vereint. Ihr werdet bereits erkannt haben, dass ich mich momentan um bedeutendere Vorgänge kümmern muss. Ich werde dir diesmal nicht dieselbe Aufmerksamkeit schenken können, wie es beim letzten Besuch der Fall war. Der Drache hat das Bitten und Flehen der Menschen erhört. Nun breiten wir unsere Schwingen aus, um die Sterblichen zu erlösen. Seit Anbeginn der Zeit wütet die Schlacht um die Vorherrschaft in dieser Welt. Früher oder später gewinnt die Finsternis, wird sie doch von so vielen Seelen genährt. Viele folgen bereits heute unseren Rufen und stündlich werden es mehr. In Anbetracht meiner Macht seid ihr vergleichbar mit Insekten, die blind dem Licht folgten. Es wäre für mich ein Leichtes, euch auf der Stelle zu töten." Er zeigte auf zwei Krieger und meinte: „Vier waren es, die den Felsen erklommen. Den Fünften forderte die Schlucht als Tribut. Findet den Letzten, denn er befindet sich irgendwo in diesem Gebäude." Die zwei verbeugten sich und verließen im Laufschritt den Saal.

Einen Moment lang kreuzte sich mein Blick mit dem der Kreatur links von Vlad. In dessen Augen loderte ein Feuer, das mich umgehend durchdrang. Es kroch in mich hinein, entflammte einen Schmerz, der mein Innerstes zutiefst erschütterte. Niemals zuvor hatte ich solche Empfindungen gehabt. Mein Kopf pochte, meine Glieder schmerzten und mein Herz brannte. Was war das bloß für ein Wesen, dessen Blick ausreichte, um einen Menschen zu vernichten?

„Mutig, Jon, dem Tod in die Augen zu blicken. Er selbst nennt sich Targul, der Pförtner des brennenden Tores. Ein jeder muss es früher oder später durchschreiten, um zu mir zu gelangen. Ich bin vorbereitet, ein mächtiger Verbündeter, der an meiner Seite kämpft. Ich habe ihn aus den Untiefen zu mir bestellt, um mein Heer zum Sieg zu führen. Kein Schwert und keine Kugel kann ihm etwas anhaben, denn er besteht nicht aus Fleisch und Blut. Du siehst, alles ist für meinen Triumphzug vorbereitet. Was wollt ihr Würmer mir entgegensetzen?"

Noch immer am Boden kniend, richtete ich mich jetzt auf. „Einem Mann, der seinem Henker gegenübersteht, gewährt man doch einen letzten Wunsch? Deine Klinge soll es sein, die mich zur brennenden Pforte befördert. Bis es so weit ist, möchte ich mich dagegen zur Wehr setzen." Da erhob sich der Drache von seinem Thron. „Dein Mut, mir ein Duell vorzuschlagen in allen Ehren. In Anbetracht deiner Entbehrungen, die dich am Ende zu mir brachten, bin ich gewillt, dir deinen letzten Wunsch zu erfüllen", meinte er und griff nach seinem Schwert. Da ließ ich den Umhang fallen, nahm die Klinge und hielt sie ihm drohend entgegen. Dracula erkannte umgehend, um welches Schwert es sich handelte, denn sein Blick verfinsterte sich. „Wie ich sehe, bist du diesmal vorbereitet. Wenn du meinst, mich alleine besiegen zu können, irrst du gewaltig. Meine Männer werden es nicht zulassen. Das mächtigste Schwert ist nur so stark wie derjenige, der es trägt. Ein Sterblicher kann die Macht nicht entfesseln und kontrollieren, noch viel weniger, glaube mir, ich weiß, wovon ich spreche, war ich doch selbst einer." „Am Ende des Tages wird sich herausstellen, welche Macht gestürzt wird, denn alleine bin ich weiß Gott nicht."

Mit einem Satz stürzte der Drache auf mich zu, holte aus und schlug einmal, zweimal, dreimal hart auf mich ein. Die Wucht seiner Schläge ließen mich zu Boden stürzen. Auf dem Rücken liegend, konnte ich mit Müh und Not die Schläge abwehren. Töricht zu glauben, ich könnte einen so mächtigen Gegner besiegen. Da packte er mich am Kragen, zog mich empor und blickte mir in mein geschundenes Gesicht. „Du dachtest, der Weg bis hierher war schmerzhaft? Warte bloß, es war erst der Anfang." Darauf schleuderte er mich in hohem Bogen durch die Luft und ich knallte hart auf den Steinboden. Ich blickte auf, da sah ich Vlad, der bereits breitbeinig über mir zu stehen kam und sein Schwert an meine Kehle drückte. „Schon Zeit, aufzugeben?" Nein, war die einzig mögliche Antwort. Ich drehte mich zur Seite, stand auf und hielt ihm mein Schwert entgegen. Er nickte anerkennend. „Gut so, ich mag es, wenn sich meine Beute wehrt."

Mein Stand war fest und ich konnte die nächsten Schläge parieren. Unsere Klingen kreuzten sich und umso länger der Kampf dauerte, desto besser und schneller wurden meine Bewegungen. Der Stahl klirrte, geschickt wich ich seinen Schlägen aus und konnte bereits den einen oder anderen Gegenangriff starten. Einen kurzen Moment der Unaufmerksamkeit, da holte ich aus und die Spitze meines Schwertes ritzte eine Wunde in seinen Oberarm. Ein Raunen ging durch den Saal. Dracula griff nach der blutenden Wunde und warf mir einen wutentbrannten Blick zu. „Bis jetzt war es ein Spiel, doch nun sollst du meinen Zorn spüren." Grollend vor Wut ließ er sein Schwert auf mich niederdonnern, sodass ich äußerste Mühe hatte, nicht umzufallen. Mina starrte völlig teilnahmslos ins Leere, vollkommen unbeeindruckt von dem Schauspiel, das sich vor ihren Augen abspielte.

Ich hoffte bloß, Charles war sich seiner Rolle bewusst. Nun war der richtige Zeitpunkt gekommen, ich könnte Unterstützung brauchen. Er war der Einzige, der unserem Blatt noch zur Wendung verhelfen konnte.

KAPITEL 15

Immer noch auf dem Boden kauernd, badete Charles in Selbstmitleid. Plötzlich konnte er Schritte am Gang vernehmen. Sie suchten ihn bereits, die Schlinge zog sich enger. Der finale Akt hatte bereits begonnen, es war Zeit, die Bühne zu betreten. Solange man noch am Leben ist, war das Schicksal nicht in Stein gemeißelt. Mit solchen Gedanken versuchte er, sich Mut zu machen. Er stand auf, öffnete die Türe einen Spaltbreit und spähte nach draußen. Da sah er sie bereits, die dunklen Krieger. Einer kam direkt auf die Türe zu. Er atmete noch einmal tief durch, nahm seinen Revolver und zielte. Ein letzter Moment verstrich, dann wurde die Türe aufgestoßen. Charles schoss dem überraschten Vampir in den Kopf, sprang zu ihm hinüber, zückte sein Messer und schnitt ihm die Kehle durch. Schlagartig richtete sich die Aufmerksamkeit sämtlicher Söldner auf ihn. Er lief auf den Gang, da warteten schon zwei weitere auf ihn. Ohne zu zögern, setzte er beide außer Gefecht und sprintete die Treppe empor. Die Halle war voller Krieger, sodass es unmöglich war, zur schweren Eingangstüre zu gelangen. Überrascht von diesem Auftritt, blickten ihn die Soldaten an. Mit voller Kraft stieß er zwei die Treppe hinab, schoss drei weiteren in den Oberkörper und hastete die Treppen hinauf. Sein Ziel war einer der Türme. Einem wilden Raubtier gleich, raste er die Treppen nach oben und schoss auf jeden, der sich ihm in den Weg stellte. Er bezwang Stockwerk um Stockwerk und zerrte beim Vorbeilaufen an einer Fahne des Drachen, sodass diese aus der Verankerung sprang. Bald war er auf dem Turm angekommen. Er stieß die Türe auf, schnappte sich eine Fackel und stürmte ins Freie. Er entzündete die Fahne und hielt den brennenden Drachen dem Himmel entgegen.

Constantin starrte gebannt durch sein Fernrohr. Sofort bemerkte er Charles mit der brennenden Fahne. Das war das Zeichen, auf das er so lange gewartet hatte. Freude überkam ihn, denn sie waren noch am Leben. Seine Miene verfinsterte sich jedoch erneut, denn unzählige Krieger liefen durch die Türe aufs Dach und stellten sich Charles gegenüber. Dieser wich zurück und wurde immer weiter Richtung Abgrund gedrängt.

Sein Revolver war leer, die letzten Kugeln verschossen. Er überließ die brennende Fahne dem aufkommenden Wind, ließ seine Waffen fallen und blieb an der Dachkante stehen. Der letzte Anblick sollten nicht die hässlichen Fratzen dieser Söldner sein. Er wandte sich ab und blickte Constantin in die Augen. Fassungslos starrte dieser durch sein Fernglas und beobachtete einen der Krieger, der sich hinter Charles in Stellung brachte. Der schloss die Augen und war bereit, seinem Schöpfer gegenüberzutreten. Der Vampir legte trostvoll seine Hand auf Charles Schulter und flüsterte ihm eine letzte Botschaft ins Ohr. Er nahm sein Schwert und durchbohrte seinen Oberkörper. Er zog die Klinge heraus und stieß den leblosen Leib hinab in die Schlucht.

Constantin war durchaus bewusst, diese Nacht würde Opfer bringen. Jedoch solch eine schockierende Tat mit anzusehen, war eine für ihn nie da gewesene Dimension des Schreckens. In seinem Innersten bebte es. Er empfand tiefe Abscheu und große Wut. Vorwürfe, selbst daran schuld zu sein, nagten an seinem Gewissen. Er war nun fest entschlossen, diesem furchtbaren Treiben ein Ende zu setzen, koste es, was es wolle. Die Sonne war längst untergegangen, der Himmel klar und tausende kleine Lichter funkelten am Firmament. Die Sicht war einwandfrei, denn in der Ferne konnte man die mattrüben Bergketten erkennen. Es war grimmig kalt geworden, trotzdem standen Constantin die Schweißperlen auf der Stirn. Auf dem Schlosshof wimmelte es nur so von dunklen Kriegern. Aus allen Himmelsrichtungen kamen sie mittlerweile angekrochen, um dem Ruf des wiederauferstandenen Drachen Folge zu leisten. Banner wehten im schwachen Wind, Zelte wurden aufgestellt und Lagerfeuer erhellten den Platz. Die Truppen des Ordens hatten sich inzwischen unbemerkt in Stellung gebracht und warteten auf den Einsatzbefehl. Nun war der Zeitpunkt gekommen, alles auf eine Karte zu setzen. Constantin gab Artur das Zeichen, der umgehend mit seinen Leuten damit begann, den Sichtschutz der Katapulte zu entfernen. Die Bogenschützen brachten sich in Stellung, die Feuerstellen wurden entfacht. Die Kriegsgeräte geladen und die Geschosse befeuert.

Nach kurzer Zeit stand alles bereit. Constantin holte tief Luft und schmetterte das Horn, das die erste Angriffswelle ankündigte. Er hob seine Hand, sprach ein letztes Stoßgebet und gab Befehl zu feuern.

Mit tosendem Lärm sausten die Geschosse durch die Luft und eines nach dem anderen detonierte mit lautem Donnergrollen auf dem Schlosshof. Völlig überrascht von diesem Angriff, brach Panik unter den Vampirkriegern aus. Sie sprangen auf und liefen wirr hin und her, versuchten dabei zu retten, was noch zu retten war. Die Zelte fingen Feuer und bald darauf stand der Burghof in Flammen. Gerade war die erste Angriffswelle vorbei, da kamen schon die nächsten Geschosse geflogen. Hell blitzten die Explosionen und zerfetzen die getroffenen Soldaten in tausend Stücke. Die Druckwelle der Detonation erfasste die unmittelbare Umgebung und schleuderte die Krieger weit durch die Lüfte. Viele von ihnen fingen Feuer und irrten brennend und kreischend umher. Ihr Wehklagen hallte durch die Nacht und ihr schmerzvolles Martyrium dauerte, bis so mancher für immer verstummte. Das Feuerwerk der Vergeltung prasselte auf sie herab und ließ sie im aufkommenden Wind brennend tanzen. Das war das erste Vorzeichen des epischen Sturmes, den Constantin gerade unwissend entfesselt hatte.

Die Bogenschützen waren die nächsten und erhielten den Feuerbefehl. Eine Flut aus Pfeilen verdunkelte das Mondlicht, sauste durch die Luft und prasselte todbringend auf die verstörten Krieger hinab. Eine Salve nach der anderen surrte durch die Nacht und ließ die Getroffenen durchlöchert zurück. Verzweifelt liefen die Soldaten hin und her auf der Suche nach einem Unterschlupf.

Constantin atmete erleichtert auf, denn bislang verlief der Angriff, wie er sich das vorgestellt hatte. Der Überraschungseffekt war auf ihrer Seite und es würde noch Zeit brauchen, bis sich der Feind sammelte und zum Gegenschlag ausholte. Er wusste jedoch, solange diese Festung weiterhin die Landschaft dominierte, konnten sie den Gegner ärgern, vernichten jedoch nicht. Es war an der Zeit das Wespennest anzugreifen, das Risiko, dadurch einen Orkan zu entfesseln, mit eingerechnet.

Er gab Artur das vereinbarte Zeichen. Daraufhin veränderten sie den Winkel einiger Katapulte, entfachten die Munition und schickten die tödliche Ladung Richtung Festung. Ohrenbetäubende Explosionen erschütterten die mächtigen Mauern. Die Brandgeschosse durchlöcherten erbarmungslos das verstaubte Bollwerk. Steine wurden durch die Lüfte geschleudert und nachdem sich der Rauch verzogen hatte, klafften dort enorme Löcher, als wären es aufgerissene Wunden. Der erste Turm fing Feuer und stand schon kurz darauf lichterloh in Flammen. Er ähnelte einer riesigen Fackel, die hell lodernd dafür sorgte, das zerstörerische Schauspiel ins richtige Licht zu rücken. Mauerreste stürzten ein und vergruben den einen oder anderen Soldaten. „Kommt ruhig heraus, denn das schützende Bollwerk wird euch schon bald nichts mehr nützen. Wir sind bereit", dachte Constantin, der bereits vom Sieg träumte.

Indes fand mein Kampf mit Dracula unermüdlich seine Fortsetzung. Unsere Schwerter kreuzten sich im Sekundentakt. Flink parierte ich mittlerweile sämtliche Angriffe und konnte immer öfter zum Gegenschlag ausholen. War es die Klinge, die mir Kraft gab, oder ich selbst, jedenfalls schöpfte ich Hoffnung, diesen Kampf für mich entscheiden zu können. Mir war jedoch bewusst, ohne Hilfe meiner Mitstreiter war Siegen ausgeschlossen.

Auf einmal bebte die Erde, etwas rüttelte an dem alten Gebäude. Die Katapulte entfesselten ihre zerstörerischen Kräfte. Die schallenden Explosionen, das markerschütternde Geschrei der Männer und das Bersten der Gemäuer verunsicherte meinen Gegner zusehends. Die Männer im Saal waren inzwischen in heller Aufregung. Aus meinem Augenwinkel erkannte ich Stew und Henry, die versuchten, sich zu befreien. Einzig Targul saß regungslos auf seinen Thron, denn die tobende Schlacht konnte dem Tod höchstens ein Lächeln entlocken.

Vlad gab ihm ein Zeichen, darauf erhob sich dieses Geschöpf, schritt an uns vorbei und verließ den Saal. Sämtliche Krieger folgten ihm, sodass nur noch wenige zurückblieben, um unseren Kampf weiter zu verfolgen. Erst jetzt konnte ich die beeindruckende Größe Targuls erkennen, eine Gestalt, die jeden Menschen erschaudern ließ.

Wut war immer schon ein schlechter Lehrmeister. Ein Faktum, das der Drache wenig beherzte. Darüber erzürnt, sein Haus in Flammen zu wissen, schlug er ohne Unterlass auf mich ein. Dabei entblößte er immer wieder seine Deckung, was mir zu immer besseren Gegenschlägen verhalf. Ein kleiner Moment der Unachtsamkeit, mehr war es nicht, doch ich war zur Stelle. Ein kurzer abgelenkter Blick, da holte ich aus, nutze diese einmalige Gelegenheit und stieß Dracula das Schwert durch sein Brustbein.

Der Boden bebte erneut. Ich vernahm ein dumpfes Grollen, danach erfasste mich die Druckwelle und schleuderte mich durch den Saal. Dicke, schwarze Rauchschwaden raubten mir die Sicht. Mein Trommelfell schmerzte. Ich sah brennende Soldaten kreischend herumirren, doch die Akustik blieb dumpf, als hätte jemand die Lautstärke verändert. Auf einmal tauchte Stews rußverschmiertes Gesicht vor meinen Augen auf. Er rüttelte mich heftig, riss seinen Mund weit auf, doch außer einem gleichbleibenden Surren konnte ich nichts hören. Allmählich vernahm ich seine dumpf klingenden Worte: „Feuer, Jon. Wir müssen hier weg, das Dachgewölbe droht einzustürzen." Nun begriff ich allmählich, was passiert war.

Eines der explosiven Geschosse hatte die Glasscheiben durchbrochen und war mitten im Festsaal detoniert. Der Rauch vernebelte die Sicht und es roch nach verbranntem Fleisch. Stew half mir auf die Beine zu kommen und gemeinsam humpelten wir zur Eingangshalle.

„Wo ist Mina, geht es ihr gut?", stammelte ich. „Haben wir es geschafft, ist der Drache tot?" „Nein, er lebt." „Ich habe beide dabei beobachtet, wie sie die Treppen emporgeflüchtet sind, hinauf auf den Südturm." Ich riss mich los und lief zur Treppe hinüber. Mittlerweile stand der Großteil des einst so mächtigen

Gebäudes in Flammen und der beißende Rauch nahm uns die Sicht und die Luft zu atmen. „Komm zurück, Jon. Es ist zu gefährlich, das Gebäude droht einzustürzen." „Ich kann nicht anders, Stew. Hilf den anderen, diese Schlacht zu gewinnen. Ich muss hier meine eigene bestreiten." Angeschlagen vom Kampf, hastete ich keuchend die Treppen hinauf. Die Armee des Drachen befand sich mittlerweile am Ausgang, der zum Burgplatz führte. Der Weg nach oben war somit frei. Ich kämpfte mich durch die verrauchten Gänge. Immer wieder loderten Feuer, die mir das Vorankommen erschwerten. Der Rauch brannte in meinen Lungen und das Atmen fiel mir zunehmend schwerer. Nach so viel Kälte in den letzten Tagen war die Hitzeentwicklung mittlerweile unerträglich. Krampfhafte Hustenanfälle beutelten mich und stoppten immer wieder meine Vorwärtsbewegung. Nach einer gefühlten Ewigkeit, in dieser Flammenhölle gefangen, fand ich zu meiner Erleichterung den Aufgang zum Südturm. Ich hastete, so rasch mich meine Füße noch trugen, die hölzernen Treppen empor.

Unaufhörlich surrten die Flugkörper und Pfeile durch die Lüfte, durchlöcherten und zerfetzten die Soldaten der schwarzen Armee. Sie ähnelten verschreckten Tiere, die noch immer unfähig waren, sich zu formieren. Constantin ging ungeduldig auf und ab, denn er wartete verzweifelt auf ein Lebenszeichen von Jon und seinen Helfern. Die Fenster des Schlosses zerbrachen unter der Hitze der Flammen und dicker Rauch qualmte durch sämtliche Öffnungen. Feuerzungen schossen dem Himmel entgegen und tauchten den Nachthimmel in ein schauriges Rot. „Sie sind bestimmt in dieser Flammenhölle gefangen", dachte er. Hatte er am Ende ihr Schicksal besiegelt? Er gab seinen Männern ein Zeichen, die umgehend den Beschuss einstellten. Der ohrenbetäubende Lärm der Explosionen verhallte. Für einen Moment wurde es still, doch es war die Ruhe vor dem Sturm. Constantin wusste, der Gegner war noch lange nicht am Boden. Der Vorbote, in Form eines leichten Lüftchens, wuchs zu einem starken Gegenwind heran. Constantin ahnte, nun war die Stunde gekommen, die über den Ausgang dieser Geschichte entschied. Der Gegenschlag stand unmittelbar bevor, doch die Intensität des herannahenden Unglücks überraschte selbst die Tapfersten unter Constantins Krieger.

Da schmetterten die gegnerischen Hörner durch diese so schicksalhafte Nacht. Die Soldaten des Drachen formierten sich. Ungläubig verfolgten Constantins Soldaten das schaurige Schauspiel, das sich vor ihren Augen abspielte. Nun war es so weit, die Stunde null war angebrochen. Der Felsen bebte und kräftige Erdstöße erschütterten alles und jeden. Rasch zogen schwarze Wolken von Osten herauf. Sie verdunkelten die Sterne und verhüllten den hell leuchtenden Mond. Blitze erhellten den Himmel und durchbrachen die Wolkendecke. Das Donnergrollen hallte durch die Landschaft und wurde hundertfach von den Berggipfeln wiedergegeben. Dröhnend öffnete sich das schmiedeeiserne Schlosstor. Soldaten in Rüstungen mit gezückten Schwertern strömten zu Hunderten hinaus auf den Burgplatz. Dahinter erschien Targul, hoch auf seinem schwarzen Rappen, das Gesicht bedeckt mit einer silbernen Totenkopfmaske. Er ritt in die Mitte des Hofes, zog die Zügel straff, sodass sich sein mächtiges Pferd wiehernd auf die Hinterläufe stellte. Er hielt sein Schwert dem Himmel entgegen und brüllte Worte in einer längst vergessenen Sprache. Das Donnergrollen wurde immer intensiver und Blitze züngelten Targuls Schwert entlang. Die Erde bebte erneut. Risse entstanden, aus denen sogleich heißer Rauch stieg, der den Schnee in unmittelbarer Umgebung zum Schmelzen brachte. Tosend rauschte plötzlicher Starkregen vom Himmel und löschte die Feuer, die sich bereits auf dem gesamten Platz verteilt hatten. Der Wind peitschte die Regentropfen in Constantins Gesicht, der fassungslos dieses Schauspiel verfolgte. Die vier Elemente waren Targul hörig und er spielte mit ihnen, frei nach seinem Sinn. Nun hatte Constantin eine Ahnung davon, was in der Bibel unter Armageddon verstanden wird. Der Tod war angekommen und er befehligte nicht nur seine Legionen, auch die Naturgewalten gehorchten seinem Willen.

Die Männer staunten nicht schlecht, da Henry herbeigelaufen kam, um sich mit erhobener Waffe zwischen Targul und dessen

Männer zu postieren. Einen Moment lang standen sie sich stumm gegenüber. Henry betätigte den Abzug seiner Waffe und die Kugel durchbohrte Targuls Brustpanzerung. Die Munition schien jedoch keine Wirkung zu zeigen. Targul schwang sein Schwert und es donnerte auf Henry herab. Er konnte den Schlag gerade noch mit seiner Winchester abwehren, jedoch schleuderte es ihn in hohen Bogen durch die Luft. Er knallte ungebremst auf das harte Gestein und blieb regungslos liegen.

Die dunkle Armee formierte sich hinter ihrem schaurigen Anführer. Daraufhin gab er seinem Gaul die Sporen und der tödliche Zug setzte sich Richtung Orden in Bewegung. Constantin war klar, der Moment, seine letzte Karte auszuspielen, war gekommen. Er wollte zwar nicht, sah sich jedoch aufgrund der Entwicklungen dazu gezwungen. Er entzündete einen Pfeil, spannte den Bogen und schoss ihn in Richtung des Hügels.

Rashid wartete auf der Anhöhe auf das ausgemachte Zeichen. Seine tapferen Soldaten beobachteten den brennenden Pfeil, der durch die Luft surrte. Der Moment der Entscheidung war gekommen. Für Rashid, Nachkomme einer alten persischen Kriegerfamilie, war es eine Ehre, an der Seite seiner Männer zu kämpfen. Der Kommandant der Truppe muss mit gezücktem Schwert vorangehen, nichts anderes wäre ihm in den Sinn gekommen. Er war bereit, im Äußersten auch sein Leben zu lassen. Mit seinem Schöpfer und sich selbst im Einklang, hatte er vor dem Sterben keine Angst. Ein letzter Gruß in Richtung Vogelnest, danach setzte er sich mit seinen Soldaten in Bewegung. Der eine Teil griff vom Weg aus an, die anderen rasten mit gezückten Schwertern und Lanzen den Hügel hinab. Laut brüllend krachten sie mit Targuls Männern zusammen. Das Surren der Pfeile, das Klirren des Stahls, die Schreie der Kämpfer und das Wiehern der Pferde vermischten sich zu einer schaurigen Lärmkulisse. Die Krieger verschmolzen zu einer blutigen Masse. Die Waffen schmetterten und Hörner gellten durch die dunkle Nacht. Die Männer kämpfen beherzt, doch die Übermacht war erdrückend. Ein einfacher Vampir war so stark wie zwei Männer. Targul, der von Geisterhand getragen durch die Reihen ritt, katapultierte seine

Gegner mit der schwingenden Klinge durch die Luft. Bald war klar, dieser Kampf war nicht zu gewinnen. Er hatte seine Männer zur Schlachtbank geführt, denn die Berge an Toten wuchsen rasant an. „Jon ist der Einzige, der uns jetzt noch vor dem drohenden Untergang retten kann", dachte Constantin, der auf dem Aussichtturm auf und ab lief und verzweifelt versuchte, seine Männer zu dirigieren.

Als sei dieser Alptraum nicht genug, gab Targul seinem schwarzen Ross die Sporen und ritt Richtung Hügel. Er schmetterte misstönende Worte dem Himmel entgegen, woraufhin unzählige rote Augenpaare zu funkeln begannen. Er beschwor die hiesige Tierwelt und kurz darauf hetzten die Wölfe scharenweise mit gefletschten Zähnen den Hügel hinab. Adler folgten ihnen, sausten durch den Nachthimmel und griffen im Sturzflug Constantins Soldaten an. Noch am Leben oder schon beinahe tot, die Wölfe machten keinen Unterschied. Die Soldaten wurden aufgerieben, von den Vampiren aufgespießt und von Wölfen regelrecht zerfetzt. Das Schlachtfeld war in Blut getränkt und glich einem grausamen Gemälde. Übernatürliche Kräfte waren im Spiel. Rashid, der beherzt sein Schwert führte, musste sich eingestehen, niemand konnte diese Armee besiegen. Die Adler machten sich über die Toten und Verletzten her, niemand wurde verschont. Constantin konnte diesem Massaker nicht mehr länger zuschauen. Er blies erneut ins Horn und signalisierte damit seinen Männern, schnellstmöglich den Rückzug anzutreten.

Stew, der sich bislang gegen jeden Angreifer erfolgreich gewehrt hatte, vernahm das Signal ebenfalls. Rasch schnappte er sich zwei Mitstreiter und sie hasteten zur Stelle, an der er Henry vermutete. Kurz später fanden sie ihn immer noch regungslos am Boden liegen. Zu seiner Erleichterung konnte er einen Herzschlag hören. Stew und die Männer packten Henry und schleppten ihn hinüber zum Orden. Rashid und diejenigen, die sich noch auf den Beinen halten konnten, liefen um ihr Leben und die meisten erreichten die vorerst sicheren Mauern.

KAPITEL 16

Mein Irrweg durchs brennende Inferno fand ein Ende. Auf dem Turm angekommen, stieß ich die Metalltüre auf und hastete ins Freie. Dracula, kauernd am Boden, auf seiner Brust klaffte eine beachtliche Wunde. Neben ihm kniete Mina, die verzweifelt versuchte, die Blutung zu stoppen.

Nachdem er mich erblickt hatte, stützte er sich auf sein Schwert und richtete sich geschwächt auf. Schwankend stand er vor mir und hielt mir seine Klinge entgegen. „Bringen wir es zu Ende", stotterte er und setzte zum Angriff an. Mina versuchte, ihn zurückzuhalten, doch es gelang ihr nicht. Bei dem Versuch stürzte sie und blieb schluchzend auf dem Boden sitzen. Geschickt wich ich den Schlägen aus, die harmlos und ungenau die Luft schnitten. Bald darauf taumelte Dracula und stürzte auf die Knie. Er ließ sein Schwert fallen und griff nach Minas Hand, die immer noch schluchzend auf dem Boden kauerte. Die Schreie der Schlacht hallten durch diese unglaubliche Nacht und bildeten die musikalische Untermalung des Finales. Deutlich vernahm ich das Horn, das die Männer zum Rückzug aufforderte.

Es war vorbei, der Drache war gestürzt. Sein giftiger Blick, der alles und jeden in seinen Bann gezogen hatte, war matt geworden. Der einst so stolze Feldherr kniete vor mir und richtete röchelnd das Wort an mich. „Nun ist die letzte Stunde angebrochen. Der triumphale Höhepunkt, der sich schon bald als dein bitterster Moment darstellen wird. Manches, das im ersten Augenblick golden funkelt, entpuppt sich bald darauf als Fälschung. Deine Mina ist schon lange den Weg allen Irdischen gegangen, ihr Opfer war unumgänglich. Elisabeth liebt kompromisslos und wird mir folgen, wohin ich auch gehe. Was uns beide betrifft, war es zu keinem Zeitpunkt ein ausgeglichenes Spiel. Schlag zu und ich kann gehen, wohin ich möchte. Selbst war es mir nicht möglich, diesem Treiben ein Ende zu setzen. Die Inszenierung, die sich vor deinen Augen abspielt, ist einzig für dich bestimmt. Lange schon bin ich gefangen in dieser Welt und in eine Rolle gedrängt, die ich nie spielen wollte. Ich war zu einem Leben ohne Liebe verdammt, unmöglich daher, mein Glück zu finden. Ein Schicksal, das ich mit vielen teile und das oftmals der Ursprung allen Übels ist. Schuld daran ist ein Alchimist, der erst nach seinen Taten über die Konsequenzen nachgedacht hat. Eine Vorgehensweise, die er mit so vielen Menschen teilt. Doch auch er wird seine Strafe erhalten. Noch heute Nacht nehme ich ihn mit nach Hause. Hattest du ernsthaft gedacht, du könnest den Tod und seine Gehilfen besiegen? Wir sind ein eingespieltes Team. Ich stehe für all das Böse in dieser Welt und doch bin ich nicht mehr als ein Spiegelbild euer selbst. Ich bin eine Erfindung und doch so real, wie es jeder Einzelne zulässt, denn der Drache steckt in jedem von euch. Eine Spezies, getrieben von Macht, Gier und Dekadenz, die diesen Planeten befällt, einer todbringenden Krankheit gleich. Jon, bring es zu Ende und du wirst nicht zum Henker, sondern zum Befreier. Du kannst die Figur Dracula töten, doch den kleinen Teufel, der nicht in der Hölle, sondern in jedem von euch schlummert, kannst du nicht vertreiben. Ich bin die Summe aller Phantasien und die daraus resultierenden Taten, gesponnen im Netzwerk der menschlichen Koexistenz. Ich finde in euch allen den perfekten Nährboden, intelligent und doch getrieben von den niedrigsten Instinkten. Die Stimmen, die mich rufen, tönen immer kräftiger. Bald schon kehre ich in vielen neuen Gestalten zurück, um das dir bekannte Europa in Flammen untergehen zu lassen. Immer größer und gewaltiger werden die Kriege, die eure kleine Welt erschüttern. Eine Spirale der Gewalt, die sich immer schneller um euch selbst dreht und euch eure wertvolle Luft zum Atmen raubt. Eure altbewährte Vorgehensweise, alles Böse einer imaginären Figur zuzuschreiben, ist ein lauer Versuch, von euch selbst abzulenken. Menschen sind gut darin, sich zu belügen. Kein Gott oder Teufel, ihr Menschen allein wart es, die all diese Geschichten erfunden habt. Der Mensch, ein beinahe grenzenlos phantasierreiches Individuum. Doch seid gewarnt, nicht jede Phantasie ist es wert, Gehör zu finden, denn wo genügend Schafe verweilen, sind die Wölfe nicht weit. Was ihr Realität nennt, sind die umgesetzten Träume, Ängste und tiefsten Sehnsüchte eines jeden Einzelnen. Blutsauger sind grausam? Sind nicht die Mächtigen, Diktatoren, Politiker, Kapitalisten, Kolonialisten oder ganz generell Menschen, die blind jeder Ideologie folgen, die wahren Vampire dieser Erde?"

Er wandte sich Mina zu, die immer noch schluchzend neben ihm kauerte, blickte ihr tief in die Augen und gab ihr einen letzten Kuss. Danach löste er sich aus ihrer Umklammerung, rappelte sich auf und blieb wankend vor mir stehen. „Jon, dieser Moment ist nicht für die Ewigkeit bestimmt. Gib dir einen Ruck und beende, was du begonnen hast. Ich habe vorgesorgt, um dir die Entscheidung abzunehmen. Richte deinen Blick Richtung Orden und siehe, was mit deinem Freund geschieht."

Constantin verließ fluchtartig den Aussichtsturm. Rasch trommelte er alle noch verfügbaren Frauen und Männer zusammen und versammelte sie in der Eingangshalle. Die letzten Soldaten, die sich noch retten konnten, verfolgt von Wölfen und der gesamten dunklen Armee, liefen durch das große, hölzerne Tor. Stew, der den verletzten Henry schnaufend in Sicherheit brachte, war einer der Letzten. Danach schloss sich dröhnend das Tor, das mit einem schweren Holzbalken gesichert wurde. Die Bogenschützen nahmen Aufstellung und zielten zittrig Richtung Eingang, denn davor stand der Tod, der um sofortigen Einlass bat. Nun zog auch Constantin sein Schwert und stellte sich neben Rashid, bereit, sich dem drohenden Untergang entgegenzustellen. Targul und seine Armee waren bereits vor den Toren des Ordens angekommen. Lange würden diese Mauern einem Sturmangriff nicht standhalten, das war allen Beteiligten bewusst. Constantin hatte seine letzte Karte ausgespielt. Es lag nun an Jon alleine, den Untergang abzuwenden. Deutlich konnte man das zu Boden Krachen einer massiven Tanne vernehmen, die vor den Toren des Ordens gefällt wurde. Unzählige Krieger packten sogleich zu und setzten sie als Rammbock ein. Der Baum donnerte gegen das Holztor und ließ die Verbliebenen im Inneren erschaudern. Immer wieder krachte der Rammbock gegen das Tor, und bald darauf gab der Sicherungsbalken nach. Lautstark brach er auseinander und die Pforte öffnete sich. Unzählige Vampire stürzten durch den Eingang und verendeten im Pfeilhagel. Der Sturmangriff war im vollen Gang und immer mehr strömten durch das offene Tor. Constantin, Stew und Rashid sowie eine Handvoll verbliebener Krieger stellten sich tapfer den Angreifern entgegen. Es entbrannte ein aussichtsloses, letztes Gefecht.

Fassungslos starrte ich in Richtung des Ordens. Die verzweifelten Schreie hallten durch die Nacht und machten mir meine Entscheidung leicht. „Bald wird niemand mehr übrig sein, mit dem du deinen Sieg feiern kannst. Wie so oft im Leben hat jede Handlung seine Konsequenzen. Trag diese mit Fassung und beende dieses grausame Schauspiel. Lebe wohl, mein Freund, und vergiss nicht, der Tod gewinnt immer. Denn es heißt, jeder tötet, was er liebt. Der eine mit giftigem Blick, der andere mit dem Pfahl, der Feigling macht es mit einem Kuss, der Tapfere mit dem Stahl." Da holte ich aus und trennte mit voller Wucht Draculas Kopf von seinem Rumpf. Sogleich hallten die klagenden Schreie Minas über den Burgplatz. Sie warf sich schützend über den leblosen Körper und blieb schluchzend liegen. Es war vollbracht. Ein letzter Sturm brauste über das Land und überzog es mit einem schwarzen Schleier der Trauer. In den Wolken zuckten und donnerten die letzten Blitze. Die Erde bebte und sämtliche Tiere stimmten einen schaurigen Trauergesang an.

Die Eingangshalle des Ordens glich einem Schlachthof. Das letzte Aufgebot, darunter Rashid, Constantin und Stew, war am Ende seiner Kräfte angekommen und hielt verzweifelt dagegen. Die letzten Klingen surrten durch die Luft. Plötzlich stoppten die dunklen Krieger abrupt ihren Angriff. Einen Moment lang herrschte Verwirrung. Was war geschehen? Vlads Armee ließ die Waffen fallen und rannte fluchtartig durch das aufgebrochene Eingangstor ins Freie. Constantin richtete sich blutverschmiert auf und blickte sich ungläubig um. Er begriff sogleich, was geschehen war. Jon hatte es geschafft. Der Drache war Geschichte. Sie drängten die übrigen, verletzen Angreifer hinaus ins Freie. Targul saß hoch zu Ross und richtete letzte unverständliche Worte an seine Soldaten. Auf einmal rumorte der Boden und brach auf. Flammen züngelten aus der Tiefe und schossen dem verdunkelten Himmel entgegen. Tagul verschwand in den Tiefen der Erde und mit ihm der Großteil von Vlads Söldnern. Der Rest lief ängstlich in sämtliche Himmelsrichtungen und verschwand in den Wäldern. Die Adler und Wölfe verstummten und taten es ihnen gleich. Das Wetter beruhigte sich, das Gewitter verstummte, die dichten Wolken verzogen sich allmählich und hier und da konnte man den Mond durchblitzen sehen.

Die Jubelschreie der Frauen und Männer waren deutlich hörbar. Zum Feiern war Mina und mir jedoch nicht zu Mute. Die Brandherde im Schloss loderten immer noch. Die Flammen zerfraßen mittlerweile die hölzerne Treppe des Turmes. Mina war völlig unbeeindruckt von den Geschehnissen und lag immer noch schluchzend auf dem leblosen Torso des gestürzten Drachen. Ich wollte sie in die Arme schließen, doch sie stand auf, stieß mich weg und bewegte sich rückwärts. „Zum zweiten Male wurde mir mein Geliebter entrissen. Damals war ich es, die durch fremde Hand den Tod fand. Getrennt vom Leben, war ich dazu verdammt, ein Dasein ohne meinen Geliebten zu fristen. Meine Gefühle blieben jedoch über die Jahrhunderte unverändert. Eine konservierte Liebe, die weit über den Tod hinausgeht. Wenn es uns nicht vergönnt ist, im Leben vereint zu sein, dann werden wir danach zusammenfinden. Ich habe davor keine Angst, bin ich doch schon einmal diesen Weg gegangen. Es ist nur ein Übergang zu neuen Ufern. Dort bin ich von den materiellen Fesseln befreit. Begreife, Jon, deine Mina ist nicht mehr. Sie ist vor geraumer Zeit von uns gegangen und wird nicht mehr zurückkehren. Ich, Elisabeth, habe geschworen, meinem Geliebten zu folgen, wohin er auch geht. Niemand gab dir das Recht, mir meinen Mann zu nehmen. Mittlerweile glaube ich, es war immer schon Teil seines Plans. Es ist anscheinend unser Schicksal, im Hier und Jetzt kein Glück zu finden. Ich habe meine Entscheidung getroffen. Wir sind eins und da ein Teil gestorben ist, kann der andere nicht überdauern." Entsetzt lauschte ich ihren Worten und bemerkte nicht, wie gefährlich nahe sie bereits dem Abgrund gekommen war. „Wir beide sind uns ähnlicher, als du denkst. Ein kleines Stück vom Kuchen des Glücks, mehr hatten wir uns nicht erträumt. Für mich hat es sich jedoch hier und jetzt ausgeträumt. Lebe wohl, Jon. Ich folge meiner Bestimmung. Nur dieser eine Moment, danach werde ich wieder mit ihm in Liebe vereint." An der Dachkante des Turms angekommen, warf sie mir einen letzten durchdringenden Blick zu. Zu spät begriff ich, was geschehen würde. Ich machte einen Schritt nach vorne, um ihre Hand zu greifen, doch ich konnte sie nicht mehr festhalten. Sie ließ sich fallen und stürzte rücklings in die Tiefe.

Die Anspannung der letzten Tage, die sehnsüchtigen Wünsche, alles brach mit einem Schlag in sich zusammen. Ich ging auf die Knie, legte mich auf den Rücken und starrte stumm in den Nachthimmel. Die Sterne funkelten erneut, so friedlich, als wäre nichts geschehen. Die Flammen loderten, frisch angefacht durch den vorbeigezogenen Sturm und hatten mittlerweile die Turmspitze erreicht. Das Feuer züngelte die Holztreppe entlang und ließ sie tosend in sich zusammenbrechen. Rauchschwaden drangen durch die einzige Fluchtmöglichkeit und hüllten den Turm in schwarzen Ruß. Ich lag regungslos auf dem Rücken, gefangen in der Flammenhölle und starrte in die Vergangenheit. Meine Lebensgeister waren verflogen. Alles, wofür es sich gelohnt hatte zu kämpfen, war unwiederbringlich zerstört. Ich fühlte mich betrogen vom Leben, vom Tod und von allem, was mir jemals wichtig war. Mein Schicksal war ungerecht und erbarmungslos. Das Gebäude bebte erneut, eine Mauer nach der anderen brach in sich zusammen. Den Sturm, den ich losgetreten hatte, schien über mich zusammenzubrechen. Mehr als verbrannte Erde würde schon bald nicht mehr übrig sein. Flammen haben auch etwas Reinigendes. Sie unterscheiden nicht, sondern zerfressen alles und jeden. Der Turm schwankte erneut. „Nicht mehr lange", dachte ich, „dann habe ich es überstanden." Ich hatte es satt zu kämpfen. Denn wohin hatte mich meine Unnachgiebigkeit gebracht? Den Tod vor Augen, sieht man weitaus klarer als jemals zuvor. Die Maske fällt und zum Vorschein tritt das ungefilterte Innerste, dem man, abgelenkt durchs Leben, kaum Beachtung schenkt. In Anbetracht der totalen Niederlage war das endgültige Verschwinden eine willkommene Alternative. Zerfressen durch das heiße Element, würde ich schon bald durch die Lüfte entschwinden, leichter noch als eine Feder. Meine Lungen brannten vom beißenden Rauch. Ich schloss die Augen und wartete, was nun geschehen würde. Gedankenfragmente formten sich allmählich zu einem Ganzen.

Die Bilder vor meinem inneren Auge sind noch etwas unscharf, doch das Rauschen eines bewegten Wassers kann ich deutlich vernehmen. Verzaubert gleiche ich einem Insekt, das nicht vom Licht lassen kann. Ich muss diesem Geräusch folgen. Barfuß wate ich durchs wohltuende, warme Nass. Frühlingsduft betört meine Sinne. Die Seerosen haben begonnen zu blühen. Ich erreiche einen kleinen See. Vor mir rauscht ein Wasserfall brausend die steile Felswand hinunter. Das Wasser schäumt und die herzförmigen Teichrosen schwimmen im Kreis. Die Welt scheint völlig stillzustehen. Es ist ein friedlicher Ort, an dem jeder mit sich im Einklang scheint und doch ist er voller Leben. Fische schwimmen um die Wette und Libellen nähren sich am Nektar der Blüten. Meine Finger berühren zart die reflektierende Oberfläche. Kreisrund bewegt sich das Wasser um mich herum, Schallwellen gleich, die frohe Botschaft der Heimkehr verbreitend. Da sehe ich sie, Mina im weißen Kleid. Ihr dunkles, gewelltes Haar ist nass geworden und ihre Wangen sind rosa gefärbt. So rasch mich meine Füße tragen, bewege ich mich ihr im hüfthohen Wasser entgegen. Endlich erreiche ich sie. Eine zärtliche Umarmung und ein letzter Kuss sind Belohnung genug für sämtliche Entbehrungen der letzten Wochen. Ihre treuen Augen funkeln, als erblicke man den gesamten, schimmernden Nachthimmel. „Unsere gemeinsame Geschichte findet hier und jetzt ihr vorläufiges Ende. Es hat sich ausgetanzt. Wenn du ehrlich zu dir bist, wusstest du es von Anbeginn. Ich bin so dankbar, einen gewichtigen Teil zu deiner ganz persönlichen Lebensgeschichte beigetragen zu haben. Eine, die heute ganz sicher kein Ende finden wird. Du sollst wissen, ich bin stolz auf dich, denn du hast dich deinen Ängsten gestellt und in den letzten Wochen mehr über dich selbst erfahren.

Das erreicht so manch anderer nicht einmal in seinem gesamten Leben. Nun warten noch so viele Geschichten darauf, von dir erlebt zu werden. Nur in der Gesamtheit all dieser, seien es schöne oder bittere, wirst du Vollendung finden, denn in finstersten Stunden wird sich dein Blick auf das Wesentliche richten. Die tiefe Trauer, die du in nächster Zeit ertragen musst, hat etwas Reinigendes. Dinge, die vorher belastend waren, werden im Angesicht der Vergänglichkeit verblassen. Kämpfe nicht dagegen an. Diese Erfahrung bleibt für immer, welche Lehren du daraus ziehst, hast einzig du selbst in der Hand. Liebe und Trauer, so eng miteinander verbunden, unmöglich, diese Emotionen zu trennen. Die beiden Zustände waren eh und je der kreative Antrieb der Menschheitsgeschichte. Bald schon wird sich der finstere Schleier des Moments lüften und ab dann wirst du die Welt mit anderen Augen sehen. Am Wendepunkt angekommen, hat Zurückblicken keinen Sinn mehr. Die Zeit ist reif, neue Ufer zu betreten. Verlassen werde ich dich nie, denn solange dein Herz schlägt, habe ich darin ein Plätzchen." Sie wendet sich ab, und schreitet Richtung Wasserfall. Dort angekommen, blickt sie nochmals zu mir und meint: „Jon, nur weil du mich nun nicht mehr siehst, heißt das nicht, dass ich nicht weiterhin da bin. Sei dir eines gewiss. Ich bin nur so glücklich, wie du es bist."

Gerne hätte ich geantwortet, doch ich bringe kein Laut über die Lippen. Sie wirft mir ein letztes Lächeln zu, danach verschwindet sie hinter dem Wasserfall. Ich möchte ihr hinterher, doch ich komme nicht vom Fleck. Die Gravitation hält mich immer noch fest in ihrem Würgegriff. Es wird kühler, der Herbst ist über das Land gezogen. Die Blumen am Ufer verfärben sich. Blätter wirbeln durch die Luft und schweben langsam zu Boden. Die Seerosen verlieren ihre Blüten und treiben allmählich dem Wasserfall entgegen. Lebewesen, die zuvor im Wasser und in der Luft herumtollten, folgen ihr. Nur mir bleibt dieser Weg verwehrt. Anscheinend bin ich noch nicht eingeladen, mitzukommen. Selbst das Wasser verschwindet und übrig bleibt nur noch ein verhallendes Rauschen.

KAPITEL 17

Artur war als Einziger auf seinem Posten geblieben. Mit Schrecken verfolgte er die Vorgänge am Turm, der mittlerweile eingehüllt in beißendem Rauch zur tödlichen Falle geworden war. Nun war sein Moment gekommen. Den Unterschied zwischen Leben und Tod machen oft die Menschen, mit denen man sich umgibt. Die Rolle, die er nun in dieser Geschichte einnehmen muss, war ihm vollkommen bewusst. Er erkannte umgehend Jons missliche Lage. So schnell ihn seine Füße trugen, raste er durch die Gänge und erreichte kurz darauf schnaufend die Eingangshalle. Die Überlebenden feierten ihren Sieg und es war schwierig, in diesem Chaos, Constantin oder Stew ausfindig zu machen. Nach kurzer Zeit fand er die beiden, die sich gerade um einige Verletze kümmerten. „Bitte folgt mir. Mina ist abgestürzt und Jon ist in der Flammenhölle gefangen. Er benötigt unsere Hilfe." Sofort sprangen beide auf und folgten Artur. „Wir benötigen ein langes Seil, damit ich ihn herunterholen kann." Constantin schickte zwei seiner Männer los, ein Tau aus dem Lager herbeizuschaffen. Die restlichen, welchen noch im Stande waren sich auf den Beinen zu halten, schickte er hinüber zum Burgplatz, um nach Mina und sonstigen Überlebenden zu suchen. Im Hof angekommen, gab Artur die sofortige Anordnung, eines der Katapulte mit einer gewöhnlichen Steinkugel zu beladen. Zwei Männer kamen gerade keuchend mit einem langen, stabilen Hanfseil zurück. Artur nahm eines der Enden und wickelte es einige Male um die Steinkugel und zurrte es fest. Das andere Ende verknotete er an einem Metallring. Immer wieder blickte Artur zum dampfenden Turm hinüber, während er das Katapult akribisch ausrichtete. „Es ist vermutlich in diesem Moment nicht hilfreich, doch es ist das einzige, lange Tau", flüsterte Constantin. „Der Schuss sollte sitzen." „ Keine Sorge, der wird passen", bestätigte Artur, der die Feinjustierung gerade abgeschlossen hatte. Er kontrollierte nochmals das Seil, zielte knapp über den Turm und betätigte den Auslöser.

Das Rauschen verhallte allmählich und ich blickte immer noch in den Nachthimmel. Plötzlich vernahm ich den erneuten Abschuss eines der Katapulte. Ich sah kurz darauf ungläubig eine schwere Steinkugel mit einem Seil knapp über meinem Kopf vorbeisurren. Hinter mir krache die Kugel in die Turmzinnen, sie blieb dort hängen und ließ das Seil gespannt zurück. Verwundert richtete ich mich auf und begriff die sich gerade ergebene Option. Es war noch nicht zu spät für mich. Ich gab mir einen Ruck und stand auf. Ich wollte nicht mehr liegen bleiben, auch wenn Aufstehen in diesem Moment weitaus schwieriger war. Ich hatte die Rettung vor Augen und ärgerte mich über mich selbst, denn der Gedanke aufzugeben, hätte nie eine Alternative werden dürfen. Ich zog meinen Gürtel aus den Laschen und warf ihn über das Seil. Das Schwert befestigte ich auf meinem Rücken und stieg auf die Zinnen. Ich kontrollierte nochmals den Halt und stieß mich vom Turm ab. Mit immer rasanter werdender Geschwindigkeit schlitterte ich über den tiefen Burggraben hinweg, ließ mich zum richtigen Zeitpunkt fallen und krachte auf die schneebedeckte Fläche neben den Katapulten. Einen Moment lang lag ich da, fast ungläubig, diese akrobatische Einlage unbeschadet überstanden zu haben. Stew und Artur kamen auf mich zu und halfen mir auf. Ein wenig wacklig stand ich auf meinen Beinen, überzogen von Ruß, Blut und Schnittwunden vom Kampf. Constantin nahm mich sogleich brüderlich in die Arme. „Jon, es ist vollbracht. Wir haben die Finsternis bekämpft und haben gesiegt. Der Preis, den wir alle zu bezahlen haben, ist jedoch gewaltig. Der bitterste Triumph, den man sich vorstellen kann. Der Tod war äußerst fleißig, denn die Zahl derer, die ihr Leben ließen, ist enorm."

Zwei Männer betraten den Garten und kamen zu uns herüber. „Die Bergung unserer Frauen und Männer ist abgeschlossen. Einige konnten wir lebendig zum Orden zurückbringen. Sie werden, so gut es geht, medizinisch betreut." Danach richtete der zweite etwas stotternd das Wort an mich. „Sir Harker, wir haben Ihre Frau gefunden und sie geborgen. Ich muss Ihnen leider mitteilen ..." Ich fiel ihm ins Wort. „Sie müssen es nicht aussprechen. Ich weiß, Mina ist nicht mehr. Sie hat sich soeben von mir verabschiedet." Die Männer nickten zurückhaltend und zogen von dannen. „Die Schlacht ist gewonnen und doch ist alles verloren. Kein Widerspruch, sondern bittere Realität", dachte ich, während ich in die betroffenen Gesichter meiner Mitstreiter blickte. „Jon, es ist besser, wenn du es gleich erfährst", meinte Stew und klopfte mir dabei auf die Schulter. „Charles und Richard haben diese Nacht ebenfalls nicht überstanden. Hitzkopf Henry wurde schwer verletzt. Wir können noch nicht mit Sicherheit sagen, ob er es übersteht." Übermenschliches würde uns in nächster Zeit abverlangt. Wie konnte ich nur, im Glauben, für diese gesamte Tragödie Mitverantwortung zu tragen, weitermachen? Constantin erkannte umgehend meine Selbstzweifel. „Jon, mach das nicht. Das wird deiner Heldentat nicht gerecht. Wir haben durch unser beherztes Einschreiten weitaus größeres Leiden verhindert." Ganz sicher war ich mir da nicht, denn immer noch geisterten die Worte des Drachen durch meinen Kopf. Ich hatte beschlossen, den Inhalt unseres Gespräches für mich zu behalten. Die Wahrheit ist eben nicht immer jedem zumutbar.

Immer noch vernahmen wir das lautstarke Bersten von Holz und das Zusammenkrachen einzelner Mauerstücke. Ein leichtes Lüftchen entfachte die Flammen erneut und sie verspeisten allmählich Stück für Stück die Reste des Schlosses. Beeindruckt von diesem Anblick, beobachteten wir gebannt die zerstörerische Wirkung des Brandes. Hoch empor züngelte die leuchtende Glut und die Asche regnete auf uns herab. Die Feuersbrunst fraß sich durch die Holzverstrebungen der Dachkonstruktion, die bald darauf ächzend nachgab und in sich zusammenbrach. Dicke Rauchschwaden stiegen zum Himmel empor und die Wucht des Zusammenbruches ließ die Erde beben. Da war es auch um den letzten, verbliebenen Turm geschehen. Er wankte und kurz darauf brach auch dieser imposante Teil des Bauwerks donnernd in sich zusammen. Deutlich waren die Hitze und Druckwelle auch

aus größerem Abstand spürbar. Das einst so mächtige Schloss verwandelte sich in Windeseile zu einem rauchenden Trümmerfeld. Das Symbol der Macht war nicht mehr als eine misslungene Narbe in der Landschaft. Der ruchloseste Despot geht früher oder später den Weg alles Irdischen, Schutt und Asche sind meist das Endprodukt ihres blinden Größenwahnes. Das Schauspiel war zu Ende und der Vorhang lautstark gefallen. Übrig blieb ein dumpfer Schmerz in der Magengegend, der dich ahnen lässt, dass nun nichts mehr wird, wie es einst war. Wenn die Schlacht deines Lebens überstanden ist, ist ein Zurückkehren in dein altes Leben ausgeschlossen. Der Anblick der totalen Zerstörung hatte auch etwas Heilendes. Mit einem leichten Gefühl der Genugtuung wandten wir uns ab und bahnten uns den Weg durch das immer noch herrschende Chaos im Orden. Unser Ziel war, das notdürftig eingerichtete Lazarett. Zwischen unzähligen Verwundeten erblickten wir Aurica, die an Henrys Bett saß und ihm die Hand hielt. Sie blickte zu uns hinüber. „Er ist nicht ansprechbar. Ich versichere euch, alles in unserer Macht Stehende zu unternehmen, um sein Leben zu retten. Ich weiche nicht von seiner Seite."
„Mit dieser Unterstützung wird er es bestimmt schaffen", meinte ich optimistisch. Der Anblick so vieler Versehrter setzte mir weiter zu. Mittlerweile meldete sich mein Körper, der lautstark Ruhe forderte. Mein Schädel dröhnte, die Glieder schmerzten und meine Gedanken waren wirr. Die Dämmerung brach herein und die ersten Sonnenstrahlen beendeten diese einzigartige Nacht. Eine, in dem Sieg und Niederlage so stark miteinander verwoben waren, unmöglich, sich ein finales Urteil zu bilden. Das Trügerische an der Geschichte, man konnte diese einzig im Nachhinein, mit dem nötigen Abstand, beurteilen. Momentan war ich dazu nicht im Stande, denn niemals zuvor hatte ich so eine Erschöpfung verspürt. So musste sich ein Bergsteiger fühlen, der es gerade noch auf den Gipfel geschafft hatte und dem beim Abstieg die Kräfte versagten. „Ich muss mich zurückziehen, meine Herren", stammelte ich. „Ich kann mich gerade noch auf den Beinen halten." Sie nickten verständnisvoll. Constantin klopfte mir auf die Schulter und meinte: „Geh und ruhe dich

aus. Du wirst in den nächsten Tagen und Wochen viel Kraft benötigen." Wahre Worte, wie sich herausstellen sollte. Ich taumelte zurück in mein Zimmer, wusch mir das Blut, gemischt mit Schweiß und Ruß, aus dem Gesicht und ließ mich anschließend kraftlos auf das Bett fallen. Binnen Sekunden fiel ich in einen tiefen, traumlosen Schlaf.

Stunden später, die Dämmerung war bereits angebrochen, erwachte ich. Ein kurzer Augenblick der Leichtigkeit, da dampfte der Trauerzug auf mich zu und überrollte mich erbarmungslos. Leider kein Traum, die letzten Stunden waren bittere Realität. Die Anstrengungen der vergangenen Tage waren gewaltig und nun forderte mein Körper seinen Tribut. Ausgebrannt nach dem Wettkampf meines Lebens, stand ich auf, wusch mich und suchte anschließend Constantin in seiner Kanzlei auf. Er begrüßte mich freundlich und ich ließ mich erschöpft in den gepolsterten Sessel fallen. „Wie fühlst du dich, Jon? Du siehst mitgenommen aus." „ Danke der Nachfrage. Elendig trifft es am ehesten. Dabei meine ich noch nicht einmal den psychischen Ausnahmezustand, in dem ich mich befinde." „Körperlich wirst du dich schon bald erholt haben, alles andere benötigt viel Zeit. Mir sind physische Verletzungen lieber, denn diese heilen meist von selbst. Hingegen verschwinden die seelischen Wunden, ohne Konfrontation mit dem Schmerz, nur zum Schein. Sie verstecken sich heimtückisch hinter dem belanglosen Alltagsgeschehen, bis sie unerwartet und mit voller Härte zuschlagen. Beschäftige dich lieber damit und du wirst Dinge über dich erfahren, die du kaum für möglich hältst. Erkenne, wie du fühlst, nur so wirst du am Ende Glück erfahren. Ich bin dafür ein gutes Beispiel. Lange Zeit war ich auf der Suche und schlussendlich habe ich an diesem trostlosen Ort Erfüllung gefunden. Du sollst nie vergessen, die seelischen Narben erinnern uns daran, gelebt zu haben. Sie sollten jedoch gut verheilt sein, denn blutige führen zu Entzündung und langfristig zum vorzeitigen Tod." „Danke, Constantin. Ich bin ohnehin schlecht im Verdrängen. Ich werde mich auf diese Reise begeben, denn skurrilerweise spürt man im finstersten Moment das Leben wie nie zuvor."

Abrupt wurden wir von Klopfgeräuschen unterbrochen und Rashid betrat den Raum. Wir umarmten uns und nahmen erneut Platz. „Es tut mir sehr leid, was geschehen ist. Wir alle mussten Opfer bringen, die einen mehr, die anderen weniger. Viele unserer Brüder und Schwestern haben auf dem Schlachtfeld ihr Leben gelassen. Das bringt mich zu einem unschönen, jedoch notwendigen Punkt. Wir müssen uns von ihnen verabschieden, je eher, desto besser. Daher habe ich die Anweisung erteilt, Gräber am Hügel auszuheben. In zwei Tagen sind die Arbeiten abgeschlossen. Die Kapelle wollen wir ebenfalls aus dem Erdreich befreien, als letzte Ehrenerweisung an die Verstorbenen. Dies wird noch einiges an Zeit in Anspruch nehmen. Wir werden dir die Möglichkeit geben, von Mina Abschied zu nehmen." „Danke, Rashid. Das bedeutet mir viel und ich bin damit einverstanden. Ich denke, kein anderer Ort ist so stark mit dieser tragischen Geschichte verwoben. Sie wird hier ihre Ruhe finden. Der Hügel mit den Bergketten im Hintergrund bildet dafür den perfekten Rahmen." „Gut, dann machen wir es so. Eines noch, falls es Constantin noch nicht erwähnt hat. Wir haben, eher überraschend, einen weiteren Verstorbenen zu beklagen, den Ordenältesten. Du hast ihn während deines Studiums des Buches kennengelernt. Er ist letzte Nacht in seinem Zimmer eingeschlafen und nicht mehr erwacht." Ich zeigte mich betroffen, war jedoch wenig verwundert. Der Drache hatte angekündigt, sich um jeden zu kümmern, der mitverantwortlich für diese Tragödie war. „Ich muss mich entschuldigen, es wartet noch viel Arbeit auf uns." Wir gaben uns die Hände und Rashid verließ uns. Ich verabschiedete mich ebenfalls von Constantin und streifte einige Zeit lang gedankenverloren durch das noch immer herrschende Chaos. Die Spuren des Kampfes waren überall sichtbar. Die Eingangshalle und das große Tor waren am meisten in Mitleidenschaft gezogen worden. Der Geruch von Verbranntem, gemischt mit Blut und Schweiß, lag noch immer in der Luft. Die Toten wurden nach draußen in die Kälte gebracht und Tag und Nacht bewacht. Es streiften eine Menge herrenloser Wildtiere herum. Das Tor wurde provisorisch wiederhergestellt und die unmittelbaren Spuren des Kampfes beseitigt. Wie ferngesteuert schlich ich die Gänge entlang, ohne ein wirkliches Ziel vor Augen. Die Gedanken daran, in zwei Tagen Abschied zu nehmen, bohrten tief und hinterließen ein äußerst unbehagliches Gefühl. Es war ein Augenblick, dem du dich stellen musst, jedoch ganz und gar nicht möchtest. Vermutlich ist es die substanzielle Angst vor der eigenen Vergänglichkeit, die größtes Unbehagen auslöst. Ehrlich gesagt machte genau diese Tatsache den Reiz an der Geschichte aus. Zu wissen, nicht ewig Zeit zu haben, sollte für das eigene Leben Ansporn genug sein. Der Begriff Ewigkeit ist unvereinbar mit den geltenden Naturgesetzen. Nichts hält ewig, alles vergeht, sogar die Sterne. Doch aus Sterbendem entsteht Neues, überall und ständig. Vielleicht ist dieser ununterbrochene Kreislauf einer, der für die Ewigkeit bestimmt ist.

Schlagartig wurde ich aus den Gedanken gerissen, da eine mir vertraute Stimme meinen Namen rief. Ich blickte auf und sah Stew und Artur, die gerade um die Ecke bogen. „Schön, dich wieder auf den Beinen zu sehen. Wir haben uns schon Sorgen gemacht." „Bloß nicht, mir geht es gut. Viel wichtiger, habt ihr Neuigkeiten von Henry?" „Ja", erwiderte Artur. „Diesmal sind es gute. Er ist aus dem Tiefschlaf erwacht und zeigt erste Reaktionen. Einige Wortfetzen konnte er auch schon von sich geben. Er ist auf einem guten Weg. Aurica kümmert sich rührend, er muss mächtig Eindruck hinterlassen haben." „Schön, zur Abwechslung gute Nachrichten zu erhalten. Ich sagte es ja, er kommt durch." „Jon, noch etwas, bevor wir es vergessen. Wir haben uns gerade bezüglich unserer Abreise unterhalten. Artur und ich wissen, es ist alles andere als leicht für dich, diese Entscheidung zu treffen. Nach dem Begräbnis sollten wir aufbrechen. Die Schlacht ist geschlagen, mehr können wir hier nicht mehr ausrichten. Unser Leben wartet in der Heimat auf uns, du solltest auf jeden Fall mitkommen." Ich verstand ihr Anliegen, konnte mich jedoch nicht sofort entscheiden. Ich hatte das Gefühl, Mina im Stich zu lassen. Tief im Inneren wusste ich, meine Hilfe hatte sie nicht mehr notwendig. Ich versprach, darüber nachzudenken. Stew lud mich ein, mitzukommen, um eine Kleinigkeit zu essen. Ich hatte ohnehin nichts vor und da kam mir die Ablenkung gerade recht. Den Rest des Abends verbrachten wir speisend, trinkend und mit heiteren Geschichten aus besseren Zeiten.

Am folgenden Tag entschieden wir uns mit anzupacken, um das Chaos, das wir ohne Zweifel mit verursacht hatten, zu beseitigen. Wieder war es die Ablenkung, die ich äußerst willkommen hieß. Wir halfen bei der Versorgung der Verwundeten und erfreuten uns an den Genesungsfortschritten Henrys. Er war zwar noch nicht in der Lage aufzustehen, doch hatte er sein volles Bewusstsein wiedererlangt, war fähig, zu sprechen und bereits für den ein oder anderen Scherz aufgelegt. Er teilte uns mit, hierbleiben zu wollen, bis er sich vollständig erholt hatte. Wir vermuteten jedoch primär andere Beweggründe. Aurica hatte es ihm angetan und er hatte es nicht eilig, nach London zurückzukehren. Der Tag verging wie im Flug und da die Zeit erbarmungslos voranschritt, war der Tag des Abschieds schneller gekommen als gedacht. Das Wetter hatte sich auf diesen Tag eingestimmt. Es war kalt geworden und eine finstere Wolkendecke verschleierte den Himmel. Vereinzelt fielen dicke Schneeflocken friedlich zu Boden.

KAPITEL 18

Der unausweichliche letzte Moment war gekommen. Ich hatte mir vorgenommen, ihn mit der gebührenden Würde zu vollziehen. Es war töricht zu glauben, man könne beeinflussen, was die Gegenwart eines geliebten Toten in einem auslöst. Zur Mittagszeit brachte mich Rashid zur Ordenskapelle. „Zu ihrer und deiner Ehre haben wir sie aufgebahrt. Du kannst nun zu ihr." Rashid wandte sich um, verschwand und ließ mich alleine vor der Türe stehen. Schwer zu beschreiben, was einem in diesem Moment durch den Kopf geht. Unmöglich, es nur ansatzweise zu begreifen. Leicht zittrig stieß ich die Türe auf und betrat das Zimmer. Ein Meer aus Kerzen erhellte den Raum. Der Anblick Minas, friedlich und herzzerreißend zugleich, sodass man sämtliche, zuvor vereinbarte Verhaltensregeln über Bord wirft. Es gibt Momente, in denen einem die Kontrolle über Gefühle genommen wird. Da war es wieder, die Verkrampfung, die einem das Atmen schwerfallen lässt. Sie hatten ihr ein weißes Kleid übergezogen. Ihr langes, gewelltes Haar umspannte ihren Kopf, ähnlich einem Heiligenschein. Sonnenstrahlen drangen durch die bunten Glasfenster und streichelten sanft über ihre blassen Backen. Vorsichtig, als ob es sich um eine Schlafende handelte, ging ich auf sie zu. Einen Moment lang stand ich wie angewurzelt neben ihr und starrte ergriffen auf den leblosen Körper. Ich streckte meine Hand aus und berührte ihr makelloses Gesicht. Ich schreckte sogleich zurück, denn sie war kalt, das Leben längst verflogen. Die Verkrampfung in der Magengegend erinnerte einen wieder daran, es handelte sich um keinen normalen, sondern den womöglich schicksalhaftesten Moment in deinem Leben. Dieser erschüttert deine Grundfeste und ab nun würde nichts mehr selbstverständlich sein. Alle deine Träume, Wünsche und zukünftige Pläne liegen zertrümmert in Scherben und du bist nicht mehr dazu fähig, diese zusammenzufügen. Ein Gefühl der absoluten Ohnmacht. Gefangen in einem Irrgarten, an dessen vermeintlichem Ende einem hämisch das Schicksal zulächelt, als wolle es einem sagen: „Mein Freund, du hast gewagt, vom Glück zu träumen, das hast du nun davon. Es wird nichts mehr, wie es war, denn das Geschehen hat dich verändert." Ich sackte auf meine Knie und blieb eine Zeit lang in dieser Position. Zum ersten Mal in dieser Geschichte kullerten mir warme Tränen die Wangen hinab. Ein halbherziger Versuch meines Körpers, mich von innen heraus zu reinigen, doch einfach wegwaschen ließ sich diese Tragödie nicht. Alles, weswegen es sich lohnte, zu kämpfen, ja gar zu leben, war mit einem kleinen Wimpernschlag zunichtegemacht. Sie war mein Antrieb gewesen, alles zu geben, sogar mein Leben. Es wäre mir gleich gewesen, wenn ich sie dadurch hätte retten können. Doch es kam alles anders. Keine Macht der Welt konnte verhindern, was geschehen war. Es war naiv zu glauben, ich hätte es in der Hand gehabt, sie zu retten. „Dabei das Opfer, das du liebst, darzubringen." Bitter, jedoch waren die Worte aus dem Buch zur traurigen Realität geworden. Das Schwierigste nach einem Abschied ist der Neubeginn, der sich anfänglich als unüberwindbarer Berg entpuppt. Man taumelt durch finstere Gräben, ständig fallend über Stock und Stein, unfähig, die eigene Hand vor Augen zu erkennen. In den Stunden der Trauer ist man ausschließlich mit sich selbst beschäftigt. Die Wahrnehmung blendet das Leben rund um einen vollkommen aus. Daher bemerkte ich anfangs nicht, dass Stew den Raum betrat und einige Zeit still an meiner Seite trauerte. Er kam auf mich zu und legte seine Hand auf meine Schulter. Ich blickte in seine treuen Augen. Ohne ein Wort zu wechseln, wusste ich, was er mir mitteilen wollte. „Jon, es ist Zeit, sich aus der kalten Umarmung des Todes zu lösen. Die Lebenden haben dort nichts verloren."

Ich stand auf, sprach einen letzten Gruß und wir verließen die Kapelle. Danach formierte sich der Trauerzug der Überlebenden und wir begleiteten Mina und die restlichen Gefallenen auf ihrem letzten Weg den Hügel hinauf. Auch der Himmel wusste, was sich gehört, denn gefrorene Tränen in Form dicker Schneeflocken fielen friedlich von oben herab. Charles und Richard bekamen ebenfalls Gräber, wobei diese für immer leer bleiben würden. Nach einer würdevollen Zeremonie übergaben wir die leblosen Hüllen dem Erdreich. Ein Moment, welcher wie kein anderer einen Wendepunkt in sich trägt. Jede Lebensgeschichte endet zwei Meter unter der Erde. Dazustehen und herunterzublicken bedeutete, deine Zeit ist noch nicht gekommen. Es ist ein Geschenk, keine Bürde. Nach diesem Moment aufzustehen und weiterzugehen und durch Taten der Tragödie einen Sinn zu geben, ist Pflicht derjenigen, die überlebt haben. Wir stapften den Hügel hinab und der Schneefall wurde schwächer. Unten angekommen, durchbrachen die ersten Sonnenstrahlen die Wolkendecke und das warme Licht liebkoste die graue Landschaft. Ich blieb einen Augenblick lang stehen. Das Licht erwärmte mein Gesicht und ich musste schmunzeln. Im Stillen dachte ich: „Wer zu Hause ankommt, entzündet als Erstes ein Licht."

Den Nachmittag verbrachten wir damit, zusammen zu speisen. Der Zeitpunkt Abschied zu nehmen, rückte immer näher. Am Abend verließ ein Zug Bistritz Richtung Westen, den wir nehmen wollten. Stew hatte es eilig, so rasch wie möglich, zurückzukehren, da sich Mary sicherlich große Sorgen machte. Wir packten unsere Sachen und begaben uns zur Eingangshalle. Rashid und Jonas warteten schon auf uns. Wir umarmten uns herzlich und der Abschied fiel uns allen sichtlich schwer. Constantin nahm mich zur Seite und ich nutze diesen Moment und reichte ihm das Schwert mit den Worten: „Ich möchte dieses mächtige Instrument in besonnenen Händen wissen. Daher gebe ich es meinem Geistführer." „Danke für dein Vertrauen. Wir werden es sicher verwahren. Leb wohl, mein Freund. Ich hoffe auf ein baldiges Wiedersehen. Du kannst mit erhobenem Haupt diesen Ort verlassen, nichts hast du dir vorzuwerfen. Glaube mir, du lässt sie nicht im Stich. Hier ruht die leere Hülle, doch ihre Seele wurde befreit. Lerne, sie zu fühlen, behalte sie in deinem Herzen und sie wird zu deinem stärksten Antrieb werden. Du hast dich der Herausforderung deines Lebens gestellt und bist dabei dem Tod begegnet. Was in aller Welt soll dir nun noch Angst bereiten?" Ich nickte zustimmend und wir umarmten uns. Wir waren schon dabei, das Gebäude zu verlassen, da bog Henry im Rollstuhl um die Ecke, den Aurica vor sich herschob. Er lächelte uns an und ich wusste, trotz seiner schweren Verletzungen war er glücklich. Wir scherzten ein wenig, und das tat uns allen unglaublich gut. Henry glaubte fest daran, bald schon wieder auf den Beinen zu sein. Er wollte vorerst hierbleiben und Zeit mit Aurica verbringen. Die Entscheidung fiel ihm leicht, da niemand in London auf ihn wartete. Ein letzter Händedruck, ein wehmütiger Blick zurück, danach verließen wir den Orden. Wir bestiegen die Kutsche und machten uns auf den langen Weg zurück. Die Anspannung war abgefallen, die Trauer jedoch ständig präsent. Tief im Herzen war ich erleichtert. Die Schlacht war geschlagen, gewonnen und doch verloren, all das musste ich versuchen, zu begreifen.

KAPITEL 19

Die Ankunft in London war überschwänglich, jedoch getrübt zugleich. Mina, Charles und Richard waren gefallen und die Lücke, die sie hinterließen, war gewaltig. Ich verkaufte mein Haus in Brighton und zog nach London, nicht weit von Stew entfernt. Eine Zeit lang reisten wir jährlich nach Rumänien, um unsere Freunde und die Verstorbenen zu besuchen. Henry verabschiedete sich von seinem abenteuerlichen Leben, blieb bei Aurica und zusammen bereisten sie die Welt. Die Kapelle wurde ausgegraben und renoviert. Der Ort erfuhr eine neue Blütezeit. Der Orden öffnete sich und zusammen mit den Menschen der umliegenden Dörfer erweckten sie diese einst so dunkle Gegend zu neuem Leben. Die Ruinen, die noch an den einst so mächtigen Despoten erinnerten, ließ die Natur allmählich verschwinden.

Jahre später fand ich eine neue Liebe. Wir kehrten London den Rücken und zogen in die Neue Welt. Wir ließen uns in New Orleans nieder und kauften ein Haus am Meer. Zwei Kinder wurden uns ebenfalls beschert und das Leben nahm seinen Lauf.

1944

Die große Wanduhr tickt immer noch kontinuierlich vor sich hin und kündigt jede neue Stunde durch lautes Schlagen an. Mein Blick wandert durchs Fenster über den kleinen Garten hinweg hinaus aufs offene Meer. Der Mond steht hoch am schwarzen Firmament und wirft seine Silhouette tausendfach über das rauschende Wasser. Das Meer ist die einzige Geräuschkulisse, ansonsten friedliche Stille. In der Ferne kann ich ein beleuchtetes Schiff erkennen, das langsam hinterm Horizont verschwindet.

Mir schmerzt die Hand vom vielen Schreiben, doch bin ich glücklich, diese Geschichte aufs Papier gebracht zu haben. Die Zeit ist leider endlich und somit läuft auch meine allmählich aus. Ich bin alt geworden und nach einem Leben voller Höhen und Tiefen stehe ich nun in erster Reihe und warte, nach Hause eingeladen zu werden. Lange kann es nicht mehr dauern. Mein Gefühl sagt mir, der Höhepunkt meiner Geschichte steht kurz bevor. Ich habe mit dem Tod gekämpft und meine größte Trauer überwunden. Angst kenne ich keine mehr. Der Verdrängung nicht mächtig, suchte ich stets die Konfrontation mit meiner Gefühlswelt und wurde fündig. Im tiefen Sog der Erinnerung gefangen, kämpfte ich mich mühselig zurück. Ich erkannte, am Ende sind es unsere Gedanken und die daraus resultierenden Gefühle, die unsere Realität erschaffen. Die positiven sowie negativen sorgen dafür, eine ganz persönliche Geschichte zu schreiben.

Irgendwann fand ich es nicht mehr notwendig, nach Rumänien zu reisen, um meinen treuen Mitstreitern zu begegnen. Ich habe erkannt, solche Menschen gibt es überall. Meiner Intuition folgend, traf ich immer wieder Menschen, die das fehlende Korn säten, aus dem neue Hoffnung und Lebenswille keimte. Sie begleiteten und halfen mir in dunkelster Stunde, doch steuern musste ich stets selbst. Welche Lehren man aus einem Schicksalsschlag zieht, bestimmst einzig du selbst. Die Frage nach dem Grund ist meist vergeblich. Viel sinnvoller ist es, dem Ganzen durch Gedanken und Werke einen Sinn zu geben. Die Wichtigkeit eines Menschen bestimmt der Fußabdruck, den er hinterlässt. So knapp auch die Episode war, sogar ein kurzer Moment kann eine emotionale Eruption auslösen. Welche Zerstörung sie hinterlässt, bestimmt man wiederum selbst. Sogar verbranntes Gestein ist Nährboden für neues Leben. Es ist essenziell, sich mit seinen Gefühlen, Ängsten und Dämonen auseinanderzusetzen. Eines verdrängen wir nur allzu gerne, wir sind nicht alleine auf der Welt. Zum Gesamtkunstwerk Menschheit trägt jedes Individuum an jedem einzelnen Tag bei. Am Ende werden wir nicht an den Träumen, sondern an den Taten gemessen, an den guten und den schlimmen. Wir sind Elementarteilchen, frei im vorgegebenen Raum schwebend, begrenzt durch Zeit, uns anziehend und abstoßend. Die gegenseitige Beeinflussung bleibt dabei stets eine Konstante. Manche Geschichten prägen mehr, manche weniger. Alle tragen zu deiner bewussten Meinung und den daraus resultierenden Entscheidungen bei.

Ich habe mir viel Zeit genommen, um über Vlads letzte Worte nachzudenken. Die geschichtlichen Tiefpunkte, als wiederkehrende Geißel der Menschheit, geben ihm leider recht. Immer wieder schreien Einzelne lautstark nach diesem Dämon, viele folgen blind. Das tragische Chaos und die furchtbaren Verbrechen gegen das Leben, die in diesen Moment in vielen Teilen der Welt stattfinden, bestätigt nur sein Wort. Wir schreiben das Jahr 1944. Das kollektive Menschheitsgeflecht hat neue, selbst ernannte Herrenmenschen hervorgebracht. Sie fügen, in Zusammenarbeit mit einer Masse verblendeter Individuen, der Menschheit gerade deutlichen Schaden zu. Diese Dämonen, genährt durch unsere primitivsten Triebe, Ängste und Bedürfnisse, fuhrwerken gerade, Tieren gleich, am Futtertrog, ums Überleben kämpfend. Ungestüm, erbarmungslos und dabei perfide intelligent. Eine tödliche Kombination. Wir wollen den Krieg mit Bomben und Granaten beenden? Diese Vorgehensweise ist alt bekannt und doch führt sie nur zu mehr Gewalt und daraus resultierenden Tragödien. Unsere aus Ängsten konstruierte Realität ist reine Fiktion, kein in Stein gemeißeltes Naturgesetz. Territoriale Ansprüche, Nationen, Größenwahn, Rassismus, Religionen, um nur einige Beispiele zu nennen, existieren einzig und alleine, weil Menschen daran glauben.

Beenden wir gegen unsere Ängste anzukämpfen, und lenken unsere Gedanken und Gefühle in positive Bahnen. Dann verschwinden auch sämtliche Gründe, Kriege zu führen. Anscheinend ist es leichter, eine Waffe in die Hand zu nehmen, statt sich mit seinen Dämonen auseinanderzusetzen. Denn der Drache lässt sich nicht töten, zähmen kann man ihn jedoch schon.

Die gegenseitige Beeinflussung beginnt weit vor unserer Geburt und hallt nach unserem Ableben noch lange nach. Was macht jemanden zu einem Mörder oder Samariter? Wir alle zusammen sind es. Es ist einfach, auf einen Schuldigen mit dem Finger zu zeigen. Vielleicht haben diejenigen, die auf ihn deuten, das Monster erschaffen. Unser aller Verantwortung ist daher gewaltig. Den positiven Sinn im Leben kann sich jeder Einzelne nur selbst geben. Die Menschheitsgeschichte legt nahe, die Entwicklung vom Primaten hin zu einem erleuchteten höheren Wesen ist unser aller Auftrag. Ein Kunstwerk mit gewaltigen Dimensionen, das nicht einer alleine, sondern nur wir alle vollbringen können. Jeder trägt dazu bei, ob diese, unsere Mission Erfolg hat oder scheitert. Dabei sind die Regeln in diesem Spiel so simpel, jeder sollte sie verstehen können. Wer sich gegen den Erfolg des Kunstwerks stellt, handelt moralisch verwerflich und falsch. Jegliche Bedrohung des Lebens und Zerstörung der Welt, die unsere Existenz erst ermöglicht, kann nie der richtige Weg sein. Dabei muss jeder Einzelne seine Dämonen im täglichen Miteinander in die Schranken weisen. Sie werden immer bleiben, denn wir sind Wesen aus Fleisch und Blut, gesteuert durch Instinkte. Nicht auszudenken, wohin uns die friedliche Zusammenarbeit aller menschlichen Individuen führen würde. Unsere Möglichkeiten wären wahrhaftig grenzenlos. Es ist eine unrealistische Wunschvorstellung, doch möchte ich optimistisch bleiben. Die Mehrheit der Menschen glaubt heute schon an den Erfolg dieses Projektes und beweist dieses tagtäglich. Es liegt leider in der Natur des Menschen, oftmals dieselben Fehler zu begehen, bis ein Lerneffekt eintritt und unser aller Entwicklung voranschreiten kann. Nur wir selbst stehen uns im Wege, niemand anderes. Diejenigen, die ihr ganzes Leben nichts dazu lernen und sich von falschen Propheten beeinflussen lassen, werden am Ende erfahren, was verlieren bedeutet.

Ich bin müde geworden, doch gewöhnlicher Schlaf wird nicht mehr reichen. Ich gehe nicht mit Groll, denn mir wurde viel Zeit geschenkt. Ich durfte viele Erfahrungen sammeln und hoffe, den einen oder anderen positiv beeinflusst zu haben. Voller Demut habe ich dieses Geschenk angenommen, denn für so manchen ist in diesem Kreislauf kaum Lebenszeit vorgesehen. Ich liege in meinem Bett, das Fenster ist leicht geöffnet und die frische Meeresluft erinnert mich an so viele Ereignisse. Etwas Unbeschreibliches beginnt sich auszubreiten und erinnert mich daran „Jon, es wird Zeit, mit dir Frieden zu schließen. Dein Vorhang wird jeden Moment fallen, bleib bis zum Ende auf der Bühne und erwarte den Applaus."

Die Seerosen blühen in voller Pracht. Der Wasserfall rauscht, unbeeindruckt von Raum und Zeit, die Felswände hinab. Die Ufer sind dicht bewachsen, die Luft voller Vögel und Insekten, die sich an dem Nektar laben. Nun, nach so langer Zeit und doch kürzer als ein Wimpernschlag, ist es so weit. Ich bin nicht länger Sklave der Gravitation. Leicht wie eine Feder, gelten die Naturgesetze nun nicht mehr. Es ist Zeit, den Blickwinkel zu ändern und das Kunstwerk von außen zu betrachten. Eine Geschichte endete, doch ein neues Kapitel wird aufgeschlagen. Der erste Akt ist schon spannend genug. Ich gehe einen neuen und doch alt bewährten Weg, den schon so viele vor mir gegangen sind. Endlich komme ich vom Fleck und steuere dem Wasserfall entgegen. Vorsichtig stecke ich meine Hand hindurch. Nun fühlt es sich richtig an, denn auch ich bin eingeladen, nach Hause zu gehen. Die Freude ist grenzenlos, denn gleich werde ich erneut mit meinen Liebsten vereint. Diesmal auf ewig …

Der Autor

Stefan Dolezal wurde 1982 in Wien geboren und verbrachte seine Kindheit am Fuße der Rax. Nach der Schule ging es zurück nach Wien. Heute arbeitet er in der Softwareentwicklung. Im frühen Erwachsenenalter entwickelte er die Leidenschaft für das Schreiben.

Nach einem unerwarteten tragischen Schicksalsschlag im Jahr 2018 veränderte sich sein Leben von einem auf den anderen Tag. Eine Erfahrung, die auch seine eigene Existenz in einem völlig neuen Licht erscheinen ließ. Er war dazu gezwungen, sich intensiv mit der Vergänglichkeit, dem Schmerz und seinen größten Ängsten zu beschäftigen und lernte dabei Unbezahlbares über sich selbst.

Daraufhin hauchte er einer in der Jugend verfassten Geschichte neues Leben ein, interpretierte sie dank seiner gesammelten Erfahrungen neu und veröffentlichte seinen ersten Roman.

Der Autor ist verheiratet, lebt in einer Kleinstadt nahe bei Wien und ist Vater zweier Töchter.

novum VERLAG FÜR NEUAUTOREN

Der Verlag

„ *Wer aufhört
besser zu werden,
hat aufgehört
gut zu sein!*

Basierend auf diesem Motto ist es dem novum Verlag ein Anliegen neue Manuskripte aufzuspüren, zu veröffentlichen und deren Autoren langfristig zu fördern. Mittlerweile gilt der 1997 gegründete und mehrfach prämierte Verlag als Spezialist für Neuautoren in Deutschland, Österreich und der Schweiz.

Für jedes neue Manuskript wird innerhalb weniger Wochen eine kostenfreie, unverbindliche Lektorats-Prüfung erstellt.

Weitere Informationen zum Verlag und
seinen Büchern finden Sie im Internet unter:

w w w . n o v u m v e r l a g . c o m